任頤「雪中送炭圖」──任頤（1840-1885），字伯年，浙江山陰（紹興）人，晚清傑出畫家。人物師陳洪綬，善於傳神，圖中小童以手呵凍，表現風寒凜冽的氣候，更顯得「雪中送炭」的可貴。

開封鐵塔——北宋仁宗慶曆元年（公元一〇四一年）所建，在祐國寺，八角十三層，高五七．三四公尺，全部磚建，用鐵色琉璃鋪蓋，因此稱為鐵塔。石破天流浪至開封而得玄鐵令，或許見過此塔。

張大千「幽山忘言圖」

溥心畬「白雲居圖」──溥儒，字心畬，近代大畫家。
此套冊頁原藏故宮，共十四幅，此圖為其中之一。

大字版 俠客行

金庸

①長樂幫主

大字版金庸作品集(51)

俠客行 (1)長樂幫主 「公元2004年金庸新修版」

Ode to the Gallantry, Vol. 1

作　　者／金　庸

封面設計／唐壽南　內頁插畫／王司馬

發 行 人／王 榮 文
出版・發行／遠流出版事業股份有限公司
臺北市中山北路一段11號13樓
電話／2571-0297　傳真／2571-0197　郵撥／0189456-1

□2004年9月16日　初版一刷
□2022年3月16日　二版三刷

大字版　每冊*380*元（本作品全四冊，共1520元）

〔另有典藏版共36冊（不分售），平裝版共36冊，新修版共36冊，新修文庫版共72冊〕

ISBN　978-957-32-8499-4（套：大字版）
ISBN　978-957-32-8495-6（第一冊：大字版）
Printed in Taiwan

YLib 遠流博識網
http://www.ylib.com　E-mail:ylib@ylib.com

「金庸作品集」新序

金庸

小說是寫給人看的。小說的內容是人。

小說寫一個人、幾個人、一羣人、或成千成萬人的性格和感情。他們的性格和感情從橫面的環境中反映出來，從縱面的遭遇中反映出來，從人與人之間的交往與關係中反映出來。長篇小說中似乎只有《魯濱遜飄流記》，才只寫一個人，寫他與自然之間的關係，但寫到後來，終於也出現了一個僕人「星期五」。只寫一個人的短篇小說多些，尤其是近代與現代的新小說，寫一個人在與環境的接觸中表現他外在的世界、內心的世界，尤其是內心世界。有些小說寫動物、神仙、鬼怪、妖魔，但也把他們當作人來寫。

西洋傳統的小說理論分別從環境、人物、情節三個方面去分析一篇作品。由於小說作者不同的個性與才能，往往有不同的偏重。

基本上，武俠小說與別的小說一樣，也是寫人，只不過環境是古代的，主要人物是有武功的，情節偏重於激烈的鬪爭。任何小說都有它所特別側重的一面。愛情小說寫男女之間與性有關的感情，寫實小說描繪一個特定時代的環境與人物，《三國演義》與《水滸》一類小說敘述大羣人物的鬪爭經歷，現代小說的重點往往放在人物的心理過程上。

小說是藝術的一種，藝術的基本內容是人的感情和生命，主要形式是美，廣義的、美學上的美。在小說，那是語言文筆之美、安排結構之美，關鍵在於怎樣將人物的內心世界通過某種形式而表現出來。甚麼形式都可以，或者是作者主觀的剖析，或者是客觀的敘述故事，從人物的行動和言語中客觀的表達。

讀者閱讀一部小說，是將小說的內容與自己的心理狀態結合起來。同樣一部小說，有的人感到強烈的震動，有的人卻覺得無聊厭倦。讀者的個性與感情，與小說中所表現的個性與感情相接觸，產生了「化學反應」。

武俠小說只是表現人情的一種特定形式。作曲家或演奏家要表現一種情緒，用鋼琴、小提琴、交響樂、或歌唱的形式都可以，畫家可以選擇油畫、水彩、水墨、或版畫的形式。問題不在採取甚麼形式，而是表現的手法好不好，能不能和讀者、聽者、觀賞者的心靈相溝通，能不能使他的心產生共鳴。小說是藝術形式之一，有好的藝術，也有不好的藝術。

好或者不好，在藝術上是屬於美的範疇，不屬於眞或善的範疇。判斷美的標準是美，是感情，不是科學上的眞或不眞（武功在生理上或科學上是否可能），道德上的善或不善，也不是經濟上的值錢不值錢，政治上對統治者的有利或有害。當然，任何藝術作品都會發生社會影響，自也可以用社會影響的價值去估量，不過那是另一種評價。

在中世紀的歐洲，基督教的勢力及於一切，所以我們到歐美的博物院去參觀，見到所有中世紀的繪畫都以聖經故事爲題材，表現女性的人體之美，也必須通過聖母的形象。直到文藝復興之後，凡人的形象才在繪畫和文學中表現出來，所謂文藝復興，是在文藝上復興希臘、羅馬時代對「人」的描寫，而不再集中於描寫神與聖人。

中國人的文藝觀，長期以來是「文以載道」，那和中世紀歐洲黑暗時代的文藝思想是一致的，用「善或不善」的標準來衡量文藝。《詩經》中的情歌，要牽強附會地解釋爲諷刺君主或歌頌后妃。陶淵明的〈閒情賦〉，司馬光、歐陽修、晏殊的相思愛戀之詞，或者惋惜地評之爲白璧之玷，或者好意地解釋爲另有所指。他們不相信文藝所表現的是感情，認爲文字的唯一功能只是爲政治或社會價值服務。

我寫武俠小說，只是塑造一些人物，描寫他們在特定的武俠環境（中國古代的、沒有法治的、以武力來解決爭端的不合理社會）中的遭遇。當時的社會和現代社會已大不相同，人的性格和感情卻沒有多大變化。古代人的悲歡離合、喜怒哀樂，仍能在現代讀者的心靈中引起相應的情緒。讀者們當然可以覺得表現的手法拙劣，技巧不夠成熟，描寫殊不深刻，以美學觀點來看是低級的藝術作品。無論如何，我不想載甚麼道。我在寫武俠小說的同時，也寫政治評論，也寫與歷史、哲學、宗教有關的文字，那與武俠小說完全不同。涉及思想的文字，是訴諸讀者理智的，對這些文字，才有是非、眞假的判斷，讀者或許同意，或許只部份同意，或許完全反對。

對於小說，我希望讀者們只說喜歡或不喜歡，只說受到感動或覺得厭煩。我最高興的是讀者喜愛或憎恨我小說中的某些人物，如果有了那種感情，表示我小說中的人物已和讀者的心靈發生聯繫了。小說作者最大的企求，莫過於創造一些人物，使得他們在讀者心中變成活生生的、有血有肉的人。藝術是創造，音樂創造美的聲音，繪畫創造美的視覺形象，小說是想創造人物、創造故事，以及人的內心世界。假使只求如實反映外在世界，那麼有了錄音機、照相機，何必再要音樂、繪畫？有了報紙、歷史書、記錄電視片、社會調查統計、醫生的病歷紀錄、黨部與警察局的人事檔案，何必再要小說？

武俠小說雖說是通俗作品，以大眾化、娛樂性強為重點，但對廣大讀者終究是會發生影響的。我希望傳達的主旨，是：愛護尊重自己的國家民族，也尊重別人的國家民族；和平友好，互相幫助；重視正義和是非，反對損人利己；注重信義，歌頌純真的愛情和友誼；歌頌奮不顧身的為了正義而奮鬥；輕視爭權奪利、自私可鄙的思想和行為。武俠小說並不單是讓讀者在閱讀時做「白日夢」而沉緬在偉大成功的幻想之中，而希望讀者們在幻想之時，想像自己是個好人，要努力做各種各樣的好事，想像自己要愛國家、愛社會、幫助別人得到幸福，由於做了好事、作出積極貢獻，得到所愛之人的欣賞和傾心。

武俠小說並不是現實主義的作品。有不少批評家認定，文學上只可肯定現實主義一個流派，除此之外，全應否定。這等於是說：少林派武功好得很，除此之外，甚麼武當派、崆峒派、太極拳、八卦掌、彈腿、白鶴派、空手道、跆拳道、柔道、西洋拳、泰拳等等全部應當廢除取消。我們主張多元主義，既尊重少林武功是武學中的泰山北斗，而覺得別的小門派也不妨並存，它們或許並不比少林派更好，但各有各的想法和創造。愛好廣東菜的人，不必主張禁止京菜、川菜、魯菜、徽菜、湘菜、維揚菜、杭州菜、法國菜、意大利菜等等派別，所謂「蘿蔔青菜，各有所愛」是也。不必把武俠小說提得高過其應有之份，也不必一筆抹殺。甚麼東西都恰如其份，也就是了。

我寫這套總數三十六册的《作品集》，是從一九五五年到七二年，前後約十五、六年，包括十二部長篇小說，兩篇中篇小說，一篇短篇小說，一篇歷史人物評傳，以及若干篇歷史考據文字。出版的過程很奇怪，不論在香港、臺灣、海外地區，還是中國大陸，都是先出各種各樣翻版盜印本，然後再出版經我校訂、授權的正版本。在中國大陸，在「三聯版」出版之前，只有天津百花文藝出版社一家，是經我授權而出版了《書劍恩仇錄》。他們校印認真，依足合同支付版稅。我依足法例繳付所得稅，餘數捐給了幾家文化機構及支助圍棋活動。這是一個愉快的經驗。除此之外，完全是未經授權的，直到正式授權給北京三聯書店出版。「三聯版」的版權合同到二〇〇一年年底期滿，以後中國內地的版本由廣州出版社出版，主因是廣州、香港鄰近，業務上便於溝通合作。

翻版本不付版稅，還在其次。許多版本粗製濫造，錯訛百出。還有人借用「金庸」之名，撰寫及出版武俠小說。寫得好的，我不敢掠美；至於充滿無聊打鬥、色情描寫之作，可不免令人不快了。也有些出版社翻印香港、臺灣其他作家的作品而用我筆名出版發行。我收到過無數讀者的來信揭露，大表憤慨。也有人未經我授權而自行點評，除馮其庸、嚴家炎、陳墨三位先生功力深厚、兼又認眞其事，我深爲拜嘉之外，其餘的點評大都與作者原意相去甚遠。好在現已停止出版，出版者正式道歉，糾紛已告結束。

有些翻版本中，還說我和古龍、倪匡合出了一個上聯「冰比冰水冰」徵對，眞正是大開玩笑了。漢語的對聯有一定規律，上聯的末一字通常是仄聲，以便下聯以平聲結尾，但「冰」字屬蒸韻，是平聲。我們不會出這樣的上聯徵對。大陸地區有許許多多讀者寄了下聯給我，大家浪費時間心力。

爲了使得讀者易於分辨，我把我十四部長、中篇小說書名的第一個字湊成一副對聯：「飛雪連天射白鹿，笑書神俠倚碧鴛」。（短篇《越女劍》不包括在內，偏偏我的圍棋老師陳祖德先生說他最喜愛這篇《越女劍》。）我寫第一部小說時，根本不知道會不會再寫第二部；寫第二部時，也完全沒有想到第三部小說會用甚麼題材，更加不知道會用甚麼書名。所以這副對聯當然說不上工整，「飛雪」不能對「笑書」，「連天」不能對「神俠」，「白」與「碧」都是仄聲。但如出一個上聯徵對，用字完全自由，總會選幾個比較有意思而合規律的字。

有不少讀者來信提出一個同樣的問題：「你所寫的小說之中，你認爲哪一部最好？最喜歡哪一部？」這個問題答不了。我在創作這些小說時有一個願望：「不要重複已經寫過的人物、情節、感情，甚至是細節。」限於才能，這願望不見得能達到，然而總是朝著這方向努力，大致來說，這十五部小說是各不相同的，分別注入了我當時的感情和思想，主要是感情。我喜愛每部小說中的正面人物，爲了他們的遭遇而快樂或惆悵、悲傷，有時會非常悲傷。至於寫作技巧，後期比較有些進步。但技巧並非最重要，所重視的是個性和感情。

這些小說在香港、臺灣、中國內地、新加坡曾拍攝爲電影和電視連續集，有的還拍了三、四個不同版本，此外有話劇、京劇、粵劇、音樂劇等。跟著來的是第二個問題：「你認爲哪一部電影或電視劇改編演出得最成功？劇中的男女主角哪一個最符合原著中的人物？」電影和電視的表現形式和小說根本不同，很難拿來比較。電視的篇幅長，較易發揮；電影則受到更大限制。再者，閱讀小說有一個作者和讀者共同使人物形象化的過程，許多人讀同一部小說，腦中所出現的男女主角卻未必相同，因爲在書中的文字之外，又加入了讀者自己的經歷、個性、情感和喜憎。你會在心中把書中的男女主角和自己或自己的情人融而爲一，而每個讀者性格不同，他的情人肯定和你的不同。電影和電視卻把人物的形象固定了，觀衆沒有自由想像的餘地。我不能說那一部最好，但可以說：把原作改得面目全非的最壞，最自以爲是，最瞧不起原作者和廣大讀者。

武俠小說繼承中國古典小說的長期傳統。中國最早的武俠小說，應該是唐人傳奇的《虬髯客傳》、《紅線》、《聶隱娘》、《崑崙奴》等精彩的文學作品。其後是《水滸傳》、《三俠五義》、《兒女英雄傳》等等。現代比較認眞的武俠小說，更加重視正義、氣節、捨己爲人、鋤強扶弱、民族精神、中國傳統的倫理觀念。讀者不必過份推究其中某些誇張的武功描寫，有些事實上是不可能的，只不過是中國武俠小說的傳統。聶隱娘縮小身體潛入別人的肚腸，然後從他口中躍出，誰也不會相信是眞事，然而聶隱娘的故事，千餘年來一直爲人所喜愛。

我初期所寫的小說，漢人皇朝的正統觀念很強。到了後期，中華民族各族一視同仁的觀念成爲基調，那是我的歷史觀比較有了些進步之故。這在《天龍八部》、《白馬嘯西風》、《鹿鼎記》中特別明顯。韋小寶的父親可能是漢、滿、蒙、回、藏任何一族之人。即使在第一部小說《書劍恩仇錄》中，主角陳家洛後來也對回教增加了認識和好感。每一個種族、每一門宗教、某一項職業中都有好人壞人。有壞的皇帝，也有好皇帝；有很壞的大官，也有眞正愛護百姓的好官。書中漢人、滿人、契丹人、蒙古人、西藏人……都有好人壞人。和尚、道士、喇嘛、書生、武士之中，也有各種各樣的個性和品格。有些讀者喜歡把人一分爲二，好壞分明，同時由個體推論到整個羣體，那決不是作者的本意。

歷史上的事件和人物，要放在當時的歷史環境中去看。宋遼之際、元明之際、明清之際，漢族和契丹、蒙古、滿族等民族有激烈鬬爭；蒙古、滿人利用宗教作爲政治工具。小說所想描述的，是當時人的觀念和心態，不能用後世或現代人的觀念去衡量。我寫小說，旨在刻畫個性，抒寫人性中的喜愁悲歡。小說並不影射甚麼，如果有所斥責，那是人性中卑污陰暗的品質。政治觀點、社會上的流行理念時時變遷，不必在小說中對暫時性的觀念作價值判斷。人性卻變動極少。

在劉再復先生與他千金劉劍梅合寫的《父女兩地書》（共悟人間）中，劍梅小姐提到她曾和李陀先生的一次談話，李先生說，寫小說也跟彈鋼琴一樣，沒有任何捷徑可言，是一級一級往上提高的，要經過每日的苦練和積累，讀書不夠多就不行。我很同意這個觀點。我每日讀書至少四五小時，從不間斷，在報社退休後連續在中外大學中努力進修。這些年來，學問、知識、見解雖有長進，才氣卻長不了，因此，這些小說雖然改了三次，相信很多人看了還是要嘆氣。正如一個鋼琴家每天練琴二十小時，如果天份不夠，永遠做不了蕭邦、李斯特、拉赫曼尼諾夫、巴德魯斯基，連魯賓斯坦、霍洛維茲、阿胥肯那吉、劉詩昆、傅聰也做不成。

這次第三次修改，改正了許多錯字訛字、以及漏失之處，多數由於得到了讀者們的指正。有幾段較長的補正改寫，是吸收了評論者與研討會中討論的結果。仍有許多明顯的缺點無法補救，限於作者的才力，那是無可如何的了。讀者們對書中仍然存在的失誤和不足之處，希望寫信告訴我。我把每一位讀者都當成是朋友，朋友們的指教和關懷，自然永遠是歡迎的。

二〇〇二年四月　於香港

目錄

那小丐只吃了一口燒餅，忽見那死屍站了起來，兩根鋼鉤兀自插在他腹中。那小丐大吃一驚，不敢稍動，只見那死屍彎下雙腿，伸手在地下摸索，摸到一個燒餅。

一　燒餅餡子

「趙客縵胡纓，吳鈎霜雪明。銀鞍照白馬，颯沓如流星。
十步殺一人，千里不留行。事了拂衣去，深藏身與名。
閑過信陵飲，脫劍膝前橫。將炙啖朱亥，持觴勸侯嬴。
三杯吐然諾，五嶽倒爲輕。眼花耳熱後，意氣素霓生。
救趙揮金鎚，邯鄲先震驚。千秋二壯士，烜赫大梁城。
縱死俠骨香，不慚世上英。誰能書閣下，白首太玄經？」

李白這一首〈俠客行〉古風，寫的是戰國時魏國信陵君門客侯嬴和朱亥的故事，千載之下讀來，英銳之氣，兀自虎虎有威。那大梁城鄰近黃河，後稱汴梁，即今河南開封。該地雖數為京城，卻民風質樸，古代悲歌慷慨的豪俠氣概，後世迄未泯滅。

開封東門十二里處，有個小市鎮，叫做侯監集。這小鎮便因侯嬴而得名。當年侯嬴為大梁夷門監者。大梁城東有山，山勢平夷，稱為夷山，東城門便稱為夷門。夷門監者就是大梁東門的看守小吏。

每月初一十五，四鄉鄉民到鎮上趕集。這一日已是傍晚時分，四處前來趕集的鄉民正自挑擔的挑擔、提籃的提籃，紛紛歸去，突然間東北角上隱隱響起了一陣馬蹄聲。蹄聲漸近，竟是大隊人馬，少說也有二百來騎，蹄聲奔騰，乘者縱馬疾馳。眾人相顧說道：「多半是官軍到了。」有的說道：「快讓開些，官兵馬匹衝來，踢翻擔子，那也罷了，便踩死了你，也是活該。」

猛聽得蹄聲之中夾雜著陣陣唿哨。過不多時，唿哨聲東呼西應、南作北和，竟四面八方都是哨聲，似乎將侯監集團團圍住了。眾人駭然失色，有些見識較多之人，不免心中嘀咕：「遮莫是強盜？」

鎮頭雜貨鋪中一名夥計伸了伸舌頭，道：「啊喲，只怕是……我的媽啊，那些老哥們來啦！」王掌櫃臉色已然慘白，舉起了一隻不住發抖的肥手，作勢要往那夥計頭頂拍落，喝道：「你奶奶的，說話也不圖個利市，甚麼老哥小哥的。當真綫上的大爺們來了，那還有你……你的小命？再說，也沒聽說光天白日就有人幹這調調兒的！啊喲，這……這可有點兒邪……」

他說到一半，口雖張著，卻沒了聲音，只見市集東頭四五匹健馬直搶過來。馬上乘者一色黑衣，頭戴范陽斗笠，手中各執明晃晃的鋼刀，大聲叫道：「老鄉們，大夥兒各站原地，動一下子的，可別怪刀子不生眼睛。」嘴裏叱喝，拍馬往西馳去。馬蹄鐵踹在青石板上，錚錚直響，可令人心驚肉跳。

蹄聲未歇，西邊廂又有七八匹馬衝來，馬上健兒也一色黑衣，頭戴斗笠，帽簷壓得低低的。這些人一般叱喝：「乖乖的不動，那就沒事，愛吃板刀麵的就出來！」

雜貨鋪那夥計嘿的一聲笑，說道：「板刀麵有甚麼滋味……」這人貧嘴貧舌的，想要說句笑話，豈知一句話沒完，馬上一名大漢馬鞭揮出，甩進櫃台，勾著那夥計的脖子，順手甩帶，砰的一聲，將他重重摔在街上。那大漢的坐騎一股勁兒向前馳去，將那夥計拖地而行。後邊一匹馬趕將上來，前蹄踩落，正踩中他大腿，那夥計大聲哀號，仰天躺著，爬不起身。

旁人見這夥人如此兇橫，那裏還敢動彈？有的本想去上了門板，這時雙腳便如釘牢在地上一般，只全身發抖，要他當眞絲毫不動，卻也幹不了。

離雜貨鋪五六間門面處有家燒餅油條店，油鍋中熱油滋滋價響，鐵絲架上擱著七八根油條。一個花白頭髮的老者彎著腰，將麵粉揑成一個個小球，又將小球壓成圓圓的一片，對眼前驚心動魄的慘事竟如視而不見。他在麵餅上洒些葱花，對角一摺，揑上了邊，在一隻黃砂碗中抓些芝麻，洒在餅上，然後用鐵鉗夾起，放入烘爐。

這時四下裏唿哨聲均已止歇，馬匹也不再行走，一個七八百人的市集上鴉雀無聲，本在啼哭的小兒，也給父母按住了嘴巴，不再發出聲息。各人凝氣屏息之中，只聽得一個人喀、喀、喀的皮靴聲，從西邊沿著大街響將過來。

這人走得甚慢，沉重的腳步聲一下一下，便如踏在每個人心頭之上。腳步聲漸漸近來，其時太陽正要下山，一個長長的人影映在大街之上，隨著腳步聲慢慢逼近。街上人人都似嚇得呆了，只那賣餅老者仍做他的燒餅。皮靴聲響到燒餅鋪外忽而停住，那人上上下下的打量賣餅老者，突然間嘿嘿嘿的冷笑三聲。

賣餅老者緩緩抬頭，見面前那人身裁甚高，一張臉孔如橘皮般凹凹凸凸，滿是疙瘩。賣餅老者說道：「大爺，買餅麼？一文錢一個。」拿起鐵鉗，從烘爐中夾了個熱烘烘的燒餅出來，放在白木板上。那高個兒又一聲冷笑，說道：「拿來！」伸出左手。那老者瞇著眼睛道：「是！」拿起那新焙的燒餅，放入他掌中。

那高個兒雙眉豎起，大聲怒道：「到這當兒，你還在消遣大爺！」將燒餅劈面向老者擲去。賣餅老者緩緩側頭，燒餅從他臉畔擦過，啪的一聲響，落在路邊的一條泥溝旁。

高個兒擲出燒餅，隨即從腰間抽出一對雙鉤，鉤頭映著夕陽，藍印印地寒氣逼人，說道：「到這時候還不拿出來？姓吳的，你到底識不識時務？」賣餅老者道：「大爺認錯人啦，老漢姓王。賣餅王老漢，侯監集上人人認得。」高個兒冷笑道：「他奶奶的！我們早查得清清楚楚，你喬裝改扮，躲得了一年半載，可躲不得一輩子。」

賣餅老者瞇著眼睛，慢條斯理的說道：「素聞金刀寨安寨主劫富濟貧，江湖上提起來，都要翹起大拇指，讚一聲：『好！仁義俠盜！』怎麼派出來的弟兄，卻向賣燒餅的窮老漢打起主意來啦？」他說話似乎有氣無力，這幾句話卻說得清清楚楚。

高個兒怒喝：「吳道通，你是決計不交出來的啦？」賣餅老者臉色微變，左頰上的肌肉牽動了幾下，隨即又是一副懶洋洋神氣，說道：「你既知道吳某名字，卻仍對我這般無禮，未免太大膽了些罷？」那高個兒罵道：「你老子膽大膽小，你到今天才知嗎？」左鉤一起，一招「手到擒來」，疾向吳道通左肩鉤落。

吳道通向右略閃。高個兒鋼鉤落空，左腕隨即內勾，鋼鉤拖回，便向吳道通後心鉤到。吳道通矮身避開，跟著右足踢出，卻踢在那座炭火燒得正旺的烘爐之上。滿爐紅炭斗地向那高個兒身上飛去，同時一鑊炸油條的熱油也猛向他頭頂澆落。

那高個兒吃了一驚，急忙後躍，避開了紅炭，卻避不開滿鑊熱油，「啊喲」一聲，滿鍋熱油已潑上他雙腿，只痛得他哇哇怪叫。

吳道通雙足力蹬，沖天躍起，已竄上了對面屋頂，手中兀自抓著那把烤燒餅的鐵鉗。猛地裏青光閃動，一柄單刀迎頭劈來，吳道通舉鐵鉗擋去，噹的一聲響，火光四濺。他那鐵鉗雖黑黝黝地毫不起眼，其實乃純鋼所鑄，竟將單刀擋回，便在此時，左側一根短槍、右側雙刀同時攻到。原來四周屋頂上都已布滿了人。吳道通哼了一聲，叫道：「好不要臉，以多取勝麼？」身形一長，雙手分執鐵鉗兩股，左擋短槍，右架雙刀，竟將鐵鉗拆開，變成了一對點穴雙筆。原來他這烤燒餅的鐵鉗，由一對類似判官筆的短兵刃合成，雙筆之間用鋼扣扣住。

吳道通雙筆使開，招招取人穴道，以一敵三，仍佔上風。他一聲猛喝：「著！」使短槍的「啊」的一聲，左腿中筆，骨溜溜的從屋簷上滾落。

西北角屋頂上站著一名矮瘦老者，雙手叉在腰間，冷冷的瞧著三人相鬥。白光閃動之中，使單刀的忽給吳道通右腳踹中，一個觔斗翻落街中。那使雙刀的怯意陡生，兩把刀使得如同一團雪花相似，護在身前，只守不攻。

那矮瘦老者慢慢踱將過來，走近身前，右手食指陡地戳出，逕取吳道通左眼。這一招迅捷無比，吳道通忙回筆打他手指。那老者手指略歪，避過鐵筆，改戳他咽喉。吳道通筆勢已老，無法變招，只得退了一步。

那老者跟著上前，右手又伸指戳出，點向他小腹。吳道通右筆反轉，砸向敵人頭頂。那老者向前直衝，幾欲撲入吳道通懷裏，便這麼兩步急衝，已將他鐵筆避過，同時雙手向他胸口抓去。吳道通疾向後退，嗤的一聲，胸口已爲對方抓下一長條衣服。吳道通百忙中不及察看是否受傷，雙臂合攏，倒轉鐵筆，一招「環抱六合」，雙筆筆柄向那老者兩邊太陽穴中砸去。

那老者不閃不架，又向前疾衝，雙掌紮紮實實的擊在對方胸口。喀喇喇的一聲響，也不知斷了多少根肋骨，吳道通從屋頂上翻跌而下。

那高個兒兩條大腿遭熱油炙得全是火泡，正自暴跳如雷，只雙腿受傷不輕，無力縱上屋頂和敵人拚命，又知那矮瘦老者周牧高傲自負，他既已出手，就不喜旁人相助，是以只仰著脖子，觀看二人相鬥。見吳道通從屋頂摔下，那高個兒大喜，急躍而前，不待他掙扎著站起，雙鉤扎落，刺入吳道通肚腹。他得意之極，仰起頭來縱聲長笑。

周牧急叫：「留下活口！」但終於慢了一步，雙鉤已然入腹。

突然那高個兒縱聲大叫：「啊……」踉踉蹌蹌倒退幾步，只見他胸口插了兩枝鐵筆，自前胸直透至後背，鮮血從四個傷口中前後直湧，身子晃了幾晃，便即摔倒。吳道通臨死時奮力一擊，那高個兒猝不及防，竟爲雙筆插中要害。金刀寨夥伴忙伸手扶起，卻已氣絕。

周牧不去理會高個兒的生死，嘴角邊露出鄙夷之色，抓起吳道通身子，見也已停了呼吸。他眉頭微皺，喝道：「剝了他衣服，細細搜查。」

四名下屬應道：「是！」立即剝去吳道通的衣衫，見他長衣之下背上負著個包裹。兩名黑衣漢子迅速打開包裹，見包中有包，一層層裹著油布，每打開一層，周牧臉上的喜意便多了一分。一共解開了十來層油布，包裹越來越小，周牧臉色漸漸沮喪，眼見最後已成爲一個三寸許見方、兩寸來厚的小包，當即伸手攫過，揑了一揑，怒道：「他奶奶的！騙人的玩意，不用看了！快到屋裏搜去。」

十餘名黑衣漢子應聲入內。燒餅店前後不過兩間房，十幾人擠在裏面，乒乒乓乓、嗆啷嗆啷，店裏的碗碟、床板、桌椅、衣物一件件給摔了出來。

周牧只叫：「細細的搜，甚麼地方都別漏過了！」

鬧了半天，已黑沉沉地難以見物，衆漢子點起火把，將燒餅店牆壁、灶頭也都拆爛了。嗆啷一聲響，一隻瓦缸摔入了街心，跌成碎片，缸中麵粉四散得滿地都是。

暮靄蒼茫中，一隻污穢的小手從街角邊偷偷伸過來，抓起水溝旁那個燒餅，慢慢縮手。

那是個十二三歲的小丐。他已餓了一整天，有氣沒力的坐在牆角邊。那高個兒接過吳道通遞來的燒餅，擲在水溝之旁，小丐的一雙眼睛便始終沒離開過這燒餅。他早想去拿來吃了，但見到街上那些凶神惡煞般的漢子，卻嚇得絲毫不敢動彈。那雜貨鋪夥計半死不活的身子便躺在燒餅之旁。後來，吳道通和那高個兒的兩具屍首，也躺在燒餅不遠之處。

直到天色黑了，火把的亮光照不到水溝邊，那小丐終於鼓起勇氣，抓起燒餅。他飢火中燒，顧不得餅上沾了臭水爛泥，輕輕咬了一口，含在口裏，卻不敢咀嚼，生恐咀嚼的微聲給那些手執刀劍的漢子們聽見了。口中銜著一塊燒餅，雖未吞下，肚裏似乎已舒服得多。

這時衆漢子已將燒餅鋪中搜了個天翻地覆，連地下的磚頭也已一塊塊挖起來查過。周牧見再也查不到甚麼，喝道：「收隊！」

唿哨聲連作，跟著馬蹄聲響起，金刀寨盜夥一批批出了侯監集。兩名盜夥抬起那高個兒的屍身，橫著放上馬鞍，片刻間走了個乾淨。

直等馬蹄聲全然隱沒，侯監集上才有些輕微人聲。鎮人怕羣盜去而復回，誰也不敢大聲說話。雜貨鋪掌櫃和另一個夥計抬了那夥伴入店，給他接上斷腿，上了門板，再也不敢出來。但聽得東邊噼噼啪啪，西邊咿咿呀呀，不是上排板，便是關門，過不多時，街上再無人影，亦沒半點聲息。

那小丐見吳道通的屍身兀自橫臥在地，沒人理睬，心下有些害怕，輕輕嚼了幾口，將一小塊燒餅咽下，正待再咬，忽見吳道通的屍身一動。那小丐大吃一驚，揉了揉眼睛，卻見那死屍慢慢坐起。小丐嚇得呆了，心中怦怦亂跳，但見那死屍雙腿一挺，竟站起身來。答答兩聲輕響，那小丐牙齒相擊。

死屍回過頭來，幸好那小丐縮在牆角之後，死屍見他不到。這時冷月斜照，小丐卻瞧得清楚，見那死屍嘴角邊流下一道鮮血，兩根鋼鉤兀自揷在他腹中，小丐死命咬住牙齒，不令發出聲響。

只見那死屍彎下雙腿，伸手在地下摸索，摸到一個燒餅，捏了一捏，雙手撕開，隨即拋下，又摸到一個燒餅，撕開來卻又拋去。小丐只嚇得一顆心幾乎要從口腔中跳將出來，見那死屍不住在地下摸索，摸到任何雜物，都不理會，一摸到燒餅，便撕開拋去，一面摸，一面走近水溝。羣盜搜索燒餅鋪時，將木板上二十來個燒餅都掃在地下，這時那死屍拾起來一個個撕開，卻又不吃，撕成兩半，便往地下一丟。

小丐眼見那死屍一步步移近牆角，大駭之下，只想發足奔逃，但全身嚇得軟了，一雙腳那裏提得起來？那死屍行動遲緩，撕開二十來個燒餅，足足花了一炷香時光。他在地下再也摸不到燒餅，緩緩轉頭，似在四處找尋。小丐轉過頭來，不敢瞧他，突然間嚇得魂飛魄散。原來他身子雖躲在牆角之後，但月光從身後照來，將他蓬頭散髮的影子映在那死屍腳旁。小丐見那死屍雙腳又動，大聲驚呼，發足便跑。

那死屍嘶啞著嗓子叫道：「燒餅！燒餅！」騰騰騰的追來。

小丐在地下一絆，摔了個觔斗。那死屍彎腰伸手，便來按他背心。小丐一個打滾，避在路旁，發足又奔。那死屍一時站不直身子，支撐了一會這才站起，他腳長步大，雖行路蹣跚，搖搖擺擺的猶如醉漢，只十幾步，便追到了小丐身後，一把抓住他後頸，提了起來。

只聽得那死屍問道：「你……你偷了我燒餅？」在這當口，小丐如何還敢抵賴，只得點了點頭。那死屍又問：「你……你已經吃了？」小丐又點了點頭。那死屍右手伸出，嗤的一聲，扯破小丐衣衫，露出胸口和肚腹的肌膚。那死屍道：「割開你的肚子，挖出來！」小丐直嚇得魂不附體，顫聲道：「我……我……我只咬了一口。」

原來吳道通給周牧雙掌擊中胸口，又給那高個兒雙鉤插中肚腹，一時閉氣暈死，過得良久，卻又悠悠醒轉。肚腹雖是要害，但縱然受到重傷，一時卻不便死，他心中念念不忘的只是那件物事，待得醒轉，發覺金刀寨人馬已經離去，竟顧不得胸腹重傷，先要尋回藏在燒餅中的物事。

他扮作個賣餅老人，在侯監集隱居。一住三載，幸得平安無事，但設法想見那物的原主，卻也始終找尋不到。待聽得呼哨聲響，二百餘騎四下合圍，他雖不知這羣盜夥定是衝著自己而來，終究覺察到局面凶險，倉卒間無處可藏，無可奈何之際，便將那物隨手放入燒餅。那高個兒一現身，伸手說道：「拿來！」吳道通行著險棋，索性便將這燒餅放入他手中，果然不出所料，那高個兒大怒之下，便將燒餅擲開。

吳道通重傷之後醒轉，自認不出那一個燒餅中藏有那物，一個個撕開來找尋，全無影蹤，最後終於抓著那個小丐。他想這小叫化餓得狠了，多半是連餅帶物一齊吞入腹中，當下便要剖開他肚子來取物。一時尋不到利刃，情勢緊迫，他咬一咬牙，伸手拔出自己肚上一根鋼鉤，倒轉鉤頭，便往小丐肚上劃去。

鋼鉤拔離肚腹，他猛覺得一陣劇痛，傷口血如泉湧，鉤頭雖已碰到小丐肚子，但提著小丐的左手突然沒了力氣，五指鬆開，小丐身子落地，吳道通右手鋼鉤向前送出，卻刺了個空。吳道通全身虛脫，仰天摔倒，雙足挺了幾下，這才眞的死了。

那小丐摔在地下，拚命掙扎著爬起，轉身狂奔。剛才嚇得實在厲害，只奔出幾步，腿膝酸軟，翻了個觔斗，就此暈去，右手卻兀自牢牢的抓著那個只咬過一口的燒餅。

淡淡的月光照上吳道通的屍身，慢慢移到那小丐身上，東南角上又隱隱傳來馬蹄之聲。

這一次的蹄聲來得好快，剛只聽到聲響，倏忽間已到了近處。侯監集的居民已成驚弓之鳥，靜夜中又聽到馬蹄聲，不自禁的膽戰心驚，躲在被窩中只管發抖。但這次奔來的馬只有兩匹，也沒唿哨之聲。

這兩匹馬形相甚奇。一匹自頭至尾都是黑毛，四蹄卻是白色，那是「烏雲蓋雪」的名駒；另一匹四蹄卻是黑色，通體雪白，馬譜中稱爲「墨蹄玉兔」，中土尤爲罕見。

白馬上騎著的是個白衣女子，若不是鬢邊戴了朵紅花，腰間又繫著一條猩紅飄帶，幾乎便如服喪，紅帶上掛了柄白鞘長劍。黑馬乘客是個中年男子，一身黑衫，頭戴黑色軟帽，腰間繫著的長劍插在黑色劍鞘之中。兩乘馬並肩疾馳而來。

頃刻間兩人都看到了吳道通的屍首以及滿地損毀的傢生雜物，同聲驚噫：「咦！」黑衫男子馬鞭揮出，捲在吳道通屍身頸項之中，拉起數尺，月光便照在屍身臉上。那女子道：「是吳道通！看來安金刀已得手了。」那男子馬鞭振出，將屍身擲在道旁，道：「吳道通死去不久，傷口血跡未凝，趕得上！」那女子點了點頭。

兩匹馬並肩向西馳去。八隻鐵蹄落在青石板上，蹄聲答答，竟如一匹馬奔馳一般。兩匹馬前蹄後蹄都同起同落，整齊之極，也美觀之極，不論是誰見了，都想得到這兩匹馬曾長期同受操練，是以奮蹄急馳，竟也雙駒同步，絕無參差。

兩匹馬越跑越快，一掠過汴梁城郊，道路狹窄，便不能雙騎並馳。那女子微一勒馬，讓那男子先行。那男子側頭一笑，縱馬而前，那女子跟隨在後。

兩匹駿馬腳力非凡，按照吳道通死去的情狀推想，這當兒已該當趕上金刀寨人馬，但始終影蹤毫無。他們不知吳道通雖氣絕不久，金刀寨的人衆卻早去得遠了。

馬不停蹄的趕了一個多時辰。二人下馬讓坐騎稍歇，上馬又行，將到天明時分，驀見遠處曠野中有幾個火頭升起。兩人相視一笑，同時飛身下馬。那女子接過那男子手中馬韁，將兩匹馬都繫在一株大樹上。兩人展開輕身功夫，向火頭奔去。

火頭在平野之間看來似乎不遠，其實相距尚有數里之遙。兩人在草地上便如一陣風般滑行過去。將到臨近，見一大羣人分別圍著十幾堆火，隱隱聽得稀裏呼嚕之聲此起彼應，衆人捧著碗在吃麵。兩人本想先行窺探，但平野之地無可藏身，離這羣人約十數丈，便放慢了腳步，並肩走近。

人羣中有人喝問：「甚麼人？幹甚麼的？」

那男子踏上一步，抱拳笑道：「安寨主不在麼？是那位朋友在這裏？」

那矮老者周牧抬眼瞧去，火光照耀下見來人一男一女，一黑一白，並肩而立。兩人都是中年，男的丰神俊朗，女的文秀清雅，衣衫飄飄，腰間都掛著柄長劍。

周牧心中一凜，隨即想起兩個人來，挺腰站起，抱拳說道：「原來是江南玄素莊石莊主夫婦大駕光臨！」跟著大聲喝道：「衆弟兄，快起來行禮，這兩位是威震大江南北的石莊主夫婦。」衆漢子轟然站起，都微微躬身，示意禮敬。周牧心下嘀咕：「石清、閔柔夫婦跟我們金刀寨可沒糾葛樑子，大清早找將上來，不知想幹甚麼，難道也爲了這件物事？」遊目往四下裏瞧去，一望平野，更無旁人，心想：「雖聽說他夫婦雙劍厲害，終究好漢敵不過人多，又怕他何來。」

石氏夫婦同時還禮。石夫人閔柔輕聲說道：「師哥，這位是鷹爪門的周牧周老爺子。」她話聲雖低，周牧卻也聽見了，不禁微感得意：「冰雪神劍居然知道我名頭。」忙接口道：「不敢，金刀寨周牧拜見石莊主、石夫人。」說著又彎了彎腰，抱拳行禮。

石清拱手微笑道：「衆位朋友正用早膳，這可打擾了，請坐，請坐。」轉頭對周牧道：「周朋友不必客氣，愚夫婦和貴門『一飛沖天』莊震中莊兄曾有數面之緣，說起來大家也都不是外人。」

周牧道：「『一飛沖天』是在下師叔。」暗道：「你年紀比我小著一大截，卻稱我莊師叔爲莊兄，那不是明明以長輩自居嗎？」想到此節，更覺對方此來只怕不懷好意，心下更多了一層戒備。武林中於「輩份」兩字看得甚重，晚輩遇上了長輩固然必須恭敬，而長輩吩咐下來，晚輩也輕易不得違拗，否則給人說一聲以下犯上，先就理虧。

石清見他臉色微沉，已知其意，笑道：「這可得罪了！當年嵩山相會，曾聽莊兄說起貴門武功，愚夫婦佩服得緊。我忝在世交，有個不情之請，周世兄莫怪。」他改口稱之爲「周世兄」，更是以長輩自居了。

周牧道：「倘若是在下自己的事，衝著兩位的金面，只要力所能及，兩位吩咐下來，自然無有不遵。但若是敝寨的事，在下職位低微，可做不得主了。」

石清心道：「這人老辣得緊，沒聽我說甚麼，先來推個乾乾淨淨。」說道：「那跟貴寨毫無干係。我要向周世兄打聽一件事。愚夫婦追尋一個人，此人姓吳名道通，兵器使的是一對判官筆，身材甚高，聽說近年來扮成了個老頭兒，隱姓埋名，潛居在汴梁附近。不知周世兄可曾聽到過他訊息嗎？」

他一說出吳道通的名字，金刀寨人衆登時聳動，有些立時放下了手中捧著的麵碗。

周牧心想：「你從東而來，當然已見到了吳道通的屍身，我若不說，反顯得不夠光棍了。」當即打個哈哈，說道：「那當眞好極了，石莊主、石夫人，說來也是眞巧，姓周的雖武藝低微，卻碰上給賢夫婦效了一點微勞。這吳道通得罪了賢夫婦，我們金刀寨已將他料理啦。」說這幾句話時，雙目凝視石清的臉，瞧他是喜是怒。

石清又微微一笑，說道：「這吳道通跟我們素不相識，說不上得罪了愚夫婦甚麼。我們追尋此人，說來倒教周世兄見笑，是爲了此人所攜帶的一件物事。」

周牧臉上肌肉牽動了幾下，隨即鎭定，笑道：「賢夫婦消息也眞靈通，這個訊息嘛，我們金刀寨也聽到了。不瞞石莊主說，在下這番帶了這些兄弟們出來，也就是爲了這件物事。唉，不知是那個狗雜種造的謠，卻累得雙筆吳道通枉送了性命。我們二百多人空走一趟，那也罷了，只怕安大哥還要怪在下辦事不力呢。江湖上向來謠言滿天飛，倘若以爲那件物事是金刀寨得了，都向我們打起主意來，這可不冤麼？張兄弟，咱們怎麼打死那姓吳的，怎樣搜查那間燒餅鋪，你詳詳細細的稟告石莊主、石夫人兩位。」

一個短小精悍的漢子站起身來，說道：「那姓吳的武功甚爲了得，我們李大元李頭領的性命送在他手下。後來周頭領出手，雙掌將那姓吳的震下屋頂，當時便將他震得全身筋折骨斷，五臟粉碎……」此人口齒靈便，加油添醬，將眾盜夥如何撬開燒餅鋪地下的磚頭、如何翻倒麵缸、如何拆牆翻炕，說了一大篇，可便是略去了周牧取去吳道通背上包裹一節。

石清點了點頭，心道：「這周牧一見我們，便即全神戒備，惴惴不安。玄素莊和金刀寨向無過節，若不是他已得到了那物事，又何必對我們夫婦如此提防？」他知這夥人得不到此物便罷，倘若得了去，定是在周牧身邊，一瞥之間，見金刀寨二百餘人個個壯健剽悍，料來雖無一流好手，究竟人多難鬥。適才周牧言語說得客氣，其中所含的骨頭著實不少，全無友善之意，自也是恃了人多勢衆，當下臉上仍微微含笑，手指左首遠處樹林，說道：「我有一句話，要單獨跟周世兄商量，請借一步到那邊林中說話。」

周牧怎肯落單，立即道：「我們這裏都是好兄弟、好朋友，事無不可……」下面「對人言」三字尚未出口，突覺左腕一緊，已讓石清伸手握住，跟著半身酸麻，右手也已毫無勁力。周牧又驚又怒，自從石清、閔柔夫婦現身，他便凝神應接，不敢有絲毫怠忽，那知石清說動手便動手，竟捷如閃電般抓住了自己手腕。擒拿手法本是他鷹爪門的拿手本領，不料一招未交，便落入對方手中，急欲運力掙扎，但身上力氣竟忽然間無影無蹤，知要穴已爲對方所制，額頭立時便冒出了汗珠。

石清朗聲說道：「周世兄既允過去說話，那最好也沒有了。」回頭向閔柔道：「師妹，我和周世兄過去說句話兒，片刻即回，請師妹在此稍候。」說著緩步而行。閔柔斯斯文文的道：「師哥請便。」他兩人雖爲夫婦，卻師兄妹相稱。

金刀寨衆人見石清笑嘻嘻地與周牧同行，似無惡意，他夫人又留在當地，誰也想不到周牧如此武功，竟會不聲不響的受人挾持而去。

石清抓著周牧手腕，越行越快，周牧只要腳下稍慢，立時便會摔倒，只得拚命奔跑。從火堆到樹林約有里許，兩人倏忽間便穿入了林中。

石清放脫了他手腕，笑道：「周世兄……」周牧怒道：「你這是幹甚麼？」右手成抓，一招「搏獅手」，便往石清胸口狠抓下去。

石清左手在他身前自右而左劃了過來，在他手腕上輕輕一帶，已將他右臂帶向身後，左手一把抓攏，竟一手將他兩隻手腕都反抓在背後。周牧驚怒之下，右足向後力踹。

石清笑道：「周世兄又何必動怒？」周牧只覺右腿「伏兔」「環跳」兩處穴道中一麻，踹出的一腳力道尚未使出，已軟軟垂下。這一來，他只一隻左腳著地，若再向後踹，身子便非向前俯跌不可，不由得滿臉脹得通紅，怒道：「你……你……你……」

石清道：「吳道通身上的物事，周世兄既已取到，我想借來一觀。請取出來罷！」

周牧道：「那東西是有的，卻不在我身邊。你既要看，咱們回到那邊去便了。」他想騙石清回到火堆之旁，那時一聲號令，衆人羣起而攻，石清夫婦武功再強，也難免寡不敵衆。

石清笑道：「我可信不過，卻要在周世兄身邊搜搜！得罪莫怪。」

周牧怒道：「你要搜我？當我是甚麼人了？」

石清不答，一伸手便除下了他左腳的皮靴。周牧「啊」的一聲，只見他已從靴筒中倒了一個小包出來，正是得自吳道通身上之物。周牧又驚又怒，又是詫異：「這……這……他怎地知道？難道是見到我藏進去的？」其實石清一說要搜，便見他目光自然而然的向左腳一瞥，眼光隨即轉開，望向遠處，猜想此物定是藏在他左足靴內，果然一搜便著。

石清心想：「適才那人敘述大搜燒餅鋪的情景，顯非虛假，而此物卻在你身上搜出，當然是你意圖瞞過衆人，私下吞沒。」左手三指在那小包外捏了幾下，臉色微變。

周牧急得脹紅了臉，一時拿不定主意是否便要呼叫求援。石清冷冷的道：「你背叛安寨主，可願將此事當衆抖將出來，受那斬斷十指的刑罰麼？」周牧大驚，情不自禁的顫聲道：「你……你怎知道？」石清道：「我自然知道。」鬆指放開了他雙手，說道：「安金刀何等精明，你連我也瞞不過，又怎瞞得過他？」

便在此時，只聽得嚓嚓嚓幾下腳步聲輕響，有人到了林外。一個粗豪的聲音哈哈大笑，朗聲說道：「多承石莊主誇奬，安某這裏謝過了。」話聲方罷，三個人闖進林來。

周牧一見，登時面如土色。這三人正是金刀寨的大寨主安奉日、二寨主馮振武、三寨主元澄道人。周牧奉命出來追尋吳道通之時，安寨主並沒說要派人前來接應，不知如何，竟親自下寨。周牧心想自己吞沒此物的圖謀固然已成畫餅，而且身敗名裂，說不定性命也將難保，情急之下，忙道：「安大哥，那……那……東西給他搶去了。」

安奉日拱手向石清行禮，說道：「石莊主名揚天下，安某仰慕得緊，一直無緣親近。敝寨便在左近，便請石莊主和夫人同去盤桓數日，使兄弟得以敬聆教訓。」

石清見安奉日環眼虬髯，身材矮壯，一副粗豪的神色，豈知說話卻甚得體，一句不提自己搶去物事，卻邀請前赴金刀寨盤桓。可是這一上寨去，那裏還能輕易脫身？拱手還禮之後，順手便要將那小包揣入懷中，笑道：「多謝安寨主盛情……」

突然間青光閃動，元澄道人長劍出鞘，劍尖刺向石清手腕，喝道：「先放下此物！」

這一下來得好快，豈知他快石清更快，身子一側，已欺到了元澄道人身旁，隨手將那小包遞出，放入他左手，笑道：「給你！」元澄道人大喜，不及細想他用意，便即拿住，不料右腕一麻，手中長劍已讓對方奪去。

石清倒轉長劍，斫向元澄左腕，喝道：「先放下此物！」元澄大吃一驚，眼見寒光閃閃，劍鋒離左腕不及五寸，縮手退避，均已不及，只得反掌將那小包擲回。

馮振武叫道：「好俊功夫！」不等石清伸手去接小包，展開單刀，著地滾去，逕向他腿上砍去。石清長劍嗤的一聲刺落，這一招後發先至，馮振武單刀尚未砍到他右腿，他長劍其勢便要將馮振武的腦袋釘在地下。

安奉日見情勢危急，大叫：「請留……」石清長劍繼續前刺，馮振武心中一涼，閉目待死，只覺頰上微微一痛，石清的長劍卻不再刺下，原來他劍下留情，劍尖碰到了馮振武的面頰，立刻收勢，其間方位、力道，竟半分也相差不得。跟著聽得搭的一聲輕響，石清長劍拍回小包，伸手接住，安奉日那「情」字這才出口。

石清收回長劍，說道：「得罪！」退開了兩步。

馮振武站起身來，倒提單刀，滿臉愧色，退到了安奉日身後，口中喃喃說了兩句，不知是謝石清劍下留情，還是罵他出手狠辣，那只有自己知道了。

安奉日伸手解開胸口銅扣，將單刀從背後取下，拔刀出鞘。其時朝陽初升，日光從林間空隙照射進來，金刀映日，閃閃耀眼，厚背薄刃，果然好一口利器！安奉日金刀一立，說道：「石莊主技藝驚人，佩服，佩服，兄弟要討教幾招！」

石清笑道：「今日得會高賢，幸也何如！」一揚手，將那小包擲了出去。四人一怔之間，只聽得颼的一聲，石清手中奪自元澄道人的長劍跟著擲出，那小包剛撞上對面樹幹，長劍已然趕上，將小包釘入樹中。劍鋒只穿過小包一角，卻不損及包中物事，手法之快，運勁之巧，落劍之準，實不亞於適才連敗元澄道人、馮振武的那兩招。長劍釘著小包高高掛起，離地丈許，若有人躍高欲取，劍柄又高了數尺，伸手拔劍便極不容易，而身子躍高，後心便賣了敵人，敵招攻來，難以抵擋。

四人的眼光從樹幹再回到石清身上時，只見他手中已多了一柄通體墨黑的長劍，只聽他說道：「墨劍會金刀，點到爲止。是誰佔先一招半式，便得此物如何？」

安奉日見他居然將已得之物釘在樹上，再以比武較量來決定此物誰屬，絲毫不佔便宜，心下好生佩服，說道：「石莊主請！」他早就聽說玄素莊石清、閔柔夫婦劍術精絕，適才見他制服元澄道人和馮振武，當眞名下無虛，心中絲毫不敢托大，唰唰唰三刀，盡是虛劈，既表禮敬，又是不敢貿然進招。

石清劍尖向地，全身紋風不動，說道：「進招罷！」

安奉日這才揮刀斜劈，招未使老，已倒翻上來。他一出手便是生平絕技七十二路「劈卦刀」，招中藏套，套中含式，變化多端。石清使開墨劍，初時見招破招，守得甚爲嚴謹，三十餘招後，一聲清嘯，陡地展開搶攻，那便一劍快似一劍。安奉日接了三十餘招後，已全然看不清對方劍勢來路，暗暗驚慌，唯有舞刀護住要害。

兩人拆了七十招，刀劍始終不交，忽聽得叮的一聲輕響，墨劍的劍鋒已貼住了刀背，順勢滑下。這一招「順流而下」，原是以劍破刀的尋常招數，若使刀者武功了得，安奉日只須刀身外掠，立時便將來劍盪開。但石清的墨劍來勢奇快，安奉日翻刀欲盪，劍鋒已涼颼颼的碰到了他食指。安奉日大驚：「我四根手指不保！」便欲撤刀後退，也已不及。心念電轉之際，石清長劍竟硬生生收住，非但不向前削，反向後挪了數寸。安奉日知他手下容情，此際欲不撤刀，也不成話，只得鬆手放開刀柄。

那知墨劍一翻，轉到了刀下，卻將金刀托住，不令落地，只聽石清朗聲道：「你我勢均力敵，難分勝敗。」墨劍微微一震，金刀躍起。

安奉日好生感激，五指又握緊了刀柄，知他取勝之後，尚給自己保存顏面，忙舉刀一立，恭恭敬敬行了一禮，正是「劈卦刀」的收刀勢「南海禮佛」。

他這一招使出，心下更驚，不由得臉上變色，原來他一招一式的使將下來，此時剛好將七十二路「劈卦刀」刀法使完，顯是對方於自己這門拿手絕技知之已稔，直等自己的刀法使到第七十一路上，這才將自己制住，倘若他一上來便即搶攻，自己能否擋得住他十招八招，也殊無把握。

安奉日正想說幾句感謝的言語，石清還劍入鞘，抱拳說道：「姓石的交了安寨主這個朋友，咱們不用再比。何時路過敝莊，務請來盤桓幾日。」安奉日臉色慘然，道：「自當過來拜訪。」縱身近樹，面向石清，躍起身來，反手拔起元澄道人長劍，接住小包，將一刀一劍都插在地下，雙手捧了那小包，走到石清身前，說道：「石莊主請取去罷！」這件要物他雖得而復失，但石清顧全自己面子，保全了自己四根手指，卻也十分承他的情。

不料石清雙手一拱，說道：「後會有期！」轉身便走。

安奉日叫道：「石莊主請留步。莊主顧全安某顏面，安某豈有不知？安某明明是大敗虧輸，此物務請石莊主取去，否則豈不是將安某當作不識好歹的無賴小人了。」石清微笑道：「安寨主，今日比武，勝敗未分。安寨主的青龍刀、攔路斷門刀等等精妙刀法都尚未施展，怎能便說輸了？再說，這小包中並無那物在內，只怕周世兄是上了人家的當。」

安奉日一怔，說道：「並無那物在內？」急忙打開小包，拆了一層又一層，拆了五層之後，只見包內有三個銅錢，凝神再看，外圓內方，其形扁薄，卻不是三枚制錢是甚麼？一怔之下，不由得驚怒交集，當下強自抑制，轉頭問周牧道：「周兄弟，這……這到底開甚麼玩笑？」周牧囁嚅道：「我……我也不知道啊。在那吳道通身上，便只搜到這個小包。」

安奉日心下雪亮，情知吳道通不是將那物藏在隱秘異常之處，便是已交給了旁人，此番不但空勞跋涉，反而大損金刀寨威風，將紙包往地下一擲，向石清道：「倒教石莊主見笑了，卻不知石莊主何由得知？」
石清適才奪到那個小包之時，隨手一捏，便已察覺是三枚圓形之物，雖不知定是銅錢，卻已確定絕非心目中欲取的物件，微笑道：「在下也只胡亂猜測而已。咱們同是受人之愚，盼安寨主大量包涵，一笑置之便了。」一抱拳，轉身向馮振武、元澄道人、周牧拱了拱手，快步出林。

石清走到火堆之旁，向閔柔道：「師妹，走罷！」兩人上了坐騎，又向來路回去。閔柔看了丈夫的臉色，不用多問，便知此事沒成功，心中一酸，不由得淚水一滴滴的落上衣襟。石清道：「金刀寨也上了當。咱們再到吳道通屍身上去搜搜，說不定金刀寨的朋友們漏了眼。」閔柔明知無望，卻不違拗丈夫之意，哽咽道：「是。」

黑白雙駒腳力快極，沒到晌午時分，又已回到了侯監集。

鎮民驚魂未定，沒一家店鋪開門。羣盜殺人搶劫之事，已由地方保甲向汴梁官衙稟報，官老爺還在調兵遣將，不敢便來，顯是打著「遲來一刻便多一分平安」的主意。

石清夫婦縱馬來到吳道通屍身之旁，見牆角邊坐著個十二、三歲的小丐，此外四下裏更無旁人。石清當即在吳道通身上細細搜尋，連他髮髻也拆散了，鞋襪也除了來看過。閔柔則到燒餅鋪去再查了一次。

兩夫婦相對黯然，同時嘆了口氣。閔柔道：「師哥，看來此仇已注定難報。這幾日來也真累了你啦。咱們到汴梁城中散散心，看幾齣戲文，聽幾場鼓兒書。」石清知妻子素來愛靜，不喜觀劇聽曲，到汴梁散散心云云，全是體貼自己，便說道：「也好，既然來到河南，總得到汴梁逛逛。汴梁龍鬚麵是天下一絕，一斤麵能拉成好幾里長，卻又不斷，倒不可不嘗。又聽說汴梁的銀匠是高手，去揀幾件首飾也好。」閔柔素以美色馳名武林，本來就喜愛打扮，人近中年，對容貌修飾更加注重。她淒然一笑，說道：「自從堅兒死後，這十三年來你給我買的首飾，足夠開家珠寶鋪子啦！」

她說到「自從堅兒死後」一句話，淚水又已涔涔而下，一瞥眼間，見那小丐坐在牆角邊，猥猥葸葸，污穢不堪，不禁起了憐意，問道：「你媽媽呢？怎麼做叫化子了？」小丐道：「我……我……我媽媽不見了。」閔柔嘆了口氣，從懷中摸出一小錠銀子，擲在他腳邊，說道：「買餅兒去吃罷！」提韁便行，回頭問道：「孩子，你叫甚麼名字？」

那小丐道：「我……我叫『狗雜種』！」

閔柔一怔，心想：「怎能叫這樣的名字？」石清搖了搖頭，道：「是個白痴！」閔柔道：「是，怪可憐見兒的。」兩人縱馬向汴梁城馳去。

那小丐自給吳道通的死屍嚇得暈了過去，直到天明才醒，這一下驚嚇實在厲害，睜眼見到吳道通的屍體血肉模糊的躺在自己身畔，竟不敢起身逃開，迷迷糊糊的醒了又睡，睡了又醒。石清到來之時，他神智已然清醒，正想離去，卻見石清翻弄屍體，又嚇得不敢動了，沒想到那個美麗女子竟會給自己一錠銀子。他心道：「餅兒麼？我自己也有。」

他提起右手，手中兀自抓著那咬過一口的燒餅，驚慌之心漸去，登感飢餓難忍，張口往燒餅上用力咬下，只聽得卜的一聲響，上下門牙大痛，似是咬到了鐵石。那小丐一拉燒餅，口中已多了一物，忙吐在左手掌中，見是黑黝黝的一塊鐵片。

那小丐看了一眼，也不去細想燒餅中何以會有鐵片，也來不及拋去，見餅中再無異物，當即大嚼起來，一個燒餅頃刻即盡。他眼光轉到吳道通屍體旁那十幾枚撕破的燒餅上，尋思：「給殭屍撕過的餅子，不知吃不吃得？」

正打不定主意，忽聽得頭頂有人叫道：「四面圍住了！」那小丐一驚，抬起頭來，只見屋頂上站著三個身穿白袍的男子，跟著身後颼颼幾聲，有人縱近。小丐轉過身來，但見四名白袍人手中各持長劍，分從左右掩將過來。

驀地裏馬蹄聲響，一人飛騎而至，大聲叫道：「是雪山派的好朋友麼？來到河南，恕安某未曾遠迎。」頃刻間一匹黃馬直衝到身前，馬上騎著個虬髯矮胖子，也不勒馬，突然躍下馬背。那黃馬斜刺裏奔了出去，兜了個圈子，便遠遠站住，顯是教熟了的。

屋頂上三名白袍男子同時縱下地來，都手按劍柄。一個三十來歲的魁梧漢子說道：「是金刀安寨主嗎？幸會，幸會！」一面說，一面向站在安奉日身後的白袍人連使眼色。

原來安奉日爲石淸所敗，甚是沮喪，但跟著便想：「石莊主夫婦又去侯監集幹甚麼？是了，周四弟上了當，沒取到眞物，他夫婦定是又去尋找。我是他手下敗將，他若取到，我只有眼睜睜的瞧著。但若他尋找不到，我們難道便不能再找一次，碰碰運氣？此物倘若眞是曾在吳道通手中，他定是藏在隱秘萬分之所，搜十次搜不到，再搜第十一次又有何妨？」當即跨黃馬追趕上來。

他坐騎腳力遠不及石氏夫婦的黑白雙駒，又不敢過份逼近，是以直至石淸、閔柔細搜過吳道通的屍身與燒餅鋪後離去，這才趕到侯監集。他來到鎭口，遠遠瞧見屋頂有人，三個人都身穿白衣，背懸長劍，這般裝束打扮，除了藏邊的雪山派弟子外更無旁人，馳馬稍近，更見三人全神貫注，如臨大敵。他還道這三人要去偷襲石氏夫婦，念著石淸適才賣的那個交情，心中當了他是朋友，便縱聲叫了出來，要警告他夫婦留神。不料奔到近處，沒見石氏夫婦影蹤，雪山派七名弟子所包圍的竟是個小乞兒。

安奉日大奇，見那小丐年紀幼小，滿臉泥污，不似身有武功模樣，待見眼前那白衣漢子連使眼色，他又向那小丐望了一眼。

這一望之下，登時心頭大震，只見那小丐左手拿著一塊鐵片，黑黝黝地，似乎便是傳說中的那枚「玄鐵令」，待見身後那四名白衣人長劍閃動，竟是要上前搶奪的模樣，當下不及細想，立即反手拔出金刀，使出「八方藏刀勢」，身形轉動，滴溜溜地繞著那小丐轉了一圈，金刀左一刀，右一刀，前一刀，後一刀，霎時之間，八方各砍三刀，三八二十四刀，刀刀不離小丐身側半尺之外，將那小丐全罩在刀鋒之下。

那小丐只覺刀光刺眼，全身涼颼颼地，哇的一叫，放聲大哭。

便在此時，七個白衣人各出長劍，幻成一道光網，在安奉日和小丐身周圍了一圈。白光是個大圈，大圈內有個金色小圈，金色小圈內有個小叫化眼淚鼻涕的大哭。

忽聽得馬蹄聲響，一匹黑馬、一匹白馬從西馳來，卻是石清、閔柔夫婦去而復回。原來他二人馳向汴梁，行出不久，便發現了雪山派弟子的蹤跡，兩人商量了幾句，當即又策馬趕回。石清望見八人刀劍揮舞，朗聲叫道：「雪山派眾位朋友，安寨主，大家是好朋友，有話好說，不可傷了和氣。」

雪山派那魁梧漢子長劍一豎，七人同時停劍，卻仍團團圍在安奉日身周。

石清與閔柔馳到近處，驀地見到那小丐左手拿著的鐵片，同時「咦」的一聲，只不知是否便是心目中那物，二人心中都怦怦而跳。石清飛身下鞍，走上幾步，說道：「小兄弟，你手裏拿著的是甚麼東西，給我瞧瞧成不成？」饒是他素來鎮定，說這兩句話時卻語音微微發顫。他已打定主意，料想安奉日不會阻攔，只須那小丐一伸手，立時便搶入劍圈中奪將過來，諒那一衆雪山派弟子也攔不住自己。

那白衣漢子道：「石莊主，是我們先見到的。」

閔柔這時也已下馬走近，說道：「耿師兄，請你問問這位小兄弟，他腳旁那錠銀子，是不是我給的？」這句話甚是明白，她既已給過銀子，自比那些白衣人早見到那小丐了。

那魁梧漢子姓耿，名萬鍾，是當今雪山派第二代弟子中的好手，說道：「石夫人，或許是賢伉儷先見到這個小兄弟，但這枚『玄鐵令』呢，卻是我們兄弟先見到的了。」

一聽到「玄鐵令」這三字，石淸、閔柔、安奉日三人心中都是一凜：「果然便是『玄鐵令』！」雪山派其餘六人也各露出異樣神色。其實他七人誰都沒細看過那小丐手中拿著的鐵片，只見石氏夫婦與金刀寨寨主都如此鄭重其事，料想必是此物；而石、閔、安三人也是一般的想法：雪山派耿萬鍾等七人並非尋常人物，既看中了這塊鐵片，當然不會錯的了。

十個人一般的心思，忽然不約而同的一齊伸出手來，說道：「小兄弟，給我！」

十個人互相牽制，誰也不敢出手搶奪，知道只要誰先用強，大利當前，旁人立即會攻己空門，只盼那小丐自願將鐵片交給自己。

那小丐又怎知道這十人所要的，便是險些兒崩壞了他牙齒的這塊小鐵片，這時雖已收淚止哭，卻茫然失措，見身周刀劍晃動，白光閃閃，心下害怕，淚水在眼眶中滾來滾去，隨時便能又再流下。

忽聽得一個低沉的聲音說道：「還是給我！」

一個人影閃進圈中，一伸手，便將那小丐手中的鐵片拿了過去。

「放下！」「幹甚麼？」「好大膽！」「混蛋！」齊聲喝罵聲中，九柄長劍一把金刀同時向那人影招呼過去。安奉日離那小丐最近，金刀揮出，便是一招「白虹貫日」，砍向那人腦袋。雪山派弟子習練有素，同時出手，七劍分刺那人七個不同方位，叫他避得了肩頭，閃不開大腿，擋得了中盤來招，便卸不去攻他上盤的劍勢。石清與閔柔一時看不清來人是誰，不肯便使殺手取他性命，雙劍各圈了半圓，劍光霍霍，將他罩在玄素雙劍之下。

卻聽得叮噹、叮噹一陣響，那人雙手連振，也不知使了甚麼手法，霎時間竟將安奉日的金刀、雪山七名弟子的長劍盡數奪在手中。

石清和閔柔只覺得虎口一麻，長劍便欲脫手飛出，忙向後躍開。石清登時臉如白紙，閔柔卻滿臉通紅。玄素莊石莊主夫婦雙劍合璧，並世能與之抗手不敗的已寥寥無幾，但給那人伸指在劍身上分別一彈，兩柄長劍都險些脫手，那是兩人臨敵以來從未遇到過之事。

看那人時，只見他昂然而立，一把金刀、七柄長劍都插在他身周。那人青袍短鬚，約莫五十來歲年紀，容貌清癯，臉上隱隱有一層青氣，目光中流露出一股說不盡的歡喜之意。石清驀地想到一人，脫口而出：「尊駕莫非便是這玄鐵令的主人麼？」

那人嘿嘿一笑，說道：「玄素莊黑白雙劍，江湖上都道劍術了得，果然名不虛傳。老夫適才以一分力道對付這八位朋友，以九分力道對付賢伉儷，居然仍奪不下兩位手中兵刃。唉，我這『彈指神通』功夫，『彈指』是有了，『神通』二字如何當得？看來非得再下十年苦功不可。」

石清一聽，更無懷疑，抱拳說道：「愚夫婦此番來到河南，原想上摩天崖來拜見尊駕。雖所盼成空，總算有緣見到金面，卻也不虛此行了。愚夫婦這幾手三腳貓的粗淺劍術，在尊駕眼中自不值一笑。尊駕今日親手收回玄鐵令，可喜，可賀。」

雪山派羣弟子聽了石清之言，均暗暗嘀咕：「這青袍人便是玄鐵令的主人謝煙客？他於一招之間便奪了我們手中長劍，若不是他，恐怕也沒第二個了。」七人你瞧瞧我，我瞧瞧他，都默不作聲。

安奉日武功並不甚高，江湖上的閱歷卻遠勝於雪山派七弟子，當即拱手說道：「適才多有冒犯，在下這裏謹向謝前輩謝過，還盼恕過不知之罪。」

那青袍人正是摩天崖謝煙客。他又哈哈一笑，道：「照我平日規矩，你們這般用兵刃向我身上招呼，我自非一報還一報不可，你用金刀砍我左肩，我當然也要用這把金刀砍你左肩才合道理。」他說到這裏，左手將那鐵片在掌中一拋一拋，微微一笑，又道：「不過碰到今日老夫心情甚好，這一刀便寄下了。你刺我胸口陰都穴，你刺我頭頸天鼎穴，你刺我大腿環跳穴，你刺我左腰，你斬我小腿……」他口中說著，右手分指雪山派七弟子。

那七人聽他將剛才自己的招數說得分毫不錯，更為駭然，在這電光石火般的一瞬之間，他受十人圍攻，情勢凶險，竟將每一人出招的方位看得明明白白，又記得清清楚楚，只聽他又道：「這也通統記在帳上，幾時碰到我脾氣不好，便來討債收帳。」

雪山派中一個矮個子大聲道：「我們藝不如人，輸了便輸了，你又說這些風涼話作甚？你記甚麼帳？爽爽快快刺我一劍便是，誰又耐煩把這筆帳掛在心頭？」此人名叫王萬仞，其時他兩手空空，說這幾句話，擺明是要將性命交在對方手裏了。他同門師兄弟齊聲喝止，他卻已一口氣說了出來。

謝煙客點了點頭，道：「好！」拔起王萬仞的長劍，挺劍直刺。王萬仞急向後躍，想要避開，豈知來劍快極，王萬仞身在半空，劍尖已及胸口。謝煙客手腕一抖，便即收劍。

王萬仞雙腳落地，只覺胸口涼颼颼地，低頭一看，不禁「啊」的一聲，但見胸口露出一個圓孔，約有茶杯口大小，正好對準了他胸口的「陰都穴」。原來謝煙客手腕微轉，已用劍尖在他衣服上劃了個圓圈，自外而內，三層衣衫盡皆劃破，露出了肌膚。他手上只須使勁稍重，一顆心也給他剜出來了。

王萬仞臉如土色，驚得呆了。安奉日衷心佩服，忍不住喝采：「好劍法！」說到出劍部位之準，勁道拿捏之巧，謝煙客適才這一招，石清夫婦勉強也能辦到，但劍勢之快，令對方明知刺向何處，仍然閃避不得，石清、閔柔自知便萬萬及不上了。二人對望一眼，均想：「此人武功精奇，果然匪夷所思。」

謝煙客哈哈大笑，拔步便行。

雪山派中一個少年女子突然叫道：「謝先生，且慢！」謝煙客回頭問道：「幹甚麼？」那女子道：「尊駕手下留情，沒傷我王師哥，雪山派同感大德。請問謝先生，你拿去的那塊鐵片，便是玄鐵令嗎？」謝煙客哼了一聲，道：「沒上沒下的野丫頭，憑你也來向我問東問西？」

那女子臉上一紅。閔柔忙道：「這位想必是雪山派的『寒梅女俠』花萬紫花師妹，年紀雖輕，劍術是挺高明的。」謝煙客滿臉傲色，說道：「年紀倒輕，劍術我看還差著這麼一大截。也罷，這是玄鐵令又怎樣？不是又怎樣？」花萬紫雖給謝煙客搶白了幾句，仍鼓勇而道：「倘若不是玄鐵令，大夥再去找找。但若當真是玄鐵令，這卻是尊駕的不是了。」

只見謝煙客臉上陡然青氣一現，隨即隱去，耿萬鍾喝道：「花師妹，不可多口。」衆人素聞謝煙客生性殘忍好殺，爲人忽正忽邪，行事全憑一己好惡，不論黑道或白道，喪生於他手下的好漢指不勝屈。今日他受十人圍攻而居然不傷一人，那可說破天荒的大慈悲了。不料師妹花萬紫性子剛硬，又復不知輕重，竟出言衝撞，不但雪山派的同門心下震駭，石氏夫婦也不禁爲她捏了一把冷汗。

謝煙客高舉鐵片，朗聲唸道：「玄鐵之令，有求必應。」將鐵片翻了過來，又唸道：「摩天崖謝煙客。」頓了一頓，說道：「這等玄鐵刀劍不損，天下罕有。」拔起地下一柄長劍，順手往鐵片上斫去，叮的一聲，長劍斷爲兩截，上半截彈了出去，那黑黝黝的鐵片竟絲毫無損。他臉色一沉，厲聲道：「怎麼是我的不是了？」

花萬紫道：「小女子聽得江湖上的朋友們言道：謝先生共有三枚玄鐵令，分贈三位當年於謝先生有恩的朋友，說道只須持此令來，親手交在謝先生手中，便可請你做一件事，不論如何艱難凶險，謝先生也必代他做到。那話不錯罷？」謝煙客道：「不錯。此事武林中人，有誰不知？」言下甚有得色。花萬紫道：「聽說這三枚玄鐵令，有兩枚已歸還謝先生之手，武林中也因此發生了兩件驚天動地的大事。這玄鐵令便是最後一枚了，不知對不對？」

謝煙客聽她說「武林中也因此發生了兩件驚天動地的大事」，臉色便略轉柔和，說道：「不錯。得了我這枚玄鐵令的朋友武功高強，沒甚麼難辦之事，這令牌於他也無用處。他沒子女，逝世之後令牌不知去向。這幾年來，大家都在拚命找尋，想來叫我姓謝的代他幹一件大事。嘿嘿，想不到今日輕輕易易的卻給我自己收回了。這樣一來，江湖上朋友不免有些失望，可也反而給你們消災免難。」一伸足將吳道通的屍身踢出數丈，又道：「譬如此人罷，縱然得了令牌，要見我臉卻也挺難，在將令牌交到我手中之前，自己便先成衆矢之的。武林中哪一個不想殺之而後快？哪一個不想奪取令牌到手？以玄素莊石莊主夫婦之賢，尚且未能免俗，何況旁人？嘿嘿！嘿嘿！」最後這幾句話，已大有譏嘲之意。

石清一聽，不由得面紅過耳。他雖一向對人客客氣氣，但武功既強，名氣又大，說出話來很少有人敢予違拗，不料此番面受謝煙客的譏嘲搶白，論理論力，均無可與之抗爭，他平素高傲，忽受挫折，實覺無地自容。閔柔只看著石清神色，丈夫若露拔劍齊上之意，立時便要跟謝煙客拚了，雖明知不敵，這口氣卻也咽不下去。

卻聽謝煙客又道：「石莊主夫婦是英雄豪傑，這玄鐵令若教你們得了去，不過叫老夫做一件爲難之事，奔波勞碌一番，那也罷了。但若給無恥小人得了去，竟要老夫自殘肢體，逼得我不死不活，甚至於來求我自殺，我若不想便死，豈不是毀了這『有求必應』

四字誓言？總算老夫運氣不壞，毫不費力的便收回了。哈哈，哈哈！」縱聲大笑，聲震屋瓦。

花萬紫朗聲道：「聽說謝先生當年曾發下毒誓，不論從誰手中接過這塊令牌，都須依彼所求，辦一件事，即令對方是七世的冤家，也不能伸一指加害於他。這令牌是你從這小兄弟手中接過去的，你又怎知他不會出個難題給你？」謝煙客「呸」的一聲，道：「這小叫化是甚麼東西？我謝煙客去聽這小化子的話，哈哈，那不是笑死人麼？」花萬紫朗聲道：「眾位朋友聽了，謝先生說小化子原來不是人，算不得數。」她說的若是旁人，餘人不免便笑出聲來，至少雪山派同門必當附和，但此刻四周卻靜無聲息，只怕一枚針落地也能聽見。

謝煙客臉上又青氣一閃，心道：「這丫頭用言語僵住我，叫人在背後說我謝某言而無信。」突然心頭一震：「啊喲，不好，莫非這小叫化是他們故意布下的圈套，我既已伸手將令牌搶到，再要退還他也不成了。」他幾聲冷笑，傲然道：「天下又有甚麼事，能難得倒姓謝的了。小叫化兒，你跟我去，有甚麼事求我，可不跟旁人相干。」攜著那小丐的手拔步便行。他雖沒將身前這些人放在眼裏，但生怕這小丐背後有人指使，當眾出個難題，要他自斷雙手之類，那便不知如何是好了，是以要將他帶到無人之處，細加盤問。

花萬紫踏上一步，柔聲道：「小兄弟，你是個好孩子。這位老伯伯最愛殺人，你快求他從今以後，再也別殺——」一句話沒說完，突覺一股勁風撲面而至，下面「一個人」三字登時咽入了腹中，再也說不出口。

原來花萬紫知謝煙客言出必踐，自己適才挺劍向他臉上刺去，他說記下這筆帳，以後隨時討債，總有一日要給他在自己臉頰刺上一劍，何況六個師兄中，除王萬仞外，誰都欠了他一劍，這筆債還起來，非有人送命不可。因此她干冒奇險，不惜觸謝煙客之怒，要那小叫化求他此後不可再殺一人。只須小丐說了這句話，謝煙客不得不從，自己與五位師兄的性命便都能保全了。不料謝煙客識破她用意，袍袖拂出，勁風逼得她難以畢辭。只聽他大聲怒喝：「要你這丫頭囉唆甚麼？」又一股勁風撲至，花萬紫立足不定，便即摔倒。

花萬紫背脊一著地，立即躍起，想再叫嚷時，卻見謝煙客早已拉著小丐之手，轉入了前面小巷之中，顯然他不欲那小丐再聽到旁人的教唆言語。

眾人見謝煙客在丈許外只衣袖一拂，便將花萬紫摔了一交，盡皆駭然，又有誰敢再追上前去囉唣？

忽見一條軟鞭從轎中揮將出來，捲住王萬仞左腿，將他身子甩飛，奪了他手中墨劍。花萬紫白劍出鞘，往軟鞭上撩去，轎中突然飛出一粒暗器，打中了她手腕。

二　荒唐無恥

石清走上兩步，向耿萬鍾、王萬仞抱拳道：「耿賢弟、王賢弟，花師妹膽識過人，勝於鬚眉，『寒梅女俠』四字，名不虛傳。其餘四位師兄，請耿賢弟引見。」

耿萬鍾板起了臉，竟不置答，說道：「在這裏遇上石莊主夫婦，那再好也沒有了，省了我們上江南走一遭。」

石清見這七人神色頗爲不善，初時只道他們在謝煙客手下栽了觔斗，致感難堪，但耿萬鍾與自己素來交好，異地相逢，該當歡喜才是，怎麼神氣如此冷漠？他一向稱自己爲「石大哥」，又怎麼忽爾改了口？心念一動：「莫非我那寶貝兒子闖了禍？」忙道：「耿賢弟，我那小頑童惹得賢弟生氣了麼？小兄夫婦給你賠禮，來來來，小兄做個東道，請七位到汴梁城裏去喝幾杯。」

安奉日見石淸言詞之中對雪山派弟子甚爲親熱，而這些雪山派弟子對自己卻大剌剌地，正眼也不瞧上一眼，更不用說通名招呼了，自己站在一旁沒人理睬，一來沒趣，二來有氣，心想：「哼，雪山派有甚麼了不起？要如石莊主這般仁義待人，那才眞的讓人佩服。」向石淸、閔柔抱拳道：「石莊主、石夫人，安某告辭了。」石淸拱手道：「安寨主莫怪。犬子石中玉在雪山派封師兄門下學藝，在下詢及犬子，竟對安寨主失了禮數。」安奉日心道：「石莊主行事，果然叫人心服。這倒怪你不得。」說道：「好說，好說！後會有期。」拱了拱手，轉身而去。

耿萬鍾等七人始終一言不發，待安奉日走遠，仍你看看我，我看看你，臉上流露出既尷尬又爲難、既氣惱又鄙夷的神氣，似乎誰都不願先開口說話。

石淸將兒子送到雪山派大弟子「風火神龍」封萬里門下學藝，固然另有深意，卻也因此子太過頑劣，閔柔又諸多迴護，自己實難管教之故，眼看耿萬鍾等的模樣，只怕兒子這亂子鬧得還眞不小，陪笑道：「白老爺子、白老太太安好，風火神龍封師兄安好。」

王萬仞再也忍耐不住，大聲道：「我師父、師娘沒給你的小……小……小……氣死，總算福份不小。」他本想大罵「小雜種」，但瞥眼間見到閔柔楚楚可憐、擔心關懷的臉色，連說了三個「小」字，終於懸崖勒馬，硬生生將「雜種」二字咽下。但他罵人之言雖然忍住，人人都已知道他本意，這不罵也等於已破口大罵。

閔柔眼圈一紅，說道：「王大哥，我那玉兒的確頑皮得緊，得罪了諸位，我……我……萬分抱歉，先給各位賠禮了。」說著盈盈福了下去。

雪山派七弟子急忙還禮。王萬仞大聲道：「石大嫂，你生的這小……小……傢伙實在太不成話，只要有半分像你們大哥大嫂兩位，那……那還有甚麼話說？這也不算是得罪了我，再說，得罪了我王萬仞這草包有甚打緊？衝著兩位金面，我最多抓住小子拳打足踢一頓，也就罷了。但他得罪了我師父、師娘，我那白師哥又是這等烈性子。石莊主，不是我吃裏扒外，想來總得通知你一聲，我白師哥要來燒你們的玄素莊，你……你兩位可得避避。我跟你兩位的過節，咱們一筆帶過，我就擱開了不算，誰教咱們從前有交情呢。但你這杯酒，我說甚麼也不能喝，要是給白師哥知道了，他不跟我翻臉絕交才怪。」

他嘮嘮叨叨的一大堆，始終沒說到石中玉到底幹了甚麼錯事。石清、閔柔二人卻越聽越驚，心想我們跟雪山派數代交好，怎地白萬劍居然惱到要來燒玄素莊？不住口的道：「這孽障大膽胡鬧，該死！怎麼連老太爺、老太太也敢得罪了？」

耿萬鍾道：「這裏是非之地，多留不便，咱們借一步說話。」當下拔起地下的長劍，道：「石莊主請，石夫人請。」

石清點了點頭，與閔柔向西走去，兩匹坐騎緩緩在後跟來。路上耿萬鍾為五個師弟妹引見，五人分別和石清夫婦說了些久仰的話。

一行人行出七八里地，見大路旁三株栗樹，亭亭如蓋。耿萬鍾道：「石莊主，咱們到那邊說話如何？」石清道：「甚好。」九個人來到樹下，在大石和樹根上分別坐下。

石清夫婦心中甚爲焦急，卻並不開口詢問。

耿萬鍾道：「石莊主，我本來不配做你朋友，但承你瞧得起，和你叨在交好，有一句不中聽的話，直言莫怪。依在下之見，莊主還是將令郎交由我們帶去，在下竭力向師父、師母及白師兄夫婦求情，未始不能保全令郎性命。就算是廢了他武功，也勝於兩家反臉成仇，大動干戈。」

石清奇道：「小兒到了貴派之後，三年來我未見過他一面，種種情由，在下確然全不知情，還盼耿兄見告，不必隱瞞。」他本來稱他「耿賢弟」，眼見對方怒氣沖沖，這「賢弟」二字再叫出去，只怕給他頂撞回來，立時碰上個大釘子。

耿萬鍾道：「石莊主當眞不知？」石清道：「不知！」

耿萬鍾素知他爲人，以玄素莊主如此響亮的名頭，決不能謊言欺人，他說不知，那便是眞的不知了，說道：「原來石莊主全無所悉……」

閔柔忍不住打斷他話頭，問道：「玉兒不在凌霄城嗎？」耿萬鍾點點頭。王萬仞道：「這小……小傢伙這會兒若在凌霄城，便有一百條性命，也都不在了。」

石清心下暗暗生氣，尋思：「我命玉兒投入你們門下學武，只因敬重白老爺子和封師兄的爲人，看重雪山派的武功。就算玉兒年紀幼小，生性頑劣，犯了你們甚麼門規，衝著我夫婦的臉面，也不能要殺便殺。就算你雪山派武功高強，人多勢衆，難道江湖上眞沒道理講了麼？」他仍不動聲色，淡淡的道：「貴派門規素嚴，這個在下早知道的。我送犬子到凌霄城學藝，原本想要他多學一些好規矩。」

耿萬鍾臉色微微一沉，道：「石莊主言重了。石中玉這小子如此荒唐無恥，窮凶極惡，卻不是我們雪山派教的。」石清淡淡的道：「諒他小小年紀，無知頑皮、犯規胡鬧定是有的，這『荒唐無恥，窮凶極惡』八字考語，卻從何說起？」

耿萬鍾轉頭向花萬紫道：「花師妹，請你到四下裏瞧瞧，看有人來沒有？」花萬紫道：「是！」提劍遠遠走開。石清夫婦對望了一眼，均知他將花萬紫打發開去，是爲了有些言語不便在女子之前出口，心下不禁又多了一層憂慮。

耿萬鍾嘆了口氣，道：「石莊主、石大嫂，我白師哥沒兒子，只一個女兒，你們是知道的。我那師姪女今年還只一十三歲，聰明伶俐，天眞可愛，白師哥固然愛惜之極，我師父、師娘更當她心肝肉一般。我這師姪女簡直便是大雪山凌霄城的小公主，我們師兄弟姊妹們，自然也像鳳凰一般捧著她了。」

石清點了點頭，道：「我那不肖的兒子得罪了這位小公主啦，是不是？」

耿萬鍾道：「『得罪』二字，卻忒也輕了。他……他……他委實膽大妄爲，竟將我們師姪女綁住了手足，將她剝得一絲不掛，想要強姦。」

石清和閔柔「啊」的一聲，一齊站起身來。閔柔臉色慘白。石清說道：「那……那有此事？中玉還只一十五歲，這中間必有誤會。」

耿萬鍾道：「咱們也說實在太過荒唐。可是此事千眞萬確，服侍我那小姪女的兩個丫鬟聽到爭鬧掙扎之聲，趕進房來，便即呼救，一個給他斬了一條手臂，一個給他砍去了一條大腿，都暈了過去。幸好這麼一來，這小子受了驚，沒敢再侵犯我小姪女，就此逃了。」

武林之中，向以色戒爲重，黑道上的好漢打家劫舍、殺人放火視爲家常便飯，但若犯了這個「淫」字，便爲同道衆所不齒。強姦婦女之事，連綠林盜賊也不敢輕犯，何況是俠義道的人物。閔柔只急得花容失色，拉著丈夫衣袖道：「師哥，那……那便如何是好？」

石清乍聞噩耗，也心緒煩亂。倘若他聽到兒子殺人闖禍犯了事，再大的難題也要接了下來，但這樣的事卻不知如何處理才是。他定了定神，說道：「如此說來，老天爺保佑，白小姑娘還是冰清玉潔之身，沒讓我那不肖的孽子玷污了？」

耿萬鍾搖頭道：「沒有！雖然如此，那也沒多大分別。我師父他老人家的脾氣你是知道的，立即命人追尋這小子，吩咐是誰見到，立即殺了，不用留活口。」王萬仞接口道：「我師父言道：他老人家跟你交情不淺，倘若把這小子抓了回來，他老人家衝著你面子，倒不便取他性命了，不如在外面一劍殺了，乾乾淨淨。」耿萬鍾橫了他一眼，似嫌他多口。王萬仞道：「師父確是這般吩咐的，難道我說錯了麼？」

耿萬鍾不去理他，續道：「倘若只傷了兩個丫鬟，本來也不是甚麼大事，可是我們那小姪女年紀雖小，性子卻十分剛烈，不幸遭此羞辱，自覺從此沒面目見人，哭了兩天，第三天晚上，竟悄悄從後窗跳了出去，跳下了萬丈深谷。」

石清與閔柔又「啊」的一聲。石清顫聲道：「可……可救轉了沒有？」

耿萬鍾道：「我們凌霄城外的深谷，石莊主是知道的，別說是人，就是一塊石子掉了下去，也跌成了石粉。這樣嬌嬌嫩嫩的一個小姑娘跳了下去，還不成了一團肉漿？」

一個二十七八歲的雪山派弟子名叫柯萬鈞的說道：「最冤枉的可算是大師哥啦，無端端的給師父砍去了一條右臂。」說時氣憤之極。石清驚道：「風火神龍？」柯萬鈞道：「可不是麼？我師父痛惜孫女，又捉不到你兒子，在大廳上大發脾氣，罵封師兄管教弟子不嚴，說他淨吃飯不管事，當甚麼狗屁師父，越罵越怒，忽然抽出封師兄腰間佩劍，便砍去了他一條臂膀。我師母出言責備師父，說他不該如此暴躁，遷怒於人。兩位老人家當著弟子之面吵起嘴來，越說越僵，不知又提到了甚麼舊事，師父竟出手打了師母一個巴掌。我師母大怒，衝出門去，說道再踏進凌霄城一步便不是人。」
石清慚愧無地，心想：「我欽佩封萬里的武功，令獨生兒子拜在他門下，那知竟累得他成爲廢人。封萬里劍法凌厲迅捷，如狂風，如烈火，這才得了個風火神龍的外號。此人性子剛猛，仇家甚多，武功一失，恐怕這一生是一步不敢下大雪山了。唉，當眞是愧對良友。」
卻聽王萬仞道：「柯師弟，你說大師哥冤枉，難道咱們白師哥便不冤枉嗎？女兒給人害死了，白師嫂卻又發了瘋。」
石清、閔柔越聽越驚，只盼有個地洞，就此鑽了下去，眞不知凌霄城經自己兒子這麼一鬧，更有甚麼慘事生了出來。石清硬起頭皮問道：「白夫人又怎地……怎地心神不定了？」
王萬仞道：「還不是給你那寶貝兒子氣瘋的！我們小姪女一死，白師哥不免怨責師嫂，怪她爲甚麼不好好看住女兒，竟會給她跳出窗去。白師嫂本在自怨自艾，聽丈夫這麼一說，不住口的叫：『阿綉啊，是娘害死你的啊！阿綉啊，是娘害死你的啊！』從此就神智胡塗了，說話做事顚顚倒倒。兩位師姊寸步不離的看住她，只怕她也跳下了那深谷去。石莊主，我白師哥要來燒玄素莊，你說該是不該？」
石清道：「該燒，該燒！我夫婦慚愧無地，便走遍天涯海角，也要擒到這孽子，親自送上凌霄城來，在白姑娘靈前凌遲處死……」閔柔聽到這裏，突然「嚶」的一聲，暈了過去，倒在丈夫懷裏。石清連連揑她人中，過了良久，閔柔才悠悠醒轉。

王萬仞道：「石莊主，我雪山派還有兩條人命，只怕也得記在你玄素莊的帳上。」

石清驚道：「還有兩條人命？」他一生飽經大風大浪，但遭遇之酷，實以今日為甚，當年次子中堅為仇家所殺，雖傷心氣惱到了極處，卻不似今日之又是慚愧，又是惶恐，說出話來，不由得聲音也啞了。

王萬仞道：「雪山派遭此變故，師父便派了一十八名弟子下山，一路由白師哥率領，是到江南去燒你莊子的，還說……還說要……」說到這裏，吞吞吐吐的說不下去，耿萬鍾連使眼色阻止。

石清鑒貌辨色，已猜到王萬仞想說的言語，便道：「那是要擒在下夫婦到大雪山去，給白姑娘抵命了。」

耿萬鍾忙道：「石莊主言重了。別說我們不敢，就算眞有這份膽量，憑我們幾手粗淺功夫，又如何請得動莊主夫婦大駕？我師父言道：無論如何要尋到令郎，只是他年紀雖小，人卻機靈得緊，否則凌霄城地勢險峻，又有這許多人追尋，怎會給他走得無影無蹤？」閔柔垂淚道：「玉兒一定死了，一定也摔在谷中死了。」耿萬鍾搖頭道：「不是，他的腳印在雪地裏一路下山，後來山坡上又見到雪橇的印子。說來慚愧，我們這許多大人，竟抓不到一個十五歲的少年。我師父確是想邀請兩位上凌霄城去，商議善後之策。」

石清淡淡的道：「說來說去，那是要我給白姑娘抵命了。王師兄說還有兩條人命，卻又是甚麼事？」

王萬仭道：「我剛才說一十八名弟子兵分兩路，第一路九個人去江南，另一路由耿師哥率領，在中原各地尋訪你兒子的下落。倒起霉來，也眞會禍不單行……」耿萬鍾截住他的話頭，道：「王師弟，不必說了，這件事確然跟石莊主無關。」王萬仭道：「怎麼無關？若不是爲了那小子，孫師哥、褚師弟又怎會不明不白的送了性命？再說，到底對頭是誰，咱們也不知道，回到山上，你怎生回稟師父？師父一生氣，恐怕你這條手臂也保不住啦。石莊主夫婦交遊廣闊，跟他二位打聽打聽，有甚麼不可？」

耿萬鍾想起封師兄斷臂之慘，自忖這件事的確沒法交代，向石清夫婦打聽一下，倒也不失爲一條路子，便道：「好罷，你愛說便說。」

王萬仭道：「石莊主，三日之前，我們得到訊息，說有個姓吳的人得到了玄鐵令，躲在汴梁城外侯監集上賣燒餅。我師兄弟九人便悄悄商量，都說能不能拿到石中玉那小子，也只有碰運氣的了，人海茫茫，又從那裏找去？十年找不到，只怕哥兒們十年便不能回凌霄城，倘若能將那玄鐵令得來，就算拿不到你兒子，也好請那姓謝的代找，回去對師父也算有了交代。商議之際，不免便有人罵你兒子，說他小小年紀，如此荒唐大膽，當眞該死。正在這時，忽然有個蒼老聲音哈哈大笑，說道：『妙極，妙極！這樣的好少年天下少有，鬧得雪山派束手無策，一籌莫展，良才美質，曠世難逢！』」

石淸和閔柔對瞧了一眼，別人如此誇獎自己兒子，眞比聽人破口大罵還要難受。

王萬仞續道：「那時我們是在一家客店之中說話，那上房四壁都是磚牆，可是這聲音透牆而來，十分淸晰，便像是對面說話一般。我們九個人說話並不響，不知如何又都給他聽了去。」

石淸和閔柔心頭都是一震，尋思：「隔著磚牆而將旁人的說話聽了下去，說不定牆上有孔有縫，說不定是在窗下偷聽而得，也說不定有些人大叫大嚷，卻自以爲說得甚輕，倒也沒甚麼奇怪。但隔牆說話，令人聽來淸晰異常，那必是內功十分深厚。這些人途中又逢高人，當眞一波未平，一波又起。」

柯萬鈞道：「我們聽到說話聲音，都呆了一呆。王師哥便喝道：『是誰活得不耐煩了，卻來偷聽我們說話？』王師哥一喝問，那邊便沒聲響了。可是過不了一會，聽得那老賊說道：『阿璫，這些人都是雪山派的，他們那個師父白老頭兒，是你爺爺生平最討厭的傢伙。一個小娃娃居然將雪山派的老……攪得妻離子散，家破人亡，豈不有趣？嘿嘿，嘿嘿！妙極，妙極！笑死我啦！開心死我啦！爺爺可要在江湖上大大宣揚宣揚！』

我們一聽，立時便要發作，但耿師哥不住搖手，命大夥兒別作聲。「只聽得一個小姑娘的聲音笑道：『有趣，有趣，就可惜沒氣死了那老……還不算頂有趣。』她又說了幾句甚麼鬼話，這女孩子的聲音隔著牆壁，便聽不大清楚了。那老賊咳嗽了幾聲，說道：『氣死了老……可又不有趣了，幾時爺爺有空，帶你上大雪山凌霄城去，親自把這老……氣死了給你看，那才有趣呢。』」他說到「老」字，底下兩字都含糊了過去，想必那人提到他師父之時，言語甚是難聽，他不便複述。

石清道：「此人無禮之極，竟敢對白老爺子如此不敬，到底是仗著甚麼靠山？咱們可放他不過。」

王萬仞道：「是啊，這老賊如此目中無人，我們便豁出了性命不要，也要跟他拚了。我們正在怒氣難忍的當兒，只聽『咿呀』一聲響，一間客房中有人開門出來，兩人走進院子之中。大夥兒都拔出劍來，便要衝進院子去。耿師哥搖搖手，叫大家別心急。卻聽那老賊說道：『阿瑺，今兒咱們殺過幾個人哪？』那小女鬼道：『還只殺了一個。』那老賊道：『那麼還可再殺兩個。』」

石清「啊」的一聲，說道：「『一日不過三』！」

耿萬鍾一直不作聲，此時急問：「石莊主，你可識得這老賊麼？」石清搖頭道：「我不認得他，只是曾聽先父說起，武林中有這麼一號人物，外號叫作甚麼『一日不過三』，自稱一日之中最多只殺三人，殺了三人之後，心腸就軟了，第四人便殺不下手去。」王萬仞罵道：「他奶奶的，一天殺三個人還不夠？這等邪惡毒辣的奸徒，居然能讓他活到如今。」

石清默然，心中卻想：「聽說這位姓丁的前輩行事在邪正之間，雖殘忍好殺，卻也沒聽說有甚麼重大過惡，所殺之人往往罪有應得。」只是這句話不免得罪雪山派，是以忍住了不說出口。

耿萬鍾又問：「不知這老賊叫甚麼名字？是何門何派？」石清道：「聽說此人姓丁，眞名也不知叫甚麼，他外號叫『一日不過三』，老一輩的人大都叫他爲丁不三。」柯萬鈞氣憤憤的道：「這老賊果然是不三不四。」

石清道：「聽說此人有三兄弟，他有個哥哥叫丁不二，有個弟弟叫丁不四。」王萬仞罵道：「他奶奶的，不二不三，不三不四，居然取這樣的狗屁名字。」耿萬鍾道：「王師弟，在石大嫂面前，不可口出粗言。」王萬仞道：「是。」轉頭對閔柔道：「石大嫂，對不住。」閔柔微微一笑，說道：「想來那三個都是外號，不會當眞取這樣的古怪名兒。」

石清道：「丁不二原是老大，他說：『我不是老二，因此叫丁不二！』」王萬仞哈哈大笑，說道：「我知道啦，丁不三是老二，他不是老三，就叫丁不三！丁不四也是這樣！」石淸道：「丁氏三兄弟武藝高強，在武林中名頭也算不小，爲人處世，卻當眞有點不二不三、不三不四。想來白老爺子跟他們有點兒過節，不願提起他們名字，是以衆位師兄不知。後來怎樣了？」

王萬仞道：「只聽那老賊放屁道：『有一個叫孫萬年的沒有？有一個叫褚萬春的沒有？兩個王八蛋給我滾出來。』那時我們怎忍得住，九個人一擁而出。可是說也奇怪，院子中竟一個人也沒有。大家四下找尋，我上屋頂去看，都不見人。柯師弟便闖進那間板門半掩的客房去看。只見桌上點著枝蠟燭，房裏卻一隻鬼也沒有。

「我們正覺奇怪，忽聽得我們自己房中有人說話，正是那老賊的聲音。聽他說道：『孫萬年、褚萬春，你們兩隻王八蛋在涼州道上，幹麼目不轉睛的瞧著我這小孫女，又指指點點的胡說風話，臉上色迷迷的不懷好意。我這小孫女年紀雖小，長得可眞不含糊。你兩隻狗畜生，心中定是打了髒主意，那可不是冤枉你們罷？給我滾進來罷！』孫師哥、褚師哥越聽越怒，雙雙挺劍衝入房去。耿師哥叫道：『小心！大夥兒齊上。』只見房中燈火熄了，沒半點聲息。我大叫：『孫師哥，褚師哥！』他二人既不答應，房中也沒兵刃相鬥的聲音。

「我們都心中發毛，忙晃亮火摺，只見兩位師哥直挺挺跪在地下，長劍放在身旁。耿師哥和我搶進房去，一拉他二人，孫師哥和褚師哥隨手而倒，竟已氣絕而死，周身卻沒半點傷痕，也不知那老賊是用甚麼妖法害死了他們。說來慚愧，自始至終，我們沒一個見到那老賊和小女賊的影子。」

柯萬鈞道：「在涼州道上，我們可沒留神曾見過他一老一小。孫師哥、褚師哥就算瞧了他孫女幾眼，又有甚麼大不了啦。」石清、閔柔夫婦都點了點頭。眾人半晌不語。

石清道：「耿兄，小孽障在凌霄城闖下這場大禍，是那一日的事？」

耿萬鍾道：「十二月初十。」

石清點了點頭，道：「今日三月十二，白師哥離凌霄城已三個月啦，這會兒想來玄素莊也早讓他燒了，那是該當如此，不必再提。就算白師哥還沒燒，我回去先自己燒了，向白老爺子和封師哥謝罪。耿兄，王兄，眾位師兄，我夫婦一來須得找尋小孽障的下落，拿住了他後，綁縛了親來凌霄城向白老爺子、封師兄、白師兄請罪；如真的找他不到，我石清自行投到，請白老爺子處罰。請七位這樣向白老爺子回報，也算有個交代。二來要打聽一下那個『一日不過三』丁不三的去向，小弟夫婦縱然惹他不動，也好向白老爺子報訊，請他老人家親自出馬，料理此事。累得各位風霜奔波，小弟夫婦萬分過意不去，這裏先行謝罪，日後如有機會，當再設法補報。」說著抱拳躬身，深深行禮。閔柔也在旁行禮。

柯萬鈞道：「你……你……你交代了這幾句話，就此拍手走了不成？」石清道：

「柯師兄更有甚麼說話？」柯萬鈞道：「我們找不到你兒子，只好請你夫妻同去凌霄城，見見我師父，才好交代這件事。」石清道：「凌霄城自然是要來的，卻總得諸事有了些眉目再說。」

柯萬鈞向耿萬鍾看看，又向王萬仞看看，氣忿忿道：「師父得知我們見了石莊主夫婦，卻請不動你二人上山，那……那……豈不是……」

石清早知他用意，竟想倚多為勝，硬架自己夫婦上大雪山去，捉不到兒子，便要老子抵命，說道：「白老爺子德高望重，威鎮西陲，在下對他老人家向來敬如師長，倘若白師哥或封師哥在此，奉了白老爺子之命，要在下上凌霄城去，在下自非遵命不可，現下呢，嗯，這樣罷！」解下腰間黑鞘長劍，向閔柔道：「師妹，你的劍也解下來罷。」閔柔依言解劍。石清兩手橫托雙劍，遞向耿萬鍾道：「耿兄，請你將小弟夫婦的兵刃扣押了去。」

耿萬鍾素知這對黑白雙劍是武林中罕見的神兵利器，他夫婦愛如性命，這時候居然解劍繳納，可說已給雪山派極大面子，他們為了這對寶劍，那是非上凌霄城來取回不可，便想說幾句謙遜的言語，這才伸手接過。

柯萬鈞卻大聲道：「我小姪女一條性命，封師哥的一條臂膀，還有師娘下山，白師嫂發瘋，再加上孫師哥、褚師哥死於非命，豈是你兩口鐵劍便抵得過的！耿師哥、王師哥跟你先前有交情，我姓柯的卻不識得你！姓石的，你今日去凌霄城也得去，不去也得去！」

石清微笑道：「小兒得罪貴派已深，在下除了賠罪致歉之外，更沒話說。柯師兄是雪山派的後起之秀，武功高強，在下雖未識荊，卻也素所仰慕。」雙手仍托著雙劍，等耿萬鍾伸手接過。

柯萬鈞心想：「我們要拿這二人上大雪山去，不免有一場劇鬥。他既自行呈上兵刃，那再好也沒有了，這眞叫『自作孽，不可活』。」生怕石清忽然反悔，再將長劍收回，當即搶上兩步，雙手齊出，使出本門的擒拿功夫，將兩柄長劍牢牢抓住，說道：「那便先繳了你的兵器。」縮臂便要取過，突然之間，只覺石清掌心中似有一股強韌之極的黏力，黏住了雙劍，竟拿不過來。

柯萬鈞大吃一驚，勁運雙臂，喝一聲：「起！」運起平生之力，出勁拉扯。不料霎時間石清掌中黏力消失得無影無蹤，柯萬鈞這數百斤向上急提的勁力登時沒了著落處，盡數吃在自己手腕之上，只聽得「喀喇」一聲響，雙腕同時脫臼，「啊」的一聲大叫，手指鬆開，雙劍又跌入石清掌中。

旁觀衆人瞧得明明白白，石清雙掌平攤，連小指頭也沒彎曲一下，柯萬鈞全是自己使力岔了，等於是以數百斤的大力折斷了自己手腕一般。柯萬鈞又痛又怒，右腿飛出，猛向石清小腹踢去。

耿萬鍾急道：「不得無禮！」伸手抓住柯萬鈞背心，將他向後扯開，這一腳才沒踢到石清身上。

耿萬鍾心知石清內力厲害，這一腳倘若踢實了，柯萬鈞的右腿又非折斷不可。他武功見識卻高得多了，當下吸一口氣，內勁運到了十根手指之上，緩緩伸過去拿劍。手指尖剛觸到雙劍劍身，登時全身劇震，猶如觸電，一陣熱氣直傳到胸口，顯然石清的內力藉著雙劍傳了過來。

耿萬鍾暗叫：「不好！」心想石清安下這個圈套，引誘自己跟他比拚內力。練武之人比拚內力，最爲凶險，強存弱亡，實無半分迴旋餘地，兩人若內力相差不遠，往往要鬥到至死方休，到後來即使存心罷手或故意退讓，也已有所不能。當其時形格勢禁，已無迴旋餘地，只得運內勁抵禦，不料自己內勁和石清的內勁一碰，立即彈回。石清雙掌輕翻，將雙劍放入耿萬鍾掌中，笑道：「咱們自己兄弟，還能傷了和氣不成！告辭了！」

刹那之間，耿萬鍾背上出了一身冷汗，知道自己功力和石清相比委實差得遠了，適才自己的內勁撞到對方內勁之上，一碰即回，那裏是他對手？當眞比拚內力，自己頃刻間便即送命，別說他饒了自己性命，單只不令自己受傷出醜，便是大大的手下容情。耿萬鍾呆呆捧著雙劍，滿臉羞慚，心中感激，不知說甚麼好。

石清回頭道：「師妹，咱們還是去汴梁城罷。」閔柔眼圈一紅，道：「師哥，孩兒……」石清搖了搖頭，道：「寧可像堅兒這樣，一刀給人家殺了，倒也爽快。」閔柔淚水涔涔而下，泣道：「師哥，你……你……」石清牽了她手，扶她到白馬之旁，再扶她上馬。雪山派弟子見到她這等嬌怯怯的模樣，眞難相信她便是威震江湖的「冰雪神劍」。

花萬紫見玄素雙劍並騎馳去，便奔了回來，見耿萬鍾已給柯萬鈞接上手腕，柯萬鈞卻在一句「老子」、一句「他娘」的破口大罵。花萬紫問明情由，雙眉微蹙，說道：「耿師哥，此事恐怕不妥。」

耿萬鍾道：「怎麼不妥？對方武功太強，咱們便合七人之力，也決計留不下人家。這叫做技不如人，無可奈何。總算扣押了他們的兵器，回凌霄城去也有個交代。」說著拔劍出鞘，但見白劍如冰、黑劍似墨，寒氣逼人，只侵得肌膚隱隱生疼，果然是兩口生平罕見的寶刃，說道：「劍可不是假的！」

花萬紫道：「劍自然是眞的。咱們留不下人，可不知有沒能耐留得下這兩口寶劍？」耿萬鍾心頭一凜，問道：「花師妹以爲怎樣？」花萬紫道：「去年有一日，小妹曾和白師嫂閒談，說到天下的寶刀寶劍，石中玉那小賊在旁多嘴，誇稱他父母的黑白雙劍乃天下一等一的利器；說他父母捨得將他送到大雪山來學藝，數年不見，倒也不怎麼在乎，卻不捨得有一日離開這對寶劍。此刻石莊主將兵刃交在咱們手中，倘若過得幾天又使甚麼鬼門道，將寶劍盜了回去，日後卻到凌霄城來向咱們要劍，那可不易應付了。」

柯萬鈞道：「咱們七人眼睜睜的瞧著寶劍，總不成寶劍眞會通靈，揷翅兒飛了去。」

耿萬鍾沉吟半晌，道：「花師妹這話，倒也不是過慮。石淸這人實非泛泛之輩，咱們加意提防便是，莫要在他手裏再摔個大觔斗。」王萬仞道：「小心謹愼，總錯不了。打從今兒起，咱們六個男人每晚輪班看守這對鬼劍便是。」頓了一頓，問道：「耿師哥，這姓石的這會兒正在汴梁，咱們去不去？」

耿萬鍾心想若說不去汴梁，未免太過怯敵，路經中州名都，居然過門不入，同門師兄弟日後說起來，不免臉上無光，但明知石淸夫婦在汴梁，自己再攜劍入城，當眞冒險之極，一時沉吟未決。

忽聽得一陣吆喝之聲，大路上來了一隊官差，四名轎夫抬著一座綠呢大轎，卻是官府到了。

耿萬鍾心想侯監集剛出了大盜行兇殺人的命案，自己七人手攜兵刃聚在此處，不免引人生疑，和官府打上了交道可麻煩之極，向衆人使個眼色，說道：「走罷！」

七人正要快步走開，一名官差忽然大聲嚷了起來：「別走了殺人強盜，殺人強盜要逃走哪！」耿萬鍾不加理會，揮手催各人快走。忽聽得那官差叫道：「殺人兇手名叫白自在，是雪山派的老不死掌門人。無威無德白自在，你謀財害命，好不兇惡哪！」

雪山派七弟子一聽，無不又驚又怒。他們師父白自在外號「威德先生」，這官差直呼其名已大大不敬，竟膽敢稱之爲「無威無德」。王萬仞唰的一聲，拔出長劍，叫道：「狗官無禮，割去了他的舌頭再說。」耿萬鍾道：「王師弟且慢，官府中人怎能知道師父的外號名諱？定然有人指使。」當即縱身向前，抱拳一拱，問道：「是那一位官長駕臨？」

猛聽得嗤的一聲響，轎中飛出一粒暗器，正好打在他右腿的「伏兔穴」上。這粒暗器甚爲細小，力道卻強勁之極。耿萬鍾右腿一軟，當即摔倒，提起手中長劍，運勁向轎中擲去。他人雖摔倒，這一招「鶴飛九天」仍使得既狠且準，颼的一聲，長劍破轎帷而入，顯已刺中了轎內放射暗器之人。

他心中一喜，卻見那四名轎夫仍抬了轎子飛奔，忽見一條長長的軟鞭從轎中揮將出來，捲向王萬仞左腿，一拉一揮，王萬仞的身子便即飛出，他手中捧著的墨劍卻給軟鞭奪了過去。

花萬紫叫道：「是石莊主麼？」白劍出鞘，揮劍往軟鞭上撩去，嗤的一聲輕響，轎中又飛出一粒暗器，打在她手腕之上。她手腕劇痛，摔落白劍，旁邊一名同門師兄忙伸足往白劍上踹去，突然間轎中飛出一物，已罩住了他腦袋。那人登時眼前漆黑一團，大驚之下忙向後躍，再抓起罩在頭上之物，用力擲落，卻是一頂官帽，只見轎中伸出的軟鞭捲起了白劍，縮入轎中。

柯萬鈞等衆人大呼追去。轎中暗器嗤嗤嗤的不絕射出，有的打中臉面，有的打中腰間，竟誰也沒能避過。這些暗器都沒打中要害，但中在身上卻甚疼痛，各人看那暗器時，原來只是一粒粒黃銅扣子，顯是剛從衣服摘下來的。雪山派羣弟子料得轎中那人必是石清，說不定他夫婦二人都坐在轎中，倘若趕上去動武，還不是鬧個灰頭土臉？

柯萬鈞氣得哇哇大叫：「這姓石的一家，小的無恥荒唐，大的荒唐無恥，女的呢，咱們這就不說了。說把兵刃留下來，一轉眼卻又奪了回去。」

王萬仞指著轎子背影，雙腳亂跳，戟手「直娘賊，狗雜種」的亂罵，心中痛恨已極，雖在師妹面前污言穢語，卻也無所顧忌。

耿萬鍾道：「此事宣揚出去，於咱們雪山派的聲名沒甚麼好處。大家把口收著些兒，回山去稟明師父再說。」想到此行不斷碰壁，平素在大雪山凌霄城中自高自大，只覺雪山派武功天下無敵，豈知一到用上，竟處處縛手縛腳，無往而不失利，自己是一行人的首領，不由得一聲長嘆，心下黯然。

謝煙客見道旁三株棗樹，結滿了紅紅的大棗子，指著棗子說道：「這裏的棗子很好。」那小丐道：「大好人，你想吃棗子，是麼？」謝煙客奇問：「你叫我甚麼大好人？」

三　不求人

那乘轎子行了數里，轉入小路。抬轎之人只要腳步稍慢，轎中軟鞭揮出，唰唰幾下，重重打在前面的轎伕背上，在前的轎伕不敢慢步，在後的轎伕也只得跟著飛奔，幾名官差跟隨在後。又奔了四五里路，轎中人才道：「好啦，停下來。」四名轎伕如得大赦，氣喘吁吁的放下轎來，帷子掀開，出來一個老者，左手拉著那個小丐，竟是玄鐵令主人謝煙客。

他向幾名官差喝道：「回去向你們的狗官說，今日之事，不得聲張。我只要聽到甚麼聲息，把你們的腦袋瓜子都摘了下來，把狗官的官印拿去丟在黃河裏。」

幾名官差連連哈腰，道：「是，是，小的萬萬不敢多口，老爺慢走！」謝煙客道：「叫我慢走，你想叫官兵來捉拿我麼？」一名官差忙道：「不敢，不敢。萬萬不敢。」

謝煙客道：「我叫你去跟狗官說的話，你都記得麼？」那官差道：「小人記得，小人說，我們大夥兒親眼目睹，侯監集上那個賣燒餅的老兒，還有幾個人，都是給一個名叫白自在的老兒所殺。他是雪山派的掌門人，外號威德先生，其實無威無德。兇器是一把刀，刀上有血，人證物證俱在，諒那老兒也抵賴不了。」那官差先前讓謝煙客打得怕了，爲了討好他，添上甚麼人證物證，至於弄一把刀來做證據，原是官府中胥吏的拿手好戲。

謝煙客一笑，說道：「這白老兒使劍不用刀。」那官差道：「是，是！那姓白的兇犯手持青鋼劍，在那賣燒餅的老兒身上刺了進去。侯監集上，人人都瞧得清清楚楚的。」

謝煙客暗暗好笑，心想威德先生白自在眞要殺吳道通，又用得著甚麼兵器？當下也不再去理會官差，左手攜著小丐，右手拿著石清夫婦的黑白雙劍，揚長而去，心下甚是得意。

原來他帶走那小丐後，總疑心石清夫婦和雪山派弟子暗中有對己不利的圖謀，奔出數里，將小丐點倒後丟入草叢，又悄悄回來偷聽，他武功比之石清等人高出甚多，伏在樹後，竟連石清、閔柔這等大行家也沒察覺，耿萬鍾他們更加不用說了。他聽明原委，卻與己全然無干，見石清將雙劍交給了耿萬鍾，心想石清夫婦對己恭謹有禮，又素知他夫婦名聲甚好，雪山派的人卻傲慢無禮，便想暗中相助石清，決意去奪回雙劍。回到草叢拉起小丐，解開了他穴道，恰好在道上遇到前來侯監集查案的知縣，當即揪出知縣，威逼官差、轎伕，抬了他和小丐去奪了雙劍。他所使的「軟鞭」，其實只是轎子中放著的一根粗索，官差帶了來準擬綑綁人犯的。耿萬鍾等沒見到他面目，自然認定是石清夫婦使的手腳了。

謝煙客攜著小丐，只向僻靜處行去，來到一條小河邊上，見四下無人，放下小丐的手，拔出閔柔的白劍在他頸中一比，厲聲問道：「你到底是受了誰的指使？若有半句虛言，立即把你殺了。」說著揮起白劍，嚓的一聲輕響，將身旁一株小樹砍爲兩段。半截樹幹連枝帶葉掉在河中，順水飄去。

那小丐結結巴巴的道：「我……我……甚麼……指使……我……」謝煙客取出玄鐵令，喝問：「是誰交給你的？」小丐道：「我……我……吃燒餅……吃出來的。」

謝煙客大怒，左掌反手便向他臉頰擊了過去，手背將要碰到他的面皮，突然想起自己當年發過的毒誓，決不可以一指之力，加害於將玄鐵令交在自己手中之人，當即硬生生凝住手掌，喝道：「胡說八道，甚麼吃燒餅？我問你，這塊東西是誰交給你的？」

小丐道：「我在地下撿個燒餅吃，咬了一口，險……險……險些兒咬崩了我牙齒……」

謝煙客心想：「莫非吳道通那廝將此令藏在燒餅之中？」轉念又想：「天下怎會有

如此碰巧之事？那廝得了此令，眞比自己性命還寶貴，怎肯放在燒餅裏？」他卻不知當時情景異常緊迫，金刀寨人馬突如其來，將侯監集四面八方圍住了，吳道通更無餘暇覓地妥藏，無可奈何之際，便即行險，將玄鐵令嵌入燒餅，遞給了金刀寨的頭領。那人大怒，隨手拋擲。金刀寨盜夥雖將燒餅鋪搜得天翻地覆，卻又怎會去地下撿一個髒燒餅撕開來瞧瞧。

謝煙客凝視小丐，問道：「你叫甚麼名字？」小丐道：「我……我叫狗雜種。」謝煙客大奇，問道：「甚麼？你叫狗雜種？」小丐道：「是啊，我媽媽叫我狗雜種。」

謝煙客一年之中也難得笑上幾次，聽小丐那麼說，忍不住捧腹大笑，心道：「世上爲孩兒取個賤名，盼他快高長大，以免鬼妒，那也平常，甚麼阿狗、阿牛、豬屎、臭貓，都不希奇，卻那裏有將孩子叫爲狗雜種的？是他媽媽所叫，可就更加奇了。」

那小丐見他大笑，便也跟著他嘻嘻而笑。

謝煙客忍笑又問：「你爸爸叫甚麼名字？」小丐搖頭道：「我爸爸？我……我沒爸爸。」謝煙客道：「那你家裏還有甚麼人？」小丐道：「就是我，我媽媽，還有阿黃。」謝煙客道：「阿黃是甚麼人？」小丐道：「阿黃是一條黃狗。我媽媽不見了，我出來尋媽媽，阿黃跟在我後面，後來牠肚子餓了，走開去找東西吃，也不見了，我找來找去找不到。」

謝煙客心道：「原來是個傻小子，看來他得到這枚玄鐵令當眞全是碰巧。我叫他來求我一件小事，應了昔年此誓，那就完了。」問道：「你想求我……」下面「甚麼事」三字還沒出口，突然縮住，心想：「這傻小子倘若要我替他去找媽媽，甚至要我找那隻阿黃，卻到那裏找去？他媽媽定是跟人跑了，那隻阿黃多半給人家殺來吃了，這樣的難題可千萬不能惹上身來。要我去殺十個八個武林高手，可比找他那隻阿黃容易得多。」微一沉吟，已有計較，說道：「很好，我對你說，不論有誰叫你向我說甚麼話，你都不可說，要不然我立即便砍下你的頭來。知不知道？」那小丐將玄鐵令交在自己手中之事，不多久便會傳遍武林，只怕有人騙得小丐來向自己求懇甚麼事，限於當年誓言，可不能拒卻。

小丐點頭道：「是了。」謝煙客不放心，又問：「你記不記得？是甚麼了？」小丐道：「你說，有人叫我來向你說甚麼話，我不可開口，我說一句話，你就殺我頭。」謝煙客道：「不錯，傻小子倒也沒傻到家，記心倒好，倘使眞是個白痴，卻也難弄。你跟我來。」

當下又從僻靜處走上大路，來到路旁一間小麵店中。謝煙客買了兩個饅頭，張口便吃，斜眼看那小丐。他慢慢咀嚼饅頭，連聲讚美：「眞好吃，味道好極！」左手拿著另外那個饅頭，在小丐面前晃來晃去，心想：「這小叫化向人乞食慣了的，見我吃饅頭，焉有不饞涎欲滴之理？只須他出口向我乞討，我把饅頭給了他，玄鐵令的諾言就算是遵守了。從此我逍遙自在，再不必為此事掛懷。」雖覺以玄鐵令如此大事，只以一個饅頭來了結，未免兒戲，但想應付這種小丐，原也只一枚燒餅、一個饅頭之事。

那知小丐眼望饅頭，不住的口咽唾沫，卻始終不出口乞討。謝煙客等得頗不耐煩，一個饅頭已吃完了，第二個饅頭又送到口邊，正要再向蒸籠中去拿一個，小丐忽然向店主人道：「我也吃兩個饅頭。」伸手向蒸籠去拿。

店主人眼望謝煙客，瞧他是否認數，謝煙客心下一喜，點了點頭，心想：「待會那店家向你要錢，瞧你求不求我？」只見小丐吃了一個，又是一個，一共吃了四個，才道：「飽了，不吃了。」

謝煙客吃了兩個，便不再吃，問店主人道：「多少錢？」那店家道：「兩文錢一個，六個饅頭，一共十二文。」謝煙客道：「不，各人吃的，由各人給錢。我吃兩個，給四文錢便是。」伸手入懷，去摸銅錢。這一摸卻摸了個空，原來日間在汴梁城裏喝酒，將銀子和銅錢都使光了，身上雖帶得不少金葉子，卻忘了在汴梁兌換碎銀，這路旁小店，又怎兌換得出？正感為難，那小丐忽從懷中取出一錠銀子，交給店家，道：「一共十二文，都是我給。」

謝煙客一怔，道：「甚麼？要你請客？」那小丐笑道：「你沒錢，我有錢，請你吃幾個饅頭，打甚麼緊？」那店家也大感驚奇，找了幾塊碎銀子，幾串銅錢。那小丐揣在懷裏，瞧著謝煙客，等他吩咐。

謝煙客不禁苦笑，心想：「謝某狷介成性，向來一飲一飯，都不肯平白受人之惠，想不到今日反讓這小叫化請我吃饅頭。」問道：「你怎知我沒錢？」小丐笑道：「這幾天我在市上，每見人伸手入袋取錢，半天摸不出來，臉上卻神氣古怪，那便是沒錢了。我聽店裏的人說道，存心吃白食之人，個個這樣。」

謝煙客又不禁苦笑，心道：「你竟將我當作是吃白食之人。」問道：「你這銀子是那裏偷來的？」小丐道：「怎麼偷來的？剛才那個穿白衣服的觀音娘娘太太給我的。」謝煙客道：「穿白衣服的觀音娘娘太太？」隨即明白是閔柔，心想：「這女子婆婆媽媽，可壞了我的事。」

兩人並肩而行，走出數十丈，謝煙客提起閔柔的那口白劍，道：「這劍鋒利得很，剛才我輕輕一劍，便將樹砍斷了，你喜不喜歡？你向我討，我便給了你。」他實不願和這骯髒的小丐多纏，只盼他快快出口求懇一件事，了此心願。小丐搖頭道：「我不要。這劍是那個觀音娘娘太太的，她是好人，我不能要她的東西。」

謝煙客抽出黑劍，隨手揮出，將道旁一株大樹攔腰斬斷，道：「好罷，那麼我將這口黑劍給你。」小丐仍是搖頭，道：「這是黑衣相公的。黑衣相公和觀音娘娘做一道，我也不能要他的東西。」

謝煙客呸了一聲，說道：「狗雜種，你倒挺講義氣哪。」小丐不懂，問道：「甚麼叫講義氣？」謝煙客哼了一下，不去理他，心想：「這種事你既然不懂，跟你說了也是白饒。」小丐道：「原來你不喜歡講義氣，你……你是不講義氣的。」

謝煙客大怒，臉上青氣一閃，舉掌便要向那小丐天靈蓋擊落，待見到他天眞爛漫的神氣，隨即收掌，心想：「我怎能以一指加於他身？何況他既不懂甚麼是義氣，便不是故意來譏刺我了。」說道：「我怎麼不講義氣？我當然講義氣。」小丐問道：「講義氣好不好？」謝煙客道：「好得很啊，講義氣自然是好事。」小丐道：「我知道啦，做好事的是好人，做壞事的是壞人，你老是做好事，因此是個大大的好人。」

這句話若是出於旁人之口，謝煙客認定必是譏諷，想也不想，舉掌便將他打死了。他一生之中，從來沒人說過他是「好人」，雖然偶爾也做幾件好事，卻是興之所至，隨手而爲，與生平所做壞事相較，這寥寥幾件好事簡直微不足道，這時聽那小丐說得語氣眞誠，不免大有啼笑皆非之感，心道：「這小傢伙說話顚顚蠢蠢，既說我不講義氣，又說我是個大大的好人。這些話若給我的對頭在旁聽見了，豈不成爲武林中的笑柄？謝某這張臉往那裏擱去？須得乘早了結此事，別再跟他胡纏。」

那小丐既不要黑白雙劍，謝煙客取出一塊青布包袱將雙劍包了，負在背上，尋思：

「引他向我求甚麼好？」正沉吟間，忽見道旁三株棗樹，結滿了紅紅的大棗子，指著棗子說道：「這裏的棗子很好。」眼見三株棗樹都高，只須那小丐求自己採棗，便算是求懇過了，不料那小丐道：「大好人，你想吃棗子，是不是？」

謝煙客奇問：「你叫我甚麼大好人？」小丐道：「你是大大的好人，我便叫你大好人。」謝煙客臉一沉，道：「誰說我是好人來著？」小丐道：「不是好人，便是壞人，那麼我叫你大壞人。」謝煙客道：「我也不是大壞人。」小丐道：「這倒奇了，又不是好人，又不是壞人，啊，是了，你不是人！」謝煙客大怒，喝道：「你說甚麼？」小丐道：「你本事很大，是不是神仙？」謝煙客道：「不是！」語氣已不似先前嚴峻，跟著道：「胡說八道！」

小丐搖了搖頭，自言自語：「這也不是，那也不是，可不知是甚麼。」突然奔到棗樹底下，雙手抱住樹幹，兩腳撐了幾下，便爬上了樹。

謝煙客見他雖不會武功，爬樹的身手卻極靈活，只見他揀著最大的棗子，不住採著往懷中塞去，片刻間胸口便高高鼓起。他溜下樹來，雙手捧了一把，遞給謝煙客，道：「吃棗子罷！你不是人，不是鬼，又不是神仙，難道是菩薩？我看卻也不像。」

謝煙客不去理他，吃了幾枚棗子，清甜多汁，的是上品，心想：「他沒來求我，反而變成了我去求他。」說道：「你想不想知道我是誰？你只須求我一聲，說：『請你跟我說，你到底是誰？你是不是神仙菩薩？』我便跟你說。」

小丐搖頭道：「我不求人家的。」謝煙客心中一凜，忙問：「爲甚麼不求人？」小丐道：「我媽媽常跟我說：『狗雜種，你這一生一世，可別去求人家甚麼。人家心中想給你，你不用求，人家自然會給你；人家不肯的，你便苦苦哀求也沒用，反惹得人家討厭，給人家心裏瞧不起。』我媽媽有時吃香的甜的東西，倘若我問她要，她非但不給，反狠狠打我一頓，罵我：『狗雜種，你求我幹甚麼？幹麼不求你那個嬌滴滴的小賤人去？』因此我是決不求人家的。」

謝煙客問道：「『嬌滴滴的小賤人』是誰？」小丐道：「我不知道啊。」

謝煙客又奇怪，又失望，心想：「這小傢伙倘若眞的甚麼也不向我乞求，當年這心願如何完法？他母親只怕是個顚婆，怎麼兒子向她討食物吃便要挨打？她罵甚麼『嬌滴滴的小賤人』，多半是她丈夫喜新棄舊，拋棄了她，於是她滿心惡氣都發在兒子頭上。鄉下愚婦，原多如此。」又問：「你是個小叫化，不向人家討飯討錢麼？」

小丐搖頭道：「我從來不討，人家給我，我就拿了。有時候人家不給，他一個轉身沒留神，我也拿了，趕快溜走。」謝煙客淡淡一笑，道：「那你不是小叫化，你是小賊！」小丐問道：「甚麼叫小賊？」謝煙客道：「你眞的不懂呢，還是裝傻？」小丐道：「我當然眞的不懂，才問你啦。甚麼叫裝傻？」

謝煙客向他臉上瞧了幾眼，見他雖滿臉污泥，一雙眼睛卻晶亮漆黑，全無愚蠢之態，道：「你又不是三歲娃娃，活到十幾歲啦，怎地甚麼事也不懂？」

小丐道：「我媽媽不愛跟我說話，她說見到了我就討厭，常常十天八天不理我，我只好跟阿黃去說話了。阿黃只會聽，不會說，牠又不會跟我說甚麼是小賊、甚麼是裝傻。」

謝煙客見他目光中毫無狡譎之色，心想：「這小子不是繞彎子罵我罷？」又問：「那你不會去和鄰居說話？」小丐道：「甚麼叫鄰居？」謝煙客好生厭煩，說道：「住在你家旁邊的人，就是鄰居了。」小丐道：「住在我家旁邊的？嗯，共有十一株大松樹，樹上有許多松鼠，草裏有山鷄、野兔，那些是鄰居麼？牠們只會吱吱的叫，卻都不會說話。」謝煙客道：「你長到這麼大，難道除了你媽媽之外，沒跟人說過話？」

小丐道：「我一直在山上家裏，走不下來，只跟媽媽說話，再沒第二個人了。前幾天媽媽不見了，我找媽媽時從山上掉了下來，後來阿黃又不見了，我問人家，我媽媽那裏去了，阿黃那裏去了，人家說不知道。那算不算說話？」

謝煙客心道：「原來你在荒山上住了一輩子，你母親又不來睬你，難怪這也不懂，那也不懂。」便道：「那也算說話罷。那你又怎知道銀子能買饅頭吃？」小丐道：「我見人家買過的。你沒銀子，我有銀子，你想要，是不是？我給你好了。」從懷中取出那幾塊碎銀子來遞給他。謝煙客搖頭道：「我不要。」心想：「這小子渾渾沌沌，倒不是個小氣傢伙。」說了這一陣子話，漸感放心，相信他不是別人安排了來對付自己的圈套，又見他性子慷慨，戒心既去，倒對他有了點好感。

只聽小丐又問：「你剛才說我不是小叫化，是小賊。到底我是小叫化呢，還是小賊？」謝煙客微微一笑，道：「你向人家討吃的，討銀子，人家肯給才給你，你便是小叫化。倘若你不理人家肯不肯給，偷偷的伸手拿了，那便是小賊了。」

那小丐側頭想了一會，道：「我從來不向人家討東西，不管人家肯不肯給，就拿來吃了，那麼我是小賊。是了，你是老賊。」

謝煙客吃一驚，怒道：「甚麼？你叫我甚麼？」

小丐道：「你難道不是老賊？這兩把劍人家明明不肯給你，你卻去搶了來，你不是小孩子，自然是老賊了。」

謝煙客不怒反笑，說道：「『小賊』兩個字是罵人的話，『老賊』也是罵人的話，你不能隨便罵我。」小丐道：「那你怎麼罵我？」謝煙客笑道：「好，我也不罵你。你不是小叫化，也不是小賊，我叫你小娃娃，你就叫我老伯伯。」小丐搖頭道：「我不叫小娃娃，我叫狗雜種。」謝煙客道：「狗雜種的名字不好聽，你媽媽可以叫你，別人可不能叫你。你媽媽也眞奇怪，怎麼叫自己的兒子做狗雜種？」

小丐道：「狗雜種為甚麼不好？我的阿黃就是隻狗。牠陪著我，我就快活，好像你陪著我一樣。不過我跟阿黃說話，牠只會汪汪的叫，你卻也會說話。」說著便伸手在謝煙客背上撫摸幾下，落手輕柔，神態和藹，便像是撫摸狗兒的背毛一般。

謝煙客將一股內勁運到了背上，那小丐全身一震，猶似摸到了一塊燒紅的赤炭，急忙放開手，胸腹間說不出的難受，幾欲嘔吐。謝煙客似笑非笑的瞧著他，心道：「誰叫你對我無禮，這一下可夠你受的了！」

那小丐手撫胸口，說道：「老伯伯，你在發燒，快到那邊樹底下休息一會，我去找些水給你喝。你甚麼地方不舒服？你燒得好厲害，只怕這場病不輕。」說話時滿臉關切之情，伸手去扶他手臂，要他到樹下休息。

這一來，謝煙客縱然乖戾，見他對自己一片眞誠，便也不再運內力傷他，說道：「我好端端的，生甚麼病？你瞧，我不是退燒了麼？」說著拿過他小手來，在自己額頭摸了摸。

小丐一摸之下，覺他額頭涼印印地，急道：「啊喲，老伯伯，你快死了！」謝煙客怒道：「胡說八道，我怎麼快死了？」小丐道：「我媽媽有一次生病，也是這麼又發燒又發冷，她不住叫：『我要死了，快死了，沒良心的，我還是死了的好！』後來果然險些死了，在床上睡了兩個多月才好。」謝煙客微笑道：「我不會死的。」那小丐微微搖頭，似乎不信。

兩人向著東南方走了一陣，小丐望望天上烈日，忽然走到路旁去採了七八張大樹葉。謝煙客只道他小孩喜玩，也不加理睬，那知他將這些樹葉編織成了一頂帽子，交給謝煙客，說道：「太陽晒得厲害，你有病，把帽兒戴上罷。」

謝煙客給他鬧得啼笑皆非，不忍拂他一番好意，便把樹葉帽兒戴在頭上。炎陽之下，戴上了這頂帽子，倒也涼快舒適。他向來只有人怕他恨他，從未有人如此對他這般善意關懷，不由得心中感到一陣溫暖。

不久來到一處小市鎮上，那小丐道：「你沒錢，這病說不定是餓壞了的，咱們上飯館子去吃個飽飽的。」拉著謝煙客之手，走進一家飯店。那小丐一生之中從沒進過飯館，也不知如何叫菜，把懷裏的碎銀和銅錢都掏出來放在桌上，對店小二道：「我和老伯伯要吃飯吃肉吃魚，把錢都拿去好了。」銀子足足三兩有餘，便整治一桌上好筵席也夠了。

店小二大喜，忙吩咐廚房烹煮鷄肉魚鴨，不久菜餚陸續端上。謝煙客叫再打兩斤白酒。那小丐喝了一口酒，吐了出來，道：「辣得很，不好吃。」自管吃肉吃飯。

謝煙客心想：「這小子雖不懂事，卻天生豪爽，看來人也不蠢，若加好好調處，倒可成爲武林中一把好手。」轉念又想：「唉，世人忘恩負義的多，我那畜生徒弟資質之佳，世上難逢，可是他害得我還不夠？怎麼又生收徒之念？」一想到他那孽徒，登時怒氣上沖，將兩斤白酒喝乾，吃了些菜餚，說道：「走罷！」

那小丐道：「老伯伯，你好了嗎？」謝煙客道：「好啦！」心想：「這會兒你銀子花光了，再要吃飯，非得求我不可。咱們找個大市鎮，把金葉子兌了再說。」

當下兩人離了市鎮，又向東行。謝煙客問道：「小娃娃，你媽媽姓甚麼？她跟你說過沒有？」小丐道：「媽媽就是媽媽了，媽媽也有姓的麼？」謝煙客道：「當然啦，人人都是有姓的。」小丐道：「那麼我姓甚麼？」謝煙客道：「我就是不知道。狗雜種太難聽，要不要我給你取個姓名？」

倘若小丐說道：「請你給我取個姓名罷。」那就算求他了，隨便給他取個姓名，便完心願。不料小丐道：「你愛給我取名，那也好。不過就怕媽媽不喜歡。她叫慣我狗雜種，我換了名字，她就不高興了。狗雜種為甚麼難聽？」謝煙客皺了皺眉頭，心想：「『狗雜種』三字為甚麼難聽，一時倒也不易向他解說得明白。」

便在此時，只聽得左首前面樹林之中傳來叮叮幾下兵刃相交之聲。謝煙客心下一凜：「有人在那邊交手？這幾人出手甚快，武功著實不低。」低聲向小丐道：「咱們到那邊去瞧瞧，你可千萬不能出聲。」伸手在小丐後膊一托，展開輕功，奔向兵刃聲來處，幾個起落，已到了一株大樹之後。那小丐身子猶似騰雲駕霧一般，只覺好玩無比，想要笑出聲來，想起謝煙客的囑咐，忙伸手按住了嘴巴。

兩人在樹外瞧去，只見林中四人縱躍起伏，惡鬥方酣，乃三人夾攻一人。受圍攻的是個紅面老者，白髮拂胸，空著雙手，一柄單刀落在遠處地下，刀身曲折，顯是給人擊落了的。謝煙客認得他是白鯨島的大悲老人，當年曾在自己手底下輸過一招，武功著實了得。夾擊的三人一個是身材甚高的瘦子，一個是黃面道人，另一個相貌極怪，兩條大傷疤在臉上交叉而過，劃成個十字。那瘦子使長劍，道人使鏈子鎚，醜臉漢子則使鬼頭刀。這三人謝煙客卻不認得，武功均非泛泛，那瘦子尤爲了得，劍法飄逸無定，輕靈沉猛。

謝煙客見大悲老人已然受傷，身上點點鮮血不住的濺將出來，雙掌翻飛，仍十分勇猛。他繞著一株大樹東閃西避，藉著大樹以招架三人的兵刃，左手擒拿，右手或拳或掌，運勁推帶，牽引三人的兵刃自行碰撞。謝煙客不禁起了幸災樂禍之意：「大悲老兒枉自平日稱雄逞強，今日虎落平陽被犬欺，我瞧你難逃此劫。」

那道人的鏈子鎚常常繞過大樹，去擊打大悲老人的側面，醜漢子則膂力甚強，鬼頭刀使將開來，風聲呼呼。謝煙客暗暗心驚：「我許久沒涉足江湖，中原武林中幾時出了這幾個人物？怎地這三人的招數門派我竟一個也認不出來。若非這三把好手，大悲老人也不至敗得如此狼狽。」

只聽那道人嘶啞著嗓子道：「白鯨島主，我們長樂幫跟你原無仇怨。我們司徒幫主仰慕你是號人物，好意以禮相聘，邀你入幫，你何必口出惡言，辱罵我們幫主？你只須答應加盟本幫，咱們立即便是好兄弟、好朋友，前事一概不究。又何必苦苦支撐，白白送了性命？咱們攜手並肩，對付俠客島的『賞善罰惡令』，共渡劫難，豈不是好？」

謝煙客聽到他最後這句話時，心頭一陣劇震，尋思：「難道俠客島的『賞善罰惡令』又重現江湖了？」

只聽大悲老人怒道：「我堂堂好男兒，豈肯與你們這些無恥之徒為伍？我寧可手接『賞善罰惡令』，去死在俠客島上，要我加盟為非作歹的惡徒邪幫，卻萬萬不能。」左手倏地伸出，抓向那醜漢子肩頭。

謝煙客暗叫：「好一招『虎爪手』！」這一招去勢極快，那醜漢子沉肩相避，還是慢了少些，已給大悲老人五指抓住了肩頭。只聽得嗤的一聲，那醜漢子右肩肩頭的衣服給扯了一大塊，肩頭鮮血淋漓，竟遭抓下了一大片肉來。那三人大怒，加緊招數。

謝煙客暗暗稱異：「長樂幫是甚麼幫會？幫中既有這等高手在內，我怎麼從沒聽見過它的名頭？多半是新近才創立的。司徒幫主又是甚麼人了？難道便是『快馬』司徒橫？武林中姓司徒的好手，除司徒橫之外可沒第二人了。」

但見四人越鬥越狠。那醜漢子狂吼一聲，揮刀橫掃過去。大悲老人側身避開，向那道人打出一拳，唰的一聲響，醜漢的鬼頭刀已深深砍入樹幹之中，運力急拔，一時竟拔不出來。大悲老人右肘疾沉，向他腰間撞了下去。

大悲老人在這三名好手圍攻下苦苦支撐，已知無倖，他苦鬥之中，眼觀八方，隱約見到樹後藏得有人，料想又是敵人。眼前三人已無法打發，何況對方更來援兵。眼前三個敵手之中，以那醜臉的漢子武功最弱，唯有先行除去一人，才有脫身之機，是以這一下肘鎚使足了九成力道。

但聽得砰的一聲，肘鎚已擊中那醜漢子腰間，大悲老人心中一喜，搶步便即繞到樹後，便在此時，那道人的鏈子鎚從樹後飛擊過來。大悲老人左掌在鏈子上斬落，眼前白光忽閃，急忙向右讓開時，不料他年紀大了，酣戰良久之後，精力已不如盛年充沛，本來腳下這一滑足可讓開三尺，這一次卻只滑開了二尺七八寸，嗤的一聲輕響，瘦子的長劍刺入了他左肩，竟將他牢牢釘上了樹幹。

這一下變起不意，那小丐忍不住「咦」的一聲驚呼，當那三人圍這老人時，他心中已大爲不平，眼見那老人受制，更是驚怒交集。

只聽那瘦子冷冷的道：「白鯨島主，敬酒不吃吃罰酒，現下可降了我長樂幫罷。」

大悲老人圓睜雙眼，怒喝：「你既知我是白鯨島島主，難道我白鯨島上有屈膝投降的懦夫嗎？」左肩力掙，寧可廢了一隻肩膀，也要掙脫長劍，與那瘦子拚命。

那道人右手揮動，鏈子鎚飛出，鋼鍊在大悲老人身上繞了數匝，砰的一響，鎚頭重重撞上他胸口，大悲老人長聲大叫，側過頭來，口中狂噴鮮血。

那小丐再也忍不住，急衝而出，叫道：「喂，你們三個壞人，怎麼一起打一個好人？」謝煙客眉頭微皺，心想：「這娃娃去惹事了。」隨即心下歡喜：「那也好，便借這三人之手將他殺了，我見死不救，不算違了誓言；要不然那小娃娃出聲向我求救，我就幫他料理了那三人。」

只見那小丐奔到樹旁，擋在大悲老人身前，叫道：「你們可不能再難爲這老伯伯。」那瘦子先前已察覺樹後有人，見這少年奔跑之時身上全無武功，卻如此大膽，定是受人指使，心想：「我嚇嚇這小鬼，諒他身後之人不會不出來。」伸手拔下了嵌在樹幹上的鬼頭刀，喝道：「小鬼頭，是誰叫你來管老子閒事？我要殺這老傢伙了，你滾不滾開？」揚起大刀，作勢橫砍。

那小丐道：「這老伯伯是好人，你們都是壞人，我一定幫好人。你砍好了，我當然不滾開。」他母親心情較好之時，偶爾也說些故事給他聽，故事中必有好人壞人，在那小孩子心中，幫好人打壞人，乃天經地義之事。

那瘦子怒道：「你認得他麼？怎知他是好人？」

那小丐道：「老伯伯說你們是甚麼惡徒邪幫，死也不肯跟你們作一道，你們自然是壞人了。」轉過身去，伸手要解那根鏈子鎚下來。

那道人反手出掌，啪的一響，只打得那小丐頭昏眼花，左邊臉頰登時高高腫起，五根手指的血印像一隻血掌般爬在他臉上。

那小丐實不知天高地厚。昨日侯監集上金刀寨人衆圍攻吳道通，一來他不知吳道通是好人還是壞人，二來這幾人在屋頂惡鬥，吳道通從屋頂摔下便給那高個兒雙鉤刺入小腹，否則說不定他當時便要出來干預，至於是否會危及自身，他壓根兒便不懂。

那瘦子見這小丐有恃無恐、毫不畏懼的模樣，心下登即起疑：「這小鬼到底仗了甚麼大靠山，居然敢在長樂幫的香主面前囉唣？」側身向大樹後望去時，瞥眼見到謝煙客清癯的形相，登時想起一個人來：「這人與江湖上所說的玄鐵令主人、摩天居士謝煙客有些相似，莫非是他？」當下舉起鬼頭刀，喝道：「我不知你是甚麼來歷，不知你師長門派，你來搗亂，只當你是個無知的小叫化，一刀殺了，打甚麼緊？」呼的一刀，向那小丐頸中劈了下去。不料那小丐一來強項，二來不懂凶險，竟一動也不動。那瘦子一刀劈到離他頭頸數寸之處，這才收刀，讚道：「好小子，膽子倒也不小！」

那道人性子暴躁，右手又是一掌，這次打在那小丐右頰之上，下手比上次更加沉重。那小丐痛得哇的一聲，大哭起來。那瘦子道：「你怕打，那便快些走開。」那小丐哭喪著臉道：「你們先走開，不可難爲這老伯伯，我便不哭。」那瘦子倒笑了起來。那道人飛腳將小丐踢倒在地。那小丐跌得鼻青目腫，爬起身來，仍護在大悲老人身前。

大悲老人性子孤僻，生平極少知己，見這少年和自己素不相識，居然捨命相護，自是好生感激，說道：「小兄弟，你跟他們鬥，還不是白饒一條性命。程某垂暮之年，交了你這位小友，這一生也不枉了，你快快走罷。」甚麼「垂暮之年」、甚麼「這一生也不枉了」，那小丐全然不懂，只知他是催自己走開，大聲道：「你是好人，不能給他們壞人害死。」

那瘦子尋思：「這小娃娃來得古怪之極，那樹後之人也不知是不是謝煙客，我們犯不著多結冤家，但若給這小娃娃幾句話一說便即退走，豈不是顯得咱長樂幫怕了人家？」當即舉起鬼頭刀，說道：「好，小娃娃，我來試你一試，我連砍你三十六刀，你如一動也不動，我便算服了你。你怕不怕？」

小丐道：「你接連砍我三十六刀，我自然怕。」瘦子道：「你怕了便好，那麼快給我走罷。」小丐道：「我心裏怕，可是我偏偏就不走。」瘦子大拇指一翹，道：「好，有骨氣，看刀！」颼的一刀從他頭頂掠去。

謝煙客在樹後聽得明白，看得清楚，見那瘦子這刀橫砍，刀勢輕靈，使的全是腕上之力，乃是以劍術運刀，雖不知他這一招甚麼名堂，但見一柄沉重的鬼頭刀在他手中使來，輕飄飄地猶如無物，刀刃齊著那小丐的頭皮貼肉掠過，登時削下他一大片頭髮來。那小丐竟十分硬朗，挺直了身子，居然動也不動。

但見刀光閃爍吞吐，猶似靈蛇遊走，左一刀右一刀，刀刀不離那小丐的頭頂，頭髮紛紛而下，堪堪砍到三十二刀，那瘦子一聲叱喝，鬼頭刀自上而下直劈，嗤的一聲，將那小丐的右手衣袖削下了一片，接著又將他左袖削下一片，接著左邊褲管、右邊褲管，均在轉瞬之間被他兩刀分別削下了一條。那瘦子一收刀，刀柄順勢在大悲老人胸腹間的「膻中穴」上重重一撞，哈哈大笑，說道：「小娃娃，眞有你的，眞是了得！」

謝煙客見他以劍使刀，三十六招連綿圓轉，竟沒半分破綻，不由得心下暗暗喝采，待見他收招時以刀柄撞了大悲老人的死穴，心道：「此人下手好辣！」只見那小丐一頭蓬蓬鬆鬆的亂髮給他連削三十二刀，稀稀落落的更加不成模樣。

適才這三十二刀在小丐頭頂削過，他一半固然竭力硬挺，以維護大悲老人，另一半卻是嚇得呆了，倒不是硬挺不動，而是不會動了，待瘦子三十六刀砍完，他伸手一摸自己腦袋，宛然完好，這才長長的喘出一口氣來。

那道人和那醜臉漢子齊聲喝采：「米香主，好劍法！」那瘦子笑道：「衝著小朋友這份肝膽，今日咱們便讓他一步！兩位兄弟，這便走罷！」那道人和醜臉漢子見大悲老人吃了這一刀柄後，氣息奄奄，轉眼便死，當下取了兵刃，邁步便行。醜臉漢子腳步蹣跚，受傷著實不輕。那瘦子伸右掌往樹上推去，嚓的一響，深入樹幹尺許的長劍為他掌力震激，帶著大悲老人肩頭的鮮血躍將出來。那瘦子左手接住，長笑而去，竟沒向謝煙客藏身處看上一眼。

謝煙客尋思：「原來這瘦子姓米，是長樂幫的香主，他露這兩手功夫，顯然是要給我看的。此人劍法輕靈狠辣，兼而有之，但比之玄素莊石清夫婦尚頗不如，憑這手功夫便想在我面前逞威風嗎？嘿嘿！」依著他平素脾氣，這姓米的露這兩手功夫，在自己面前炫耀，定要上前教訓教訓他，對方只要稍有不敬，便順手殺了。只玄鐵令的心願未了，實不願在此刻多惹事端，當下只冷眼旁觀，始終隱忍不出。

那小丐向大悲老人道：「老伯伯，我來給你包好了傷口。」拾起自己給那瘦子削下的衣袖，要去給大悲老人包紮肩頭的劍傷。

大悲老人雙目緊閉，說道：「不……不用了！我袋裏……有些泥人兒……給了你……你罷……」一句話沒說完，腦袋突然垂落，便已死去，一個高大的身子慢慢滑向樹根。

小丐驚叫：「老伯伯，老伯伯！」伸手去扶，卻見大悲老人縮成一團，動也不動了。

謝煙客走近身來，問道：「他臨死時說些甚麼？」小丐道：「他說……他說……他袋裏有些甚麼泥人兒，都給了我。」

謝煙客心想：「大悲老人是武林中一代怪傑，武學修爲，跟我也差不了多少。此人身邊說不定有些甚麼要緊物事。」但他自視甚高，決不願在死人身邊去拿甚麼東西，就算明知大悲老人身懷希世奇珍，他也掉頭不顧而去，說道：「是他給你的，你就拿了罷。」小丐問道：「是他給的，我拿了是不是小賊？」謝煙客笑道：「不是小賊。」

小丐伸手到大悲老人衣袋中掏摸，取出一隻木盒，還有幾錠銀子，七八枚生滿了刺的暗器，幾封書信，似乎還有一張繪著圖形的地圖。謝煙客很想瞧瞧書信中寫甚麼，是幅甚麼樣的地圖，但自覺只要一沾了手，便失卻武林高人身分，是以忍手不動。

只見小丐已打開了木盒，盒中墊著棉花，並列著三排泥製玩偶，每排六個，共是一十八個。玩偶製作精巧，每個都是裸體的男人，皮膚上塗了白堊，畫滿了一條條紅線，更有無數黑點，都是脈絡和穴道的方位。謝煙客一看，便知這些玩偶身上畫的是一套內功圖譜，心想：「大悲老兒臨死時做個空頭人情，你便不送他，小孩兒在你屍身上找到，豈有不拿去玩兒的？」

那小丐見到這許多泥人兒，十分喜歡，連道：「眞有趣，怎麼沒衣服穿的，好玩得緊。要是媽媽肯做些衣服給他們穿，那就更好了。」

謝煙客心想：「大悲老兒雖和我不睦，總也是個響噹噹的人物，總不能讓他暴骨荒野！」說道：「你的老朋友死了，不將他埋了？」小丐道：「是，是。可怎麼埋法？」

謝煙客淡淡的道：「你有力氣，便給他挖個坑；沒力氣，將泥巴石塊堆在他身上就完了。」

小丐道：「這裏沒鋤頭，挖不來坑。」當下去搬些泥土石塊、樹枝樹葉，將大悲老人的屍身蓋沒了。他年小力弱，勉強將屍體掩蓋完畢，已累得滿身大汗。

謝煙客站在一旁，始終沒出手相助，盼他求己幫忙，但小丐只獨自蓋屍，待他好容易完工，便道：「走罷！」小丐道：「到那裏去？我累得很，不跟你走啦！」謝煙客道：「為甚麼不跟我走？」

小丐道：「我要去找媽媽，找阿黃。」

謝煙客微微心驚：「這娃娃始終還沒求過我一句話，倘若不跟我走，倒也為難，我又不能用強，硬拉著他。有了，昔年我誓言只說對交來玄鐵令之人不能用強，卻沒說不能相欺。我只好騙他一騙。」便道：「你跟我走，我幫你找媽媽、找阿黃去。」小丐喜道：「好，我跟你去，你本事很大，一定找得到我媽媽和阿黃。」

謝煙客心道：「多說無益，好在他還沒開口正式懇求，否則要我去給他找尋母親和那條狗子，可是件天大的難事。」握住他右手，說道：「咱們得走快些。」小丐剛應得一聲：「是！」便似騰身而起，身不由主的給他拉著飛步而行，連叫：「有趣，有趣！」只覺得涼風撲面，身旁樹木迅速倒退，不絕口的稱讚：「老伯伯，你拉著我跑得這樣快！」

走到天黑，也不知奔行了多少里路，已到了一處深山之中，謝煙客鬆開了手。

那小丐只覺雙腿酸軟，身子搖晃了兩下，登時坐倒在地。只坐得片刻，兩隻腳板大痛起來，又過半晌，只見雙腳又紅又腫，他驚呼：「老伯伯，我的腳腫起來了。」

謝煙客道：「你若求我給你醫，我立時使你雙腳不腫不痛。」小丐道：「你如肯給我治好，我自然多謝你啦。」謝煙客眉頭一皺，道：「你當眞從來不肯開口向人乞求？」小丐道：「倘若你肯給我治，用不著我來求，否則我求也沒用。」謝煙客道：「怎麼沒用？」小丐道：「倘若你不肯治，我心裏難過，腳上又痛，說不定要哭一場。倘若你其實眞的不會治，反而讓你心裏難過。」謝煙客哼了一聲，道：「我心裏從來不難過的！小叫化，便在這裏睡罷！」隨即心想：「這娃娃既不開口向人求乞，可不能叫他作『小叫化』了。」

那少年靠在一株樹上，雙足雖痛，但奔跑了半日，疲累難當，不多時便即沉沉睡去，連肚餓也忘了。謝煙客卻躍到樹頂安睡，只盼半夜裏有一隻野獸過來，將這少年咬死吃了，給他解了個難題。豈知一夜之中，連一隻野兔也沒經過。

次日清晨，謝煙客心道：「我只有帶他到摩天崖去，他若出口求我一件輕而易舉之事，那是他的運氣，否則好歹也設法取了他性命。連這樣一個小娃娃也炮製不了，摩天居士還算甚麼人了！」攜了那少年之手又行。那少年初幾步著地時，腳底似有數十萬根小針在刺，忍不住「哎喲」叫痛。

謝煙客道：「怎麼啦？」盼他出口說：「咱們歇一會兒罷。」豈料他卻道：「沒甚麼，腳底有點兒痛，咱們走罷。」謝煙客奈何他不得，怒氣漸增，拉著他急步疾行。

謝煙客不停南行，經過市鎮之時，隨手在餅鋪飯店中抓些熟肉、麵餅，一面奔跑，一面嚼吃，如分給那少年，他便吃了，倘若不給，那少年也不乞討。

如此數日，直到第六日，盡在崇山峻嶺中奔行，那少年雖不會武功，在謝煙客提攜之下，居然也硬撐了下來。謝煙客只盼他出口求告休息，卻始終不能如願，到得後來，心下也不禁有些佩服他的硬朗。

又奔了一日，山道愈益險陡，那少年再也攀援不上，謝煙客只得將他負在背上，在懸崖峭壁間縱躍而上。那少年放眼心驚肉跳，卻不作聲，有時到了真正驚險之處，只有閉目不看。

這日午間，謝煙客攀到了一處筆立的山峯之下，手挽從山峯上垂下的一根鐵鍊，爬了上去，這山峯光禿禿地，更無置手足處，若不是有這根鐵鍊，謝煙客武功再高，也不能攀援而上。到得峯頂，謝煙客將那少年放下，說道：「這裏便是摩天崖了，我外號

『摩天居士』，就是由此地而得名。你也在這裏住下罷！」

那少年四下張望，見峯頂地勢倒也廣闊，但身周雲霧繚繞，當眞是置身雲端之中，不由得心下驚懼，道：「你說幫我去找媽媽和阿黄的？」

謝煙客冷冷的道：「天下這麼大，我怎知你母親到了那裏。咱們便在這裏等著，說不定有朝一日，你母親帶了阿黄上來見你，也未可知。」

這少年雖童稚無知，卻也知謝煙客是在騙他，如此險峻荒僻的處所，他母親又怎能尋得著，爬得上？至於阿黄更加決計不能，一時之間，呆住了說不出話來。

謝煙客道：「幾時你要下山去，只須求我一聲，我便立即送你下去。」心想：「我不給你東西吃，你自己沒能耐下去，終究要開口求我。」

那少年的母親雖對他冷漠，卻從不曾騙過他，此時他生平首次受人欺騙，眼中淚水滾來滾去，拚命忍住了，不讓眼淚流下。

只見謝煙客走進一個山洞之中，過了一會，洞中有黑煙冒出，卻是在烹煮食物，又過少時，香氣一陣陣的冒出來。那少年腹中饑餓，走進洞去，見是老大一個山洞。

謝煙客故意將行灶和鍋子放在洞口烹煮，要引那少年向自己討。那知這少年自幼只和母親一人相依爲生，從來便不知人我之分，見到東西便吃，又有甚麼討不討的？他見石桌上放著一盤臘肉，一大鍋飯，當即自行拿了碗筷，盛了飯，伸筷子夾臘肉便吃。謝煙客一怔，心道：「他請我吃過饅頭、棗子、酒飯，我若不許他吃我食物，倒顯得謝某不講義氣了。」當下也不理睬。

這般兩人相對無言、埋頭吃飯之事，那少年一生過慣了，吃飽之後，便去洗碗、洗筷、刷鍋、砍柴。那都是往日和母親同住時的例行之事。

他砍了一擔柴，正要挑回山洞，忽聽得樹叢中忽喇聲響，一隻獐子竄了出來。那少年提起斧頭，一下砍在獐子頭上，登時砍死，便在山溪裏洗剝乾淨，拿回洞來，將大半隻獐子掛在當風處風乾，兩條腿切碎了熬成一鍋。

謝煙客聞到獐肉羹的香氣，用木杓子舀起嘗了一口，不由得又歡喜，又煩惱。這獐肉羹味道十分鮮美，比他自己所烹的高明何止十倍，心想這小娃娃居然還有這手功夫，日後口福不淺；但轉念又想，他會打獵、會燒菜，倘若不求我帶他下山，倒也眞奈何他不得。

在摩天崖上如此忽忽數日，那少年張羅、設阱、彈雀、捕獸的本事著實不差，每天均有新鮮菜餚煮來和謝煙客共食，吃不完的禽獸便風乾醃起。他烹調的手段大有獨到之處，雖只山鄉風味，往往頗具匠心。謝煙客讚賞之餘，問起每一樣菜餚的來歷，那少年總說是母親所教。再盤問下去，才知這少年的母親精擅烹調，生性卻既暴躁又疏懶，十餐飯倒有九餐叫兒子去煮，倘若烹調不合，高興時在旁指點，不高興便打罵兼施。謝煙客心想他母子二人都燒得如此好菜，該當均是十分聰明之人，想來鄉下女子爲丈夫所棄，以致養成了孤僻乖戾的性子，也說不定由於孤僻乖戾，才爲丈夫所棄。

謝煙客見那少年極少和他說話，倒不由得有點暗暗發愁，心想：「這件事不從速辦妥，總是個心腹大患，不論那一日這娃娃受了我對頭之惑，來求我自廢武功，自殘肢體，那便如何是好？又如他來求我終身不下摩天崖一步，那麼謝煙客便活活給囚禁在這荒山頂上了。就算他只求我去找他媽媽和那條黃狗，那可也頭痛萬分。」饒是他聰明多智，身當如此哭笑不得的困境，卻也難籌善策。

這日午後，謝煙客負著雙手在林間閒步，瞥眼見那少年倚在一塊巖石之旁，眉花眼笑的正瞧著石上一堆東西。謝煙客凝神看去，見石上放著的正是大悲老人給他的那一十八個泥人兒，那少年將這些泥人兒東放一個，西放一個，一會兒叫他們排隊，一會兒叫他們打仗，玩得興高采烈。

那些泥人身上繪明穴道及運息線路，自當是修習內功之法。謝煙客心道：「當年大悲老人和我在北邙山較量，他掌法剛猛，擒拿法迅捷變幻，鬥到大半個時辰之後，終於在我『控鶴功』下輸了一招，當即知難而退。此人武功雖高，卻只以外家功夫見長，這些繪在泥人身上的內功，多半膚淺得緊，不免貽笑大方。」

當下隨手拿起一個泥人，見泥人身上繪著湧泉、然谷、照海、太谿、水泉、太鍾、復溜、交信等穴道，沿足而上，至肚腹上橫骨、太赫、氣穴、四滿、中注、肓俞、商曲而結於舌下的廉泉穴，那是「足少陰腎經」，一條紅線自足底而通至咽喉，心想：「這雖是練內功的正途法門，但各大門派的入門功夫都和此大同小異，何足爲貴？是了！大悲老人一生專練外功，壯年時雖縱橫江湖，後來終於自知技不如人，不知那裏去弄了這一十八個泥人兒來，便想要內外兼修。說不定還是輸在我手下之後，才起了這番心願。但修練上乘內功，豈是一朝一夕之事，大悲老人年逾七十，這份內功，只好到陰世去練了，哈哈，哈哈！」想到這裏，不禁笑出聲來。

那少年笑道：「伯伯，你瞧這些泥人兒都有鬍鬚，又不是小孩兒，卻不穿衣衫，當眞好笑。」謝煙客道：「是啊！可笑得緊。」他將一個個泥人都拿起來看，只見一十二個泥人身上分別繪的是手太陰肺經、手陽明大腸經、足陽明胃經、足太陰脾經、手少陰心經、手太陽小腸經、足太陽膀胱經、足少陰腎經、手厥陰心包經、手少陽三焦經、足少陽膽經、足厥陰肝經，那是正經十二脈；另外六個泥人身上繪的是任脈、督脈、陰維、陽維、陰蹻、陽蹻六脈；奇經八脈中最爲繁複難明的衝脈、帶脈兩路經脈卻付闕如，心道：「這似乎是少林派的入門內功。大悲老人當作寶貝般藏在身上的東西，卻是殘缺不全的。其實他想學內功，這些粗淺學問，只須找內家門中一個尋常弟子指教數月，也就明白了。唉，不過他是成名的前輩英雄，又怎肯下得這口氣來，去求別人指點？」想到此處，不禁微有淒涼之意。

又想起當年在北邙山上與大悲老人較技，雖勝了一招，但實是行險僥倖而致，心想：「幸好他沒內功根基，倘若少年時修習過內功，只怕鬥不上三百招，我便會給他打入深谷。嘿嘿，死得好，死得好！」

他臉上露出笑容，緩步走開，走得幾步，突然心念一動：「這娃娃玩泥人玩得高興，我何不乘機將泥人上所繪的內功教他，故意引得他走火入魔、內力衝心而死？我當年誓言只說決不以一指之力加於此人，他練內功自己練得岔氣，卻不能算是我殺的。就算是我立心害他性命，可也不是『以一指之力加於其身』，不算違了誓言。對了，就是這個主意。」

他行事向來只憑一己好惡，雖言出必踐，於「信」之一字看得極重，然而心地陰狠殘忍，甚麼仁義道德，在他眼中卻不值一文，當下便拿起那個繪著「足少陰腎經」的泥人來，說道：「小娃娃，你可知這些黑點紅線，是甚麼東西？」

那少年想了一下，說道：「這些泥人生病。」謝煙客奇道：「怎麼生病？」那少年道：「我去年生病，全身都生了紅點。」

謝煙客啞然失笑，道：「你去年生的是痲疹。這些泥人身上畫的卻不是痲疹，是學武功的秘訣。你瞧我背了你飛上峯來，武功好不好？」說到這裏，爲了誘發那少年學武之心，突然雙足一點，身子筆直拔起，颼的一聲，便竄到了一株松樹頂上，左足在樹枝上稍行借力，身子向上彈起，便如裊裊上升一般，緩緩落下，隨即又在樹枝上彈起，三落三彈，便在此時，恰有兩隻麻雀從空中飛過，謝煙客存心賣弄，雙手一伸，將兩隻麻雀抓在掌中，這才緩緩落下。

那少年拍手笑道：「好本事，好本事！」

謝煙客張開手掌，兩隻麻雀振翅欲飛，但兩隻翅膀剛一撲動，謝煙客掌中便生出一股內力，將雙雀鼓氣之力抵消了。那少年見他雙掌平攤，雙雀羽翅撲動雖急，始終飛不離他掌心，更加大叫：「好玩，好玩！」謝煙客笑道：「你來試試！」將兩隻麻雀放在他掌中，那少年伸指抓住，不敢鬆手。

謝煙客笑道：「泥人兒身上所畫的，是練功夫的法門。你拚命幫那老兒，他心中多謝你，因此送了給你。這不是玩意兒，可寶貴得很呢。你只要練成了泥人身上那些紅線黑點的法道，手掌攤開，麻雀兒也就飛不走啦。」

那少年道：「這倒好玩，我定要練練。怎麼練的？」口中說著，張開了手掌。兩隻麻雀展翅一撲，便飛了上去。謝煙客哈哈大笑。那少年也跟著傻笑。

謝煙客道：「你若求我教你這門本事，我就可以教你。學會之後，可好玩得很呢，你要下山上山，自己行走便了，也不用我帶。」那少年臉上大有艷羨之色，謝煙客凝視著他臉，只盼他嘴裏吐出「求你教我」這幾個字來，情切之下，自覺氣息竟也粗重了。

過了好一刻，卻聽那少年道：「我如求你，你便要打我。我不求你。」謝煙客道：「你求好了，我說過決不打你。你跟著我這許多時候，我可打過你沒有？」那少年搖頭道：「沒有。不過我不求你教。」

他自幼在母親處吃過的苦頭實是創深痛巨，不論甚麼事，開口求懇，必定挨打，而且母親打了他後，她自己往往痛哭流淚，鬱鬱不歡者數日，不斷自言自語：「沒良心的，我等著你來求我，可是日等夜等，一直等了幾年，你始終不來，卻去求那個甚麼也及我不上的小賤人，幹麼又來求我？」這些話他也不懂是甚麼意思。母親口中痛罵：「你再來求我？這時候可就遲了。從前為甚麼又不求我？」跟著棍棒便狠狠往頭上招呼下來，打了他之後，他母親又自己痛哭，令他心裏好生難過，總覺是自己錯了。這麼挨得幾頓飽打，八九歲之後就再不向母親求懇甚麼。他和謝煙客荒山共居，過的日子也就如跟母親在一起時無異，不知不覺之間，心中早就將這位老伯伯當作是母親一般了。

謝煙客臉上青氣閃過，心道：「剛才你如開口求懇，完了我平生心願，我自會教你一身足以傲視武林的本領。現下你自尋死路，可怪我不得。」點頭道：「好，你不求我，我也教你。」拿起那個繪著「足少陰腎經」的泥人，將每一個穴道名稱和在人身的方位詳加解說指點。

那少年天資倒也不蠢，聽了用心記憶，不明白處便提出詢問。謝煙客毫不藏私的教導，再傳了內息運行之法，命他自行修習。

過得大半年，那少年已練得內息能循「足少陰腎經」經脈而行。謝煙客見他進展甚速，心想：「瞧不出你這狗雜種，倒是個大好的練武胚子。可是你練得進境越快，死得越早。」跟著教他「手少陰心經」的穴道經脈。如此將泥人一個個的練將下去，過得兩年有餘，那少年已將「足厥陰肝經」、「手厥陰心包經」、「足太陰脾經」、「手太陰肺經」的六陰經脈盡數練成，跟著便練「陰維」和「陰蹻」兩脈。

這些時日之中，那少年每日裏除了朝午晚三次勤練內功之外，一般的捕禽獵獸，烹肉煮飯，絲毫沒疑心謝煙客每傳他一分功夫，便引得他向陰世路跨上一步。只練到後來，時時全身寒戰，冷不可耐。謝煙客說道這是練功的應有之象，他便也不放在心上，那料得到謝煙客居心險惡，傳給他的練功法門雖然不錯，次序卻全然顚倒了。

自來修習內功，不論是爲了強身治病，還是爲了作爲上乘武功的根基，必當水火互濟，陰陽相配，練了「足少陰腎經」之後，便當練「足少陽膽經」，少陰少陽融會調和，體力便逐步增強。可是謝煙客卻一味叫他修習少陰、厥陰、太陰、陰維、陰蹻的諸陰經脈，所有少陽、陽明等諸陽經脈卻一概不授。這般數年下來，那少年體內陰氣大盛而陽氣極衰，陰寒積蓄，已凶險之極，只要內息稍有走岔，立時無救。

謝煙客見他身受諸陰侵襲，竟到此時仍未發作斃命，詫異之餘，稍加思索，便即明白，知這少年渾渾噩噩，於世務全然不知，加之年少，心無雜念，便沒踏入走火入魔之途，若換作旁人，這數年中總不免有七情六欲侵擾，稍有胡思亂想，便早死去多時了，心道：「這狗雜種老是跟我就在山上，只怕還有不少年月好挨。若放他下山，在那花花世界中過不了幾天，便即送了他小命。但放他下山，說不定便遇上了武林中人，這狗雜種只消有一口氣在，旁人便能利用他來挾制於我，此險決不能冒。」

心念一轉，已有了主意：「我教他再練諸陽經脈，卻不教他陰陽調和的法子。待得他內息中陽氣也積蓄到相當火候，那時陰陽不調而相衝相剋，龍虎拚鬥，不死不休，就算心中始終不起雜念，內息不岔，卻也非送命不可。對，此計大妙。」

當下便傳他「陽蹻脈」的練法，這次卻不是自少陽、陽明、太陽、陽維而陽蹻的循序漸進，而是從次難的「陽蹻脈」起始。至於陰陽兼通的任督兩脈，卻非那少年此時的功力所能練，抑且也與他原意不符，便置之不理。

那少年依法修習，雖進展甚慢，總算他生性堅毅，山上又無餘事，過得一年有餘，居然將「陽蹻脈」練成了，此後便一脈易於一脈。

這數年之中，每當崖上鹽米酒醬將罄，謝煙客便帶同那少年下山採購，不放心將他獨自留在崖上，只怕有人乘虛而上，將他劫持而去，那等於是將自己的性命交在別人手中了。兩人每年下崖數次，都是在小市集上採購完畢，立即上崖，從未多有逗留。那少年身材日高，衣服鞋襪自也越買越大。

那少年這時已有十八九歲，身材粗壯，比之謝煙客高了半個頭。謝煙客每日除了傳授內功之外，閒話也不跟他多說一句。好在那少年自幼和母親同住，他母親也如此冷冰冰地相待，倒也慣了。他母親常要打罵，謝煙客卻不笑不怒，更從未以一指加於其身。崖上無事分心，除了獵捕食物之外，那少年唯以練功消磨時光，忽忽數載，諸陽經脈也練得快功行圓滿了。

謝煙客自三十歲上遇到了一件大失意之事之後，隱居摩天崖，本來便極少行走江湖，這數年中更伴著那少年不敢稍離，除了勤練本門功夫之外，更新創了一路拳法、一路掌法。

這一日謝煙客清晨起來，見那少年盤膝坐在崖東的圓巖之上，迎著朝曦，正自用功，眼見他右邊頭頂微有白氣升起，正是內力已有了火候之象，不由得點頭，心道：「小子，你一隻腳已踏進鬼門關去啦。」知道他這般練功，須得再過一個時辰方能止歇，當即展開輕功，來到崖後的一片松林之中。

其時晨露未乾，林中一片清氣，謝煙客深深吸一口氣，緩緩吐將出來，突然間左掌前探，右掌倏地穿出，身隨掌行，在十餘株大松樹間穿插迴移，越奔越快，雙掌揮擊，只聽得嚓嚓輕響，雙掌不住在樹幹上拍打，腳下奔行愈速，出掌卻反愈緩。

腳下加快而出手漸慢，疾而不顯急遽，舒而不減狠辣，那便是武功中的上乘境界。謝煙客打到興發，驀地裏一聲清嘯，啪啪兩掌，都擊在松樹幹上，跟著便聽得簌簌聲響，松針如雨而落。他展開掌法，將成千成萬枚松針反擊上天，樹上松針不斷落下，他所鼓盪的掌風始終不讓松針落下地來。松針尖細沉實，不如尋常樹葉之能受風，他竟能以掌力帶得千萬松針隨風而舞，內力雖非有形有質，卻也已隱隱有凝聚意。

但見千千萬萬枚松針化成一團綠影，將他一個盤旋飛舞的人影裹在其中。

那少女拿起匙羹，在碗中舀了一匙燕窩，向他嘴中餵去。那少年張口吃了，又甜又香，說不出的受用。那少女一言不發，接連餵了他三匙，身子卻站在床前離得遠遠地。

四　搶了他老婆

謝煙客要試試自己數年來所勤修苦練的內功到了何等境界，不住催動內力，將松針越帶越快，然後漸漸擴大圈子，把綠色針圈逐步向外推移。圈子一大，內力照應有所不足，最外圈的松針便紛紛墮落。謝煙客吸一口氣，內力催送，下墮的松針不再增多。他心下甚喜，不住加運內力，但覺舉手抬足間說不出的舒適暢快，意與神會，漸漸到了物我兩忘之境。

過了良久，自覺體內積蓄的內力垂盡，再運下去便於身子有損，當下徐斂內力，松針緩緩飄落，在他身周積成個青色的圓圈。謝煙客展顏一笑，甚覺愜意，突然之間臉色大變，不知打從何時起始，前後左右竟團團圍著九人，一言不發的望著他。

以他武功，旁人莫說欺近身來，即使遠在一兩里之外，便已逃不過他耳目，適才只因全神貫注催動內力，試演這路「碧針清掌」，心無旁騖，於身外之物當眞視而不見，聽而不聞，別說有人來到身旁，即令山崩海嘯，他一時也未必便能知覺。

摩天崖從無外人到來，他突見有人現身，自知來者不善，再一凝神間，認得其中一個瘦子、一個道人、一個醜臉漢子，當年曾在汴梁郊外圍殺大悲老人，自稱是長樂幫中人物。頃刻間心中轉過了無數念頭：「不論是誰，這般不聲不響的來到摩天崖上，明著瞧不起我，不惜與我爲敵。我跟長樂幫素無瓜葛，他們糾衆到來，是甚麼用意？莫非也像對付大悲老人一般，要以武力逼我入幫麼？」又想：「其中三人的武功是見過的，便在當年，我一人已可和他三人打成平手，今日自是不懼。只不知另外六人的功夫如何？」見這六人個個都是四十歲以上年紀，看來其中至少有二人內力深厚，當下冷然一笑，說道：「衆位都是長樂幫的朋友麼？突然光臨摩天崖，謝某有失遠迎，卻不知有何見教？」說著微一拱手。

這九人一齊抱拳還禮，各人適才都見到他施展「碧針清掌」時的驚人內力，沒想到他是心有所屬，於九人到來視而不見，還道他自恃武功高強，將各人全不放在眼內，這時見他拱手，生怕他運內力傷人，各人都暗自運氣護住全身要穴，其中有兩人登時太陽穴高高鼓起，又有一人衣衫飄動。那知謝煙客這一拱手，手上未運內力；更不知他試演「碧針清掌」時全力施爲，恰如是跟一位絕頂高手大戰了一場，十成內力中倒已去了九成。

一個身穿黃衫的老人說道：「在下衆兄弟來得冒昧，失禮之至，還望謝先生恕罪。」謝煙客見這人臉色蒼白，說話有氣沒力，便似身患重病模樣，陡然間想起了一人，失聲道：「閣下可是『著手成春』貝大夫？」

那人正是「著手成春」貝海石，聽得謝煙客知道自己名頭，不禁微感得意，咳嗽兩聲，說道：「不敢，賤名不足以掛尊齒。『著手成春』這外號名不副實，更加貽笑大方。」

謝煙客道：「素聞貝大夫獨來獨往，幾時也加盟長樂幫了？」貝海石道：「一人之力，甚爲有限，敝幫衆兄弟羣策羣力，大夥兒一起來辦事，那就容易些。咳咳，謝先生，我們實在來得魯莽，事先未曾稟告，擅闖寶山，你大人大量，請勿見怪！咳咳，無事不登三寶殿，我們有事求見敝幫幫主，便煩謝先生引見。」謝煙客奇道：「貴幫幫主是那一位？在下近年來甚少涉足江湖，孤陋寡聞，連貴幫主的大名也不獲知，多有失禮。卻怎地要我引見了？」

他此言一出，那九人均即變色，怫然不悅。貝海石左手擋住口前短髭，咳了幾聲，說道：「謝先生，敝幫石幫主既與閣下相交，攜手同行，敝幫上下自都對先生敬若上賓，不敢有絲毫無禮。石幫主的行止，我們身爲下屬，本來不敢過問，實因幫主離總舵已久，諸事待理，再加眼前有兩件大事，可說急如星火，咳咳，因此嘛，我們一得訊息，知道石幫主是在摩天崖上，便匆匆忙忙的趕來了。本該先行投帖，得到謝先生允可，這才上崖，只以事在緊迫，禮數欠周，還望海涵。」說著又深深一躬。

謝煙客見他說得誠懇，這九人雖都攜帶兵刃，但神態恭謹，也沒顯得有甚敵意，心道：「原來只是一場誤會。」不禁一笑，說道：「摩天崖上無桌無椅，怠慢了貴客，各位隨便請坐。不知貝大夫卻聽誰說在下曾與石幫主同行？貴幫人材濟濟，英彥畢集，石幫主自是一位了不起的英雄人物。在下閒雲野鶴，隱居荒山，怎能蒙石幫主折節下交？嘿嘿，好笑，當眞好笑！」

貝海石右手一伸，說道：「衆兄弟，大夥兒坐下說話。」他顯是這一行的首領，隨行八人便四下裏坐下，有的坐在巖石上，有的坐在橫著的樹幹上，貝海石則坐在一個土墩上。九人分別坐下，但將謝煙客圍在中間的形勢仍然不變。

謝煙客怒氣暗生：「你們如此對我，可算得無禮之極。莫說我不知你們石幫主、瓦幫主在甚麼地方，就算知道，你們這等模樣，我本來想說的，卻也不肯說了。」只微微冷笑，抬頭望著頭頂太陽，大剌剌的對衆人毫不理睬。

貝海石心想：「以我在武林中的身分地位，你對我如此傲慢，未免太也過份。素聞此人武功了得，心狠手辣，長樂幫卻也不必多結這個怨家。瞧在幫主面上，讓你一步便是。」便客客氣氣的道：「謝先生，這本是敝幫自己的家務事，麻煩到你老人家身上，委實過意不去。請謝先生引見之後，兄弟自當向謝先生再賠不是，失禮之處，請您見諒。」

同來的八人均想：「貝大夫對此人這般客氣，倒也少見。謝煙客武功再高，我們九人齊上，又何懼於他？不過他既是幫主的朋友，卻也不便得罪了。」

謝煙客冷冷的道：「貝大夫，你是江湖上的成名豪傑，君子一言，快馬一鞭，是個響噹噹的腳色，是也不是？」貝海石聽他語氣中大有慍意，暗暗警惕，說道：「不敢。」謝煙客道：「你貝大夫的話是說話，我謝煙客說話就是放屁了？我說從來沒見過你們的石幫主，閣下定然不信。難道只有你是至誠君子，謝某便是專門撒謊的小人？」

貝海石咳嗽連連，說道：「謝先生言重了。兄弟對謝先生素來十分仰慕，敝幫上下，無不心敬，謝先生言出如山，豈敢有絲毫小覷了。適才見謝先生正在修習神功，量來無暇給我們引見敝幫幫主。眾兄弟迫於無奈，只好大家分頭去找尋找尋。謝先生莫怪。」

謝煙客登時臉色鐵青，冷冷的道：「貝大夫非但不信謝某的話，還要在摩天崖上肆意妄爲？」貝海石搖搖頭，道：「不敢，不敢。說來慚愧，長樂幫不見了幫主，要請外人引見，傳了出去，江湖上人人笑話。我們只不過找這麼一找，請謝先生萬勿多心。摩天崖山高林密，好個所在。多半敝幫石幫主無意間上得崖來，謝先生靜居清修，未曾留意。」心想：「他不讓我們跟幫主相見，定然不懷好意。」

謝煙客尋思：「我這摩天崖上那有他們的甚麼狗屁幫主。這夥人蠻橫無理，尋找幫主云云，顯是個無聊藉口。這般大張旗鼓的上來，還會有甚麼好事？憑著謝某的名頭，長樂幫竟敢對我如此張狂，自是有備而來。」他知此刻情勢凶險，素聞貝海石「五行六合掌」功夫名動武林，單是他一人，當然也不放在心上，但加上另外這八名高手，就不易對付，何況他長樂幫的好手不知尚有多少已上得崖來，多半四下隱伏，俟機出手，心念微動之際，突然眼光轉向西北角上，臉露驚異之色，嘴裏輕輕「咦」的一聲。

那九人的目光都跟著他瞧向西北方，謝煙客突然身形飄動，轉向米香主身側，伸手疾去拔他腰間長劍。那米香主見西北方並無異物，但覺風聲颯然，敵人已欺到身側，急忙出手，右手快如閃電，只因相距近了，竟比謝煙客還快了刹那，搶在頭裏，手搭劍柄，嗤的一聲響，長劍已然出鞘。眼前青光甫展，脅下便覺微微一麻，跟著背心一陣劇痛，謝煙客左手食指已點了他穴道，右手五指抓住了他後心。

原來謝煙客眼望西北方固是誘敵之計，奪劍也是誘敵。米香主一心要爭先握住劍柄，脅下與後心自然而然露出了破綻，否則他武功雖然不及，卻也無論如何不會在一招之際便遭制住。謝煙客當年曾詳觀米香主激鬥大悲老人、用鬼頭刀削去那少年滿頭長髮，熟知他的劍路，大凡出手迅疾者守禦必不嚴固，冒險一試，果然得手。
謝煙客微微一笑，說道：「米香主，得罪了。」米香主怒容動面，卻已動彈不得。
貝海石愕然道：「謝先生，你要怎地？當眞便不許我們找尋敝幫幫主麼？」謝煙客森然道：「你們要殺謝某，只怕也非易事，至少也得陪上幾條性命。」
貝海石苦笑道：「我們和謝先生無怨無仇，豈有加害之心？何況以謝先生如此奇變橫生的武功，我們縱有加害之意，那也不過自討苦吃。大家是好朋友，請你將米兄弟放下罷。」他見謝煙客一招之間便擒住米香主，心下也好生佩服。
謝煙客右手抓在米香主後心「大椎穴」上，只須掌力一吐，立時便震斷了他心脈，說道：「各位立時下我摩天崖去，謝某自然便放了米香主。」
貝海石道：「下去有何難哉？午時下去，申時又再上來了。」謝煙客臉色一沉，說道：「貝大夫，你這般陰魂不散的纏上了謝某，到底打的是甚麼主意？」
貝海石道：「甚麼主意？衆位兄弟，咱們打的是甚麼主意？」隨他上山的其餘七人一直沒開口，這時齊聲說道：「咱們求見幫主，要恭迎幫主回歸總舵。」
謝煙客怒道：「說來說去，你們疑心我將你們幫主藏了起來啦，是也不是？」
貝海石道：「此中隱情，我們在見到幫主之前，誰也不敢妄作推測。」向一名魁梧的中年漢子道：「雲香主，你和衆賢弟四下裏瞧瞧，一見到幫主大駕，立即告知愚兄。

謝先生的貴府卻不可亂闖。」

那雲香主右手捧著一對爛銀短戟，點頭道：「遵命！」大聲道：「衆位，貝先生有令，大夥去謁見幫主。」其餘六人齊聲道：「是。」七人倒退幾步，一齊轉身出林而去。

謝煙客雖制住了對方一人，但見長樂幫諸人竟絲毫沒將米香主的安危放在心上，仍自行其事，絕無半分投鼠忌器之意，只貝海石一人留在一旁，顯是在監視自己，而不是想設法搭救米香主，尋思：「那少年將玄鐵令交在我手中，此事轟傳江湖，長樂幫這批傢伙以找幫主爲名，眞正用意自是來綁架這少年。此刻我失了先機，那少年勢必落入他們掌握，長樂幫便有了制我的利器。哼，謝煙客是甚麼人，豈容你們上門欺辱？」那七人離去，正是出手殺人的良機，當即左掌伸到米香主後腰，內力疾吐。這一招「文丞武尉」，竟是以米香主的身子作爲兵刃，向貝海石擊去。

他素知貝海石內力精湛，只因中年時受了內傷，身上常帶三分病，武功才大大打了個折扣。此人久病成醫，「貝大夫」三字外號便由此而來，其實並不是眞正的大夫，饒是如此，武功仍異常厲害。九年之前，「冀中三煞」爲他一晚間於相隔二百里的三地分別擊斃，成爲武林中一提起便人人聳然動容的大事。因此謝煙客雖聽他咳嗽連連，似乎中氣虛弱，卻絲毫不敢怠忽，一出手便是最陰損毒辣的險招。

貝海石見他突然出手，咳嗽道：「謝先生……卻……咳，咳，卻又何必傷了和氣？」

伸出雙掌，向米香主胸口推去，突然間左膝挺出，撞在米香主小腹之上，登時將他身子撞得飛起，越過自己頭頂飛向身後，這樣一來，雙掌便按向謝煙客胸口。

這一招變化奇怪之極，謝煙客雖見聞廣博，也不知是何名堂，一驚之下，順勢伸掌接他的掌力，突然之間，只覺自己雙掌指尖之上似有千千萬萬根利針刺過來一般。謝煙客急運內力，要和他掌力相敵，驀然間胸口空盪盪地，全身內力竟然無影無蹤。他腦中電光石火般一閃：「啊喲不好，適才我催逼掌力，不知不覺間將內力消耗了八九成，如何再能跟他比拚眞力？」立即雙掌一沉，擊向貝海石小腹。

貝海石右掌捺落，擋住來招，謝煙客雙袖猛地揮出，以鐵袖功拂他面門。貝海石心道：「來勢雖狠，卻露衰竭之象，他是要引我上當。」斜身閃過，讓開了他衣袖。「摩天居士」四字大名，武林中提起來非同小可，貝海石適才見他試演「碧針清掌」，掌法精奇，內力深厚，自己遠所不及，只幫主失蹤，非尋回不可，縱然被迫與此人動手，卻也無可奈何，雖察覺他內力平平，料來必是誘敵，絲毫不敢輕忽。

謝煙客雙袖回收，呼的一聲響，已借著衣袖鼓回來的勁風向後飄出丈餘，順勢轉身，拱手道：「少陪，後會有期。」口中說話，身子向後急退，去勢雖快，卻仍瀟洒有餘，不露絲毫急遽之態。見貝海石並未追來，便即迅速溜下摩天崖。

謝煙客連攻三招不利，自知今日太也不巧，強敵猝至，卻適逢自己內力衰竭，便即抽身引退，卻不能說已輸在貝海石手下，他雖被迫退下摩天崖，但對方九人圍攻，尚且在劣勢之中制住對方高手米香主，大挫長樂幫的銳氣。他在陡陂峭壁間縱躍而下時，心中快慰之情尙自多於氣惱，驀地裏想到那少年落於敵手，自此後患無窮，登時大是煩惱，轉念又想：「待我內力恢復，趕上門去將長樂幫整個兒挑了，只須不見那狗雜種之面，他們便奈何我不得。但若那狗雜種受了他們挾制或是勸誘，一見我面便說：『我求你斬下自己一條手臂。』那可糟了。君子報仇，十年未晚，好在這小子八陰八陽經脈的內功不久便可練成，小命活不久了，待他死後，再去找長樂幫的晦氣便是。此事不可急躁，須策萬全。」

貝海石見謝煙客突然退去，大感不解：「他既和石幫主交好，爲甚麼又對米香主痛下殺手？種種蹊蹺之處，實難令人索解。難道……難道他竟察覺了我們的計謀？不知是否已跟石幫主說起？」霎時間不由得心事重重，凝思半晌，搖了搖頭，轉身扶起米香主，雙掌貼在他背心「魂門」「魄戶」兩大要穴之上，傳入內力。

過得片刻，米香主眼睜一線，低聲道：「多謝貝先生救命之恩。」

貝海石道：「米兄弟安臥休息，千萬不可自行運氣。」

適才謝煙客這一招「文丞武尉」，既欲致米香主的死命，又是攻向貝海石的殺手。

貝海石若出掌在米香主身上一擋，米香主在前後兩股內力夾擊之下，非立時斃命不可，是以貝海石先以左膝撞他小腹，既將他撞到背後，又化解了謝煙客大半內力，幸好謝煙客其時內力所剩者已不過一成，否則貝海石這一招雖然極妙，米香主還是難保性命。

貝海石將米香主輕輕平放地下，雙掌在他胸口和小腹上運力按摩，猛聽得有人歡呼大叫：「幫主在這裏，幫主在這裏！」貝海石大喜，說道：「米兄弟，你已脫險，我瞧瞧幫主去。」忙向聲音來處快步奔去，心道：「謝天謝地！若找不到幫主，本幫只怕就此風流雲散，迫在眉睫的大禍又有誰來抵擋？」

他奔行不到一里，便見一塊巖石上坐著一人，側面看去，赫然便是本幫的幫主石破天。雲香主等七人在巖前恭恭敬敬的垂手而立。貝海石搶上前去，其時陽光從頭頂直晒，照得石上之人面目清晰無比，但見他濃眉大眼，長方的臉膛，卻不是石幫主是誰？貝海石喜叫：「幫主，你老人家安好？」

一言出口，便見石幫主臉上神情痛楚異常，左邊臉上青氣隱隱，右邊臉上卻盡是紅暈，宛如飲醉了酒一般。貝海石內功既高，又久病成醫，眼見情狀不對，大吃一驚，心道：「他……他在搗甚麼鬼，難道是在修習一門高深內功。這可奇了？嗯，那定是謝煙客傳他的。啊喲不好，咱們闖上崖來，只怕打擾了他練功。這可不妙了。」

霎時之間，心中種種疑團登即盡解：「幫主失蹤了半年，到處尋覓他不到，原來是靜悄悄的躲在這裏修習高深武功。他武功越高，於本幫越有利，那可好得很啊。謝煙客自知幫主練功正到要緊關頭，若受打擾，便致分心，因此上無論如何不肯給我們引見。他一番好心，我們反得罪了他，當眞過意不去了。其實他只須明言，我難道會不明白這中間的過節？素聞謝煙客此人傲慢辣手，我們這般突然闖上崖來，定令他大大不快，這才一翻臉便出手殺人。瞧幫主這番神情，他體內陰陽二氣交攻，只怕龍虎不能聚會，稍有不妥，便至走火入魔，謝煙客又不在旁相助，委實凶險之極。」

當下他打手勢命各人退開，直到距石幫主數十丈處，才低聲說明。

衆人恍然大悟，盡皆驚喜交集，連問：「幫主不會走火入魔罷？」有的更深深自疚：「我們莽莽撞撞的闖上崖來，打擾了幫主用功，惹下的亂子當眞不小。」

貝海石道：「米香主給謝先生打傷了，那一位兄弟過去照料一下。我在幫主身旁守候，或許在危急時能助他一臂之力。其餘各位便都在此守候，切忌喧嘩出聲。若有外敵上崖，須得靜悄悄的打發了，決不可驚動幫主。」

各人均是武學中的大行家，都知修習內功之時若有外敵來侵，擾亂心神，最是凶險不過，連聲稱是，各趨摩天崖四周險要所在，分路把守。

貝海石悄悄回到石幫主身前，見他臉上肌肉扭曲，全身抽搐，張大了嘴想要叫喊，卻發不出半點聲息，顯然內息走岔了道，性命已危在頃刻。貝海石大驚，待要上前救援，卻不知他練的是何等內功，這中間陰陽坎離，弄錯不得半點，否則只有加速對方死亡。

但見石幫主全身衣衫已讓他自己抓得粉碎，肌膚上滿是血痕，頭頂處白霧瀰漫，凝聚不散，心想：「他本來武功平平，內力不強，可是瞧他頭頂白氣，內功實已練到極高境界，難道謝煙客只教了他半年，便竟有這等神速進境？」

突然間聞到一陣焦臭，石幫主右肩處衣衫一股白煙冒出，確是練功走火、轉眼立斃之象。貝海石一驚，伸掌去按他右手肘的「清冷淵」，要令他暫且寧靜片刻，不料手指碰到他手肘，著手如冰，不由得全身劇烈一震，不敢運力抵禦，當即縮手，心道：「那是甚麼奇門內功？怎地半邊身子寒冷徹骨，半邊身子卻又燙若火炭？」

正沒做理會處，忽見幫主縮成一團，從巖上滾了下來，幾下痙攣，就此不動。貝海石驚呼：「幫主，幫主！」探他鼻息，幸喜尚有呼吸，只氣若游絲，顯然隨時都會斷絕。他皺起眉頭，縱聲呼嘯，將石幫主身子扶起，倚在巖上，見局面危急之極，便盤膝坐在幫主身側，左掌按他心口，右掌按他背心，運起內勁，護住他心脈。

過不多時，那七人先後到來，見幫主臉上忽而紅如中酒，忽而青若凍僵，全身不住顫抖，各人無不失色，眼光中充滿疑慮，都瞧著貝海石，但見他額頭黃豆大的汗珠不停滲出，身子顫動，顯正竭盡全力。

過了良久，貝海石才緩緩放下了雙手，站起身來，說道：「幫主顯是在修習一門上乘內功，是否走火，我一時也難決斷。此刻幸得暫且助他渡過了一重難關，此後如何，實難逆料。這件事非同小可，請衆兄弟共同想個計較。」

各人你瞧瞧我，我瞧瞧你，均想：「連你貝大夫也沒了主意，我們還能有甚麼法子？」霎時之間，誰也沒話說。

米香主由人攙扶著，倚在一株柏樹之上，低聲道：「貝……貝先生，你說怎麼辦，大家都聽你吩咐。你……你的主意，總比我們高明些。」

貝海石向石幫主瞧了一眼，說道：「關東四大門派約定重陽節來本幫總舵拜山，時日已頗迫促。此事攸關本幫存亡榮辱，衆位兄弟都十分明白。關東四大門派的底，咱們已摸得清清楚楚，軟鞭、鐵戟、一柄鬼頭刀、幾十把飛刀，也夠不上來跟長樂幫爲難。司徒幫主的事，是咱們自己幫裏家務，要他們來管甚麼閒事？只不過這件事在江湖上張揚出去，可就不妥。咳，咳……眞正的大事，大夥兒都明白，卻是俠客島的『賞善罰惡令』，非幫主親自來接不可，否則……否則人人難逃大劫。」

雲香主道：「貝先生說得是。長樂幫平日行事如何，大家心裏有數。咱們弟兄個個爽快，不喜學那僞君子行逕。人家要來『賞善』，沒甚麼善事好賞，說到『罰惡』，那筆帳就難算得很了。這件事若無幫主主持大局，只怕……只怕……唉……」

貝海石道：「因此事不宜遲，依我之見，咱們須得急速將幫主請回總舵。幫主眼前這……這場病，恐怕不輕，倘若吉人天相，他在十天半月中能回復原狀，那就再好不過。否則的話，有幫主坐鎮總舵，縱然未曾康復，大夥兒抵禦外敵之時，心中總也定些，可……可是不是？」眾人都點頭道：「貝先生所言甚是。」

貝海石道：「既然如此，咱們就做兩個擔架，將幫主和米香主兩位護送回歸總舵。」各人砍下樹枝，以樹皮搓索，結成兩具擔架，再將石幫主和米香主二人牢牢縛在擔架之上，以防下崖時滑跌。除貝海石外，七人輪流抬架，下摩天崖而去。

那少年這日依著謝煙客所授的法門修習，將到午時，只覺手陽明大腸經、足陽明胃經、手太陽小腸經、足太陽膀胱經、手少陽三焦經、足少陽膽經六處經脈中熱氣驟盛，竟難抑制，便在此時，各處太陰、少陰、厥陰的經脈之中卻又忽如寒冰侵蝕。熱的極熱而寒的至寒，兩者不能交融。他數年勤練，功力大進，到了這日午時，除了衝脈、帶脈兩脈之外，八陰八陽的經脈突然間相互激烈衝撞起來。

他撐持不到大半個時辰，便即昏迷，此後始終昏昏沉沉，一時似乎全身在火爐中烘焙，汗出如瀋，口乾唇焦，一時又如墮入冰窖，周身血液都似凝結成冰。如此熱而復寒，寒而復熱，眼前時時晃過各種各樣人影，有男有女，醜的俊的，紛至沓來，這些人不住在跟他說話，但一句也聽不見，只想大聲叫喊，偏又說不出半點聲音。眼前有時光亮，有時黑暗，似乎有人時時餵他喝湯飲酒，有時甜蜜可口，有時辛辣刺鼻，卻不知是甚麼湯水。

如此胡裏胡塗的也不知過了多少時候，一日額上忽然感到一陣涼意，鼻中又聞到隱隱香氣，慢慢睜眼，首先見到的是一根點燃著的紅燭，燭火微微跳動，跟著聽得一個清脆柔和的聲音低聲說道：「天哥，你終於醒過來了！」語音中充滿了喜悅之情。

那少年轉睛向聲音來處瞧去，見說話的是個十七八歲少女，身穿淡綠衫子，一張瓜子臉，秀麗美艷，一雙清澈的眼睛凝視著他，嘴角邊微含笑容，輕聲問道：「甚麼地方不舒服啦？」

那少年腦中一片茫然，只記得自己坐在巖石上練功，突然間全身半邊冰冷，半邊火熱，驚惶之下，就此暈去，怎地眼前忽然來了這個少女？他喃喃的道：「我……我……」發覺自身睡在一張柔軟的床上，身上蓋了被子，便欲坐起，但身子只一動，四肢百骸中便如萬針齊刺，痛楚難當，忍不住「啊」的一聲叫了出來。

那少女道：「你剛醒轉，可不能動，謝天謝地，這條小命兒是撿回來啦。」低下頭在他臉頰上輕輕一吻，站直身子時但見她滿臉紅暈。

那少年也不明白這是少女的嬌羞，只覺她更加說不出的好看，便微微一笑，囁嚅著道：「我……我在那裏啊？」

那少女淺笑嫣然，正要回答，忽聽得門外腳步聲響，當即將左手食指豎在口唇之前，作個禁聲的姿勢，低聲道：「有人來啦，我要去了。」身子一晃，便從窗口中翻出。那少年眼睛一花，便不見了那姑娘，只聽得屋頂微有腳步細碎之聲，迅速遠去。

那少年心下茫然，只想：「她是誰？她還來不來看我？」過了片刻，聽得腳步聲來到門外，有人咳嗽了兩聲，呀的一聲，房門推開，兩人進房。一個是臉有病容的老者，另一個是個瘦子，面貌有些熟悉，依稀似乎見過。

那老者見那少年睜大了眼望著他，登時臉露喜色，搶上一步，說道：「幫主，你覺得怎樣？今日你臉色可好得多了。」那少年道：「你……你叫我甚麼？我……我……在甚麼地方？」那老者臉上閃過一絲憂色，但隨即滿臉喜悅，笑道：「幫主大病了七八天，此刻神智已復，可喜可賀，請幫主安睡養神，屬下明日再來請安。」說著伸出手指，在那少年兩手腕脈上分別搭了片刻，不住點頭，笑道：「幫主脈象沉穩厚實，已無凶險，當眞吉人天相，實乃我幫上下之福。」

那少年愕然道：「我……我……名叫『狗雜種』，不是『幫主』。」

那老者和那瘦子一聽此言，登時呆了，兩人對望一眼，低聲道：「請幫主安息。」倒退幾步，轉身出房。

那老者便是「著手成春」貝海石，那瘦子則是米香主米橫野。

米橫野在摩天崖上為謝煙客內勁所傷，幸喜謝煙客其時內力所賸無幾，再得貝海石及時救援，回到長樂幫總舵休養數日，便逐漸痊愈了，只是想到一世英名，竟讓謝煙客一招之間便即擒獲，連日甚是鬱鬱。

貝海石勸道：「米賢弟，這事說來都是咱們行事莽撞的不是，此刻回想，我倒盼當時謝煙客將咱們九人一古腦兒都制服了，便不致衝撞了幫主，累得他走火入魔。幫主一直昏迷不醒，能否痊可，實在難說，就算身子好了，這門陰陽交攻的神奇內功，卻無論如何練不成了。萬一他有甚三長兩短，唉，米賢弟，咱們九人中，倒是你罪名最輕。你雖也上了摩天崖，但在見到幫主之前，便已先失了手。」米橫野道：「那又有甚麼分別？要是幫主有甚不測，大夥兒都大禍臨頭，也不分甚麼罪輕罪重了。」

第八天晚間，貝海石和米橫野到幫主的臥室中去探病，竟見石幫主已能睜眼視物、張口說話，兩人自欣慰無比。貝海石按他脈搏，覺到沉穩厚實，一股強勁內力要將自己的手指彈開，忙即鬆手，正歡喜間，不料他突然說了一句莫名奇妙的話，說自己不是幫主，乃「狗雜種」。貝米二人駭然失色，不敢多言，立時退出。

到了房外，米橫野低聲問道：「怎樣？」貝海石沉吟半晌，說道：「幫主眼下心智未曾明白，但總勝於昏迷不醒。愚兄盡心竭力為幫主醫治，假以時日，必可復原。」頓了一頓，又道：「只那件事說來便來，神出鬼沒，幫主卻不知何時方能痊可。」過了一會，說道：「只消有幫主在這裏，天塌下來，也會有人承當。」輕拍米橫野肩頭，微笑道：「米賢弟，不用躭心，一切我理會得，自當妥為安排。」

那少年見二人退出房去，這才迷迷糊糊的打量房中情景，見自身睡在一張極大的床上，床前一張朱漆書桌，桌旁兩張椅子，上鋪錦墊。房中到處陳設得花團錦簇，繡被羅帳，清香裊裊，但覺置身於一個香噴噴、軟綿綿的神仙洞府，眼花繚亂，瞧出來沒一件東西是識得的。他嘆了一口長氣，心想：「多半我是在做夢。」

但想到適才那個綠衫少女軟語靦覥的可喜模樣，連秀眉綠鬢也記得清清楚楚，她躍了出去的窗子兀自半開半掩，卻不像做夢。他伸起右手，想摸一摸自己的頭，但手只這麼輕輕一抬，周身又如萬針齊刺般劇痛，忍不住「哎喲」一聲，叫了出來。

忽聽得房角落裏有人打了個呵欠，說道：「少爺，你醒了……」也是個女子聲音，似是剛從夢中醒覺，突然之間，她「啊」的一聲驚呼，說道：「你……你醒了？」一個黃衫少女從房角裏躍出，搶到他床前。

那少年初時還道先前從窗中躍出的少女又再回來，心喜之下，定睛看時，卻見這少女身穿鵝黃短襖，服色固不同，容顏亦大異，她面龐略作圓形，眼睛睜得大大地，雖不若綠衫少女那般明艷絕倫，但神色間多了一份溫柔，卻也嫵媚可喜。那少年生平直至此日，才首次與他年紀相若的兩個女郎面對面說話，自分辨不出其間的細致差別。只聽她又驚又喜的道：「少爺，你醒轉來啦？」

那少年道：「我醒轉來了，我……我現下不是做夢了麼？」

那少女格格一笑，道：「只怕你還在做夢也說不定。」她一笑之後，立即收歛笑容，一副凜然不可侵犯的模樣，問道：「少爺，你有甚麼吩咐？」

那少年奇道：「你叫我甚麼？甚麼少……少爺？」那少女眉目間隱隱含有怒色，道：「我早跟你說過，我們是低三下四之人，不叫你少爺，又叫甚麼？」那少年喃喃自語：「一個叫我幫……甚麼『幫主』，一個卻又叫我『少爺』，我到底是誰？怎麼在這裏了？」

那少女神色略和，道：「少爺，你身子還沒復原，別說這些了。吃些燕窩好不好？」

那少年道：「燕窩？」不知燕窩是甚麼，但覺肚餓，不管吃甚麼都好，便點點頭。

那少女走去鄰房，不久便捧了一隻托盤進來，盤中放著一隻青花瓷碗，熱氣騰騰地噴發甜香。那少年一聞到，不由得饞涎欲滴，肚中登時咕咕咕的響了起來。那少女微微一笑，說道：「七八天中只淨喝參湯吊命，可真餓得狠啦。」將托盤端到他面前。

那少年就著燭火看去，見是雪白一碗粥不像粥的東西，上面飄著些乾玫瑰花瓣，散發著微微清香，問道：「這樣好東西，是給我吃的麼？」那少女笑道：「是啊，還客氣麼？」那少年心想：「這樣的好東西，卻不知道要多少錢，我沒銀子，還是先說明白的好。」便道：「我身邊一個錢也沒有，可……可沒銀子給你。」那少女一怔，跟著忍不住噗哧一笑，說道：「生了這場大病，性格兒可一點也沒改，剛會開口說話，便又這麼貧嘴貧舌的。既餓了，便快吃罷。」說著將托盤又移近了一些。

那少年大喜，問道：「我吃了不用給錢？」

那少女見他仍然說笑，有些厭煩了，沉著臉道：「不用給錢，你到底吃不吃？」

那少年忙道：「我吃，我吃！」伸手便去拿盤中匙羹，右手只這麼一抬，登時全身刺痛，哼了兩聲，咬緊牙齒，慢慢提手，卻不住顫抖。

那少女寒著臉問道：「少爺，你是眞痛還是假痛？」那少年奇道：「自然是眞痛，爲甚麼要裝假？」那少女道：「好，瞧在你這場大病生得半死不活的份上，我便破例再餵你一次。你如又毛手毛腳、不三不四，我可再也不理你了。」那少年問道：「甚麼叫毛手毛腳，不三不四？」

那少女臉上微微一紅，橫了他一眼，哼了一聲，拿起匙羹，在碗中舀了一匙燕窩，往他嘴中餵去。

那少年登時傻了，想不到世上竟有這等好人，張口將這匙燕窩吃了，當眞又甜又香，吃在嘴裏說不出的受用。

那少女一言不發，接連餵了他三匙，身子卻站在床前離得遠遠地，伸長了手臂餵他，唯恐他突然有非禮行動。

那少年吃得砸嘴舐唇，連稱：「好吃得很，好味道！唉，眞多謝你了。」那少女冷笑道：「你別想使詭計騙我上當！燕窩便是燕窩罷啦，你幾千碗也吃過了，幾時又曾讚過一聲『好吃』？」那少年心下茫然，尋思：「這種東西，我幾時吃過了？」問道：「這……這便是燕窩麼？」那少女哼的一聲，道：「你也眞會裝傻。」說這句話時，同時退後了一步，臉上滿是戒備之意。

那少年見她一身鵝黃短襖和褲子，頭上梳著雙鬟，新睡初起，頭髮頗見蓬鬆，腳上未穿襪子，雪白赤足踏在一對繡花拖鞋之中，那是生平從所未見的美麗情景，母親腳上始終穿著襪子，卻又不許自己進她的房，便讚道：「你……你的腳眞好看！」

那少女臉上微微一紅，隨即現出怒色，將瓷碗往桌上重重一放，轉過身去，把鋪在房角裏的席子、薄被、和枕頭拿了起來，向房門走去。

那少年心下惶恐，問道：「你……你去那裏？你不睬我了麼？」語氣中頗有哀懇之意。那少女沉著臉道：「你病得死去活來，剛知了點人事，嘴裏便又不乾不淨起來啦。

我又能到那裏去了?你是主子，我們低三下四之人，怎說得上睬不睬的?」說著逕自出門去了。

那少年見她發怒而去，不知如何得罪了她，心想：「一個姑娘跳窗走了，一個姑娘從門中走了，她們說的話我一句也不懂。唉，眞不知道是怎麼回事。」他守著不求人的宗旨，也就不求她別去，正自怔怔出神，聽得腳步聲細碎，那少女又走進房來，臉上猶帶怒色，手中捧著臉盆。那少年心中歡喜，見她將臉盆放在桌上，從臉盆中提出一塊熱騰騰的面巾來，絞得乾了，遞到那少年面前，冷冰冰的道：「擦面罷!」

那少年道：「是，是!」忙伸手去接，雙手一動，登時全身刺痛，他咬緊牙關，伸手接了過來，欲待擦面，卻雙手發顫，那面巾離臉尺許，說甚麼也湊不過去。

那少女將信將疑，冷笑道：「裝得眞像。」接過面巾，說道：「要我給你擦面，那也可以。可是你若伸手胡鬧，只要碰到我一根頭髮，我便永遠不走進房裏來了。」那少年道：「我不敢，姑娘，你不用給我擦面。這塊布雪雪白的，我的臉髒得很，別弄髒了這布。」

那少女聽他語音低沉，咬字吐聲也與以前頗有不同，所說的話更不倫不類，不禁起疑：「莫非他這場大病當眞傷了腦子。聽貝先生他們談論，說他練功時走火入魔，損傷了五臟六腑，性命能不能保也難說得很。否則說話怎麼總這般顛三倒四的?」便問：

「少爺，你記得我的名字麼？」

那少年道：「你從來沒跟我說過，我不知道你叫甚麼？」又笑了笑道：「我不叫少爺，叫做狗雜種，我娘是這麼叫的。老伯伯說這是罵人的話，不好聽。你叫甚麼？」

那少女越聽越皺緊眉頭，心道：「瞧他說話模樣，全沒輕佻玩笑之意，看來他當真胡塗啦。」不由得心下難過，問道：「少爺，你眞的不認得我了？不認得我侍劍了？」

那少年道：「你叫侍劍麼？好，以後我叫你侍劍……不，侍劍姊姊。我媽說，女人年紀比我大得多的，叫她婆婆、阿姨，跟我差不多的，叫她姊姊。」侍劍頭一低，突然眼淚滾了出來，泣道：「少爺，你……你不是裝假騙我，眞的忘了我麼？」

那少年搖頭道：「你說的話我不明白。侍劍姊姊，你爲甚麼哭了？爲甚麼不高興了？是我得罪了你麼？我媽媽不高興時便打我罵我，你也打我罵我好了。」

侍劍更加心酸，慢慢拿起那塊面巾，給他擦面，低聲道：「我是你的丫鬟，怎能打你罵你？少爺，但盼老天爺保祐你的病快快好了。要是你當眞甚麼都忘了，那可怎麼辦啦？」

擦完了面，那少年見雪白的面巾上倒也不怎麼髒，他可不知自己昏迷之際，侍劍每天都給他擦幾次臉，不住口的連聲稱謝。

侍劍低聲問道：「少爺，你忘了我的名字，其他的事情可還記得麼？比如說，你是甚麼幫的幫主？」那少年搖了搖頭道：「我不是甚麼幫主，老伯伯教我練功夫，突然之間，我半邊身子熱得發滾，半邊身子卻又冷得不得了，我……我……難過得抵受不住，便暈了過去。侍劍姊姊，我怎麼到了這裏？是你帶我來的麼？」侍劍心中又是一酸，尋思：「這麼說來，他……他當眞甚麼都記不得了。」

那少年又問：「老伯伯呢？他教我照泥人兒身上的線路練功，怎麼會練到全身發滾又發冷，我想問問他。」

侍劍聽他說到「泥人兒」，心念一動，七天前爲他換衣之時，從他懷中跌了一隻木盒出來，好奇心起，曾打開來瞧瞧，見是一十八個裸體的男形泥人。她一見之下，臉就紅了，素知這位少主風流成性，極不正經，這些不穿衣衫的泥人兒決計不是甚麼好東西，當即合上盒蓋，藏入抽屜，這時心想：「我把這些泥人兒給他瞧瞧，說不定能助他記起走火入魔之前的事情。」拉開抽屜，取了那盒子出來，道：「是這些泥人兒麼？」

那少年喜道：「是啊，泥人兒在這裏。老伯伯呢？老伯伯到那裏去了？」侍劍道：「那一個老伯伯？」那少年道：「老伯伯便是老伯伯了。他名叫摩天居士。」

侍劍於武林中的成名人物極少知聞，從來沒聽見過摩天居士謝煙客的名頭，說道：「你醒轉了就好，從前的事一時記不起，也沒甚麼。天還沒亮，你好好再睡一會。唉，其實從前的事甚麼都記不起，說不定還更好些呢？」說著給他攏了攏被子，拿起托盤，便要出房。

那少年問道：「侍劍姊姊，爲甚麼我記不起從前的事還更好些？」

侍劍道：「你從前所做的事……」說了這半句話，突然住口，轉頭急步出房而去。

那少年心下茫然，只覺種種事情全都無法索解，耳聽得屋外篤篤篤的敲著竹梆，跟著嘡嘡嘡鑼聲三響，他也不知這是敲更，只想：「黑濛濛半夜裏，竟還有人打竹梆、打鑼玩兒。」突然之間，右手食指的「商陽穴」上一熱，一股熱氣沿著手指、手腕、手臂直走上來。那少年一驚，暗叫：「不好了！」跟著左足足心的「湧泉穴」中寒冷如冰。

這寒熱交攻之苦他已經歷多次，知道每次發作都勢不可當，疼痛到了極處，便會神智不覺。已往幾次都在迷迷糊糊之中發作，這次卻是清醒之中突然來襲，更加驚心動魄。只覺一股熱氣、一股寒氣分從左右上下，慢慢匯到心肺之間。

那少年暗想：「這一回我定要死了！」過去寒熱兩氣不是匯於小腹，便聚於脊樑，這次竟向心肺要害間聚集，卻如何抵受得住？他知情勢不妙，強行掙扎，坐起身來，想要盤膝坐好，一雙腿卻無論如何彎不攏來，極度難當之際，忽然心想：「老伯伯當年練這功夫，難道也吃過這般苦頭？將兩隻麻雀兒放在掌心中令牠們飛不走，也並不當眞好玩。早知如此辛苦，這功夫我就不練啦。」

忽聽得窗外有個男子聲音低聲道：「啓稟幫主，屬下豹捷堂展飛，有機密大事稟報。」

那少年半點聲息也發不出來，過了半晌，見窗子緩緩開了，人影一閃，躍進一個身披斑衣的漢子。這人搶近前來，見那少年坐在床上，不由得一驚，眼前情景大出他意料之外，急退了兩步。

這時那少年體內寒熱內息正在心肺之間交互激盪，心跳劇烈，只覺隨時都能心停而死，但極度疼痛之際，神智卻異乎尋常的淸明，聽得這斑衣漢子自報姓名爲「豹捷堂展飛」，眼見他越窗進來，不知他要幹甚麼，只得睜大了眼凝視著他。

展飛見那少年並無動靜，低聲道：「幫主，聽說你老人家練功走火，身子不適，現下可大好了？」那少年身子顫動了幾下，說不出話。展飛臉現喜色，又道：「幫主，你眼下未曾復原，不能動彈，是不是？」

他說話雖輕，但侍劍在隔房已聽到房中異聲，走了進來，見展飛臉上露出猙獰兇惡的神色，驚道：「你幹甚麼？不經傳呼，擅自來到幫主房中，想犯上作亂麼？」

展飛身形一晃，突然搶到侍劍身畔，右肘在她腰間一撞，右指又在她肩頭加上了一指。侍劍登時給他封住了穴道，斜倚在一張椅上，動彈不得。展飛練的是外家功夫，點人穴道只能制人手足，卻不能令人說不得話，當下取出一塊帕子，塞入她口中。侍劍心下驚惶，知他意欲不利幫主，卻沒法喚人來救。

展飛對幫主仍極忌憚，提掌作勢，低聲道：「我這鐵沙掌功夫，一掌打死你這小丫頭，想也不難！」呼的一掌，向侍劍天靈蓋擊去，心想：「這小子倘若武功未失，定會出手相救。」一掌聲雖響，卻不含勁力，手掌離侍劍頭頂不到半尺，見幫主仍坐著不動，心中一喜，立即收掌，轉頭向那少年獰笑道：「小淫賊，你生平作惡多端，今日卻死在我手裏。」向床前走近兩步，低聲道：「你此刻無力抗禦，我下手殺你，非英雄好漢行逕。可是老子跟你仇深似海，已說不上講甚麼江湖規矩。你若懂江湖義氣，也不會來搶我老婆了！」

那少年和侍劍身子雖不能動，這幾句話卻聽得清清楚楚。那少年心想：「他爲甚麼跟我仇深似海，我又怎麼搶他老婆？」侍劍卻想：「少爺不知欠下了多少風流孽債，今日終於遭到報應。唉，這人眞的要殺死少爺了。」心下惶急，極力掙扎，但手足酸軟，一傾側間，砰的一聲，倒在地下。

展飛惡狠狠的道：「我老婆失身於你，哼，你只道我閉了眼睛做王八，半點不知？可是以前雖然知道，卻也奈何你不得，只有忍氣低聲，啞子吃黃蓮，有苦說不出。那想到老天有眼，你這小淫賊作惡多端，終於落入我手裏。」說著雙足擺定馬步，吸氣運功，右臂格格作響，呼的一掌拍出，正擊中那少年心口。

展飛是長樂幫外五堂中豹捷堂香主，他這鐵沙掌已有二十餘年深厚功力，實非泛泛，這一掌使足了十成力，正打在那少年兩乳之間的「膻中穴」上。但聽得喀喇一聲響，展飛右臂折斷，身子向後直飛出去，撞破窗格，摔出房外，登時全身氣閉，暈了過去。

房外是座花園，園中有人巡邏。這一晚輪到豹捷堂的幫眾當值，因此展飛能進入幫主的內寢。他破窗而出，摔入玫瑰花叢，壓斷了不少枝幹，登時驚動了巡邏的幫眾，便有人提著火把搶過來，見展飛一動不動的躺在地下，不知死活，只道有強敵侵入幫主房中。那人大驚之下，當即吹起竹哨報警，同時拔出單刀，探頭從窗中向屋內望去，見房內漆黑一團，更沒半點聲息，左手忙舉火把去照，右手舞動單刀護住面門。從刀光的縫隙中望過去，只見幫主盤膝坐在床上，床前滾倒了一個女子，似是幫主的侍女，此外更無別人。

便在此時，聽到了示警哨聲的幫眾先後趕到。虎猛堂香主邱山風手執鐵鐧，大聲叫道：「幫主，你老人家安好麼？」揭帷走進屋內，見幫主全身不住的顫動，突然間「哇」的一聲，張口噴出無數紫血，足足有數碗之多。

邱山風向旁急閃，才避開了這股腥氣甚烈的紫血，正驚疑間，見幫主已跨下床來，扶起地下侍女，說道：「侍劍姊姊，他……他傷到了你嗎？」跟著掏出了她口中塞著的帕子。侍劍急呼了一口氣，道：「少爺，你……你可給他打傷了，你覺得怎……怎樣？」驚惶之下，話也說不清楚了。那少年微笑道：「他打了我一掌，我反而舒服之極。」

只聽得門外腳步聲響，不少人奔到。貝海石、米橫野等快步進房，有些人身分較低，只在門外守候。貝海石搶上前來，問那少年道：「幫主，刺客驚動了你嗎？」

那少年茫然道：「甚麼刺客？我沒瞧見啊。」

這時已有幫中好手救醒了展飛，扶進房來。展飛知道本幫幫規於犯上作亂的叛徒懲罰最嚴，往往剝光了衣衫，綁在後山「刑台石」上，任由地下蟲蟻咬嚙，天空兀鷹啄食，折磨八九日方死。他適才傾盡全力的一擊沒打死幫主，反讓他以渾厚內力反彈出來，右臂既斷，又受了內傷，只盼速死，卻又給人扶進房來，當下凝聚一口內息，只要聽得幫主說一聲「送刑台石受長樂天刑」，立時便舉頭往牆上撞去。

貝海石問道：「刺客是從窗中進來的麼？」那少年道：「我迷迷糊糊的，身上難受得要命，只道此番心跳定要跳死我了。似乎沒人進來過啊。」展飛大是奇怪：「難道他當眞神智未清，不知是我打他麼？可是這丫頭卻知是我下的手，她就會吐露眞相了。」

果然貝海石伸手在侍劍腰間和肩頭捏了幾下，解開她穴道，問道：「是誰封了你的穴道？」侍劍指著展飛，說道：「是他！」貝海石眼望展飛，皺起了眉頭。

展飛冷笑一聲，正想痛罵幾句才死，忽聽幫主說道：「是我……是我叫他幹的。」侍劍和展飛都幾乎不相信自己的耳朵，兩人怔怔的瞧著那少年。展飛忙道：「是我得罪了幫主，幫主一掌將我擊出窗外。幫主，屬下展飛請罪。」說著躬身行禮。

那少年於種種事情全不了然，但已體會出情勢嚴重，各人對自己極為尊敬，若知展飛制住了侍劍，又曾發掌擊打自己，定會對他大大不利，當即隨口撒了句謊，意欲幫他個忙。至於為甚麼要為他隱瞞，卻說不出原因，只盼他別為這事而受懲罰。

他只隱約覺得，展飛擊打自己乃激於一股極大怨憤。當時他體內寒熱交攻，難過之極，展飛這一掌正好打在他膻中穴上。那膻中穴乃人身氣海，展飛掌力奇勁，時刻又湊得極巧，一掌擊到，剛好將他八陰經脈與八陽經脈中所練成的陰陽勁力打成一片，水乳交融，再無寒息和炎息之分。他內力突然之間增強，以至將展飛震出窗外，他於此全然不知，但覺體內徹骨之寒變成一片清涼，如烤如焙的炎熱化成融融陽和，四肢百骸間說不出的舒服，又過半晌，連清涼、暖和之感也已不覺，只全身精力瀰漫，忍不住要大叫大喊。當虎猛堂香主邱山風進房之時，他一口噴出了體內鬱積的瘀血，登時神清氣爽，不但體力旺盛，連腦子也加倍靈敏起來。

貝海石等見侍劍衣衫不整，頭髮蓬亂，神情惶急，心下都已了然，知道幫主向來好色貪淫，定是大病稍有轉機，便起邪念，意圖對她非禮，適逢展飛在外巡視，幫主便將他呼了進來，命他點了侍劍穴道，不知展飛如何又得罪了幫主，以致爲他擊出窗外，多半是展飛又奉命剝光侍劍的衣服，行動卻稍有遲疑。只展飛武功遠較幫主爲強，所謂「給他擊出窗外」，也必是展飛裝腔作勢，想平息他怒氣，十之八九，還是自行借勢竄出去的。衆人見展飛傷勢不輕，頭臉手臂又爲玫瑰花叢刺得斑斑血痕，均有狐悲之意，只礙於幫主臉面，誰也不敢對展飛稍示慰問。

衆人既這麼想，無人敢再提刺客之事。虎猛堂香主邱山風想起自己阻了幫主興頭，有展飛的例子在前，幫主說不定立時便會反臉怪責，做人以識事務爲先，當即躬身說道：「幫主休息，屬下告退。」餘人紛紛告辭。

貝海石見幫主臉上神色怪異，終是關心他身子，伸手出去，說道：「我再搭搭幫主的脈搏。」那少年提起手來，任他搭脈。貝海石三根手指按到了那少年手腕之上，驀地裏手臂劇震，半邊身子一麻，三根手指竟給他脈搏震了下來。

貝海石大吃一驚，臉現喜色，大聲道：「恭喜幫主，賀喜幫主，這蓋世神功，終究練成了。」那少年莫名其妙，問道：「甚……甚麼蓋世神功？」貝海石料想他不願旁人知曉，不敢再提，說道：「是，是屬下胡說八道，幫主請勿見怪。」微微躬身，出房而去。

頃刻間羣雄退盡，房中又只剩下展飛和侍劍二人。展飛身負重傷，但衆人不知幫主要如何處置他，既無幫主號令，只得任由他留在房中，無人敢扶他出去醫治。

展飛手肩折斷，痛得額頭全是冷汗，聽得衆人走遠，咬牙怒道：「你要折磨我，便趕快下手罷，姓展的求一句饒，不是好漢。」那少年奇道：「我爲甚麼要折磨你？嗯，你手臂斷了，須得接起來才成。從前阿黃從山邊滾下坑去跌斷了腿，是我給牠接上的。」

那少年與母親二人僻居荒山，甚麼事情都得自己動手，雖然年幼，一應種菜、打獵、煮飯、修屋都幹得井井有條。狗兒阿黃斷腿，他用木棍給綁上了，居然過不了十多天便即痊愈。他說罷便東張西望，要找根木棍來給展飛接骨。

侍劍問道：「少爺，你找甚麼？」那少年道：「我找根木棍。」侍劍突然走上兩步，跪倒在地，道：「少爺，求求你，饒了他罷。你……你騙了他妻子到手，也難怪他惱恨，他又沒傷到你。少爺，你眞要殺他，那也一刀了斷便是，求求你別折磨他啦。」她想以木棍將人活活打死，可比一刀殺了痛苦得多，不由得心下不忍。

那少年道：「甚麼騙了他妻子到手？我爲甚麼要殺他？你說我要殺人？人那裏殺得的？」見臥室中沒有木棍，便提起一張椅子，用力一扳椅腳。他此刻水火既濟，陰陽調和，神功初成，力道大得出奇，手上使力輕重卻全然沒有分寸，這一扳之下，只聽得喀的一聲響，椅腳便折斷了。那少年不知自己力大，喃喃的道：「這椅子這般不牢，坐上去豈不摔個大交？侍劍姊姊，你跪著幹甚麼？快起來啊。」走到展飛身前，說道：「你別動！」

展飛口中雖硬，眼見他這麼一下便折斷了椅腳，又想到自己奮力一掌竟給他震斷手臂，身子立即破窗而出，此人內力委實雄渾無比，不由自主的全身顫慄，雙眼釘住了他手中的椅腳，心想：「他當然不會用椅腳來打我，啊喲，定是要將這椅腳塞入我嘴裏，從喉至胃，叫我死不去，活不得。」長樂幫中酷刑甚多，有一項刑罰正是用一根木棍插入犯人口中，自咽喉直塞至胃，卻一時不得便死，苦楚難當，稱爲「開口笑」。展飛想起了這項酷刑，只嚇得魂飛魄散，見幫主走到身前，舉起左掌，便向他猛擊過去。

那少年卻不知他意欲傷人，說道：「別動，別動！」伸手便捉住他左腕。展飛只覺半身酸麻，掙扎不得。那少年將那半截椅腳放在他斷臂之旁，向侍劍道：「侍劍姊姊，有甚麼帶子沒有？給他綁一綁！如沒帶子，布條也行。」

侍劍大奇，問道：「你眞的給他接骨？」那少年笑道：「接骨便接骨了，難道還有甚麼眞的假的？你瞧他痛成這麼模樣，怎麼還能鬧著玩？」侍劍將信將疑，還是去找了一根帶子來，走到兩人身旁，向那少年看了一眼，惴惴然的將帶子爲展飛縛上斷臂。那少年微笑道：「好極，你綁得十分妥貼，比我綁阿黃的斷腿時好得多了。」

展飛心想：「這賊幫主兇淫毒辣，不知要想甚麼新鮮古怪的花樣來折磨我？」聽他一再提到「阿黃斷腿」，忍不住問道：「阿黃是誰？」那少年道：「阿黃是我養的狗兒，可惜不見了。」展飛大怒，厲聲道：「好漢子可殺不可辱，你要殺便殺，如何將展某當做畜生？」那少年忙道：「不，不！我只是這麼提一句，大哥別惱，我說錯了話，給你賠不是啦。」說著抱拳拱了拱手。

展飛知他內功厲害，只道他假意賠罪，實欲以內力傷人，否則這人素來倨傲無禮，跟下屬和顏悅色的說幾句話已十分難得，豈能給人賠甚麼不是？當即側身避開了這一拱，雙目炯炯的瞪視，瞧他更有甚麼惡毒花樣。那少年道：「大哥是姓展的麼？展大哥，你請回去休息罷。我狗雜種不會說話，得罪了你，展大哥別見怪。」展飛大吃一驚，心道：「甚……甚麼……他說甚麼『我狗雜種』？那又是一句繞了彎子來罵人的甚麼新鮮話兒？他罵我是『狗雜種』麼？」

侍劍心想：「少爺神智清楚了一會兒，轉眼又胡塗啦。」但見那少年雙目發直，皺眉思索，便向展飛使個眼色，叫他乘機快走。

展飛大聲道：「姓石的小子，我也不要你賣好。你要殺我，我本來便逃不了，老子早認命啦，也不想多活一時三刻。你還不快快殺我？」那少年奇道：「你這人的胡塗勁兒，可眞叫人好笑，我幹麼要殺你？我媽媽講故事時總是說：壞人才殺人，好人是不殺人的。我當然不做壞人。你這麼一個大個兒，雖斷了一條手臂，我又怎殺得了你？」侍劍忍不住接口道：「展香主，幫主已饒了你啦，你還不快去？」展飛提起左手摸了摸頭，心道：「到底是小賊胡塗了，還是我自己胡塗了？」侍劍頓足道：「快去，快去！」伸手將他推出房外。

那少年哈哈一笑，說道：「這人倒也有趣，口口聲聲的說我要殺他，倒像我最愛殺人、是個大大壞人一般。」

侍劍自從服侍幫主以來，第一次見他忽發善心，饒了一個得罪他的下屬，何況展飛犯上行刺，實屬罪不可赦，不禁心中歡喜，微笑道：「你當然是好人哪，是個大大的好人。是好人才搶了人家的老婆，拆散人家夫妻……」說到後來，語氣頗有些辛酸，但幫主積威之下，終究不敢太過放肆，說到這裏便住口了。

那少年奇道：「你說我搶了人家的老婆？怎樣搶法的？我搶來幹甚麼了？」

侍劍嗔道：「是好人也說這些下流話？裝不了片刻正經，轉眼間狐狸尾巴就露出來了。我說呢，好少爺，你便要扮好人，謝謝你也多扮一會兒。」

那少年對她的話全然不懂，問道：「你……你說甚麼？我搶他老婆來幹甚麼，我就是不懂，你教我罷！」這時只覺全身似有無窮精力要發散出來，眼中精光大盛。

侍劍聽他越說越不成話，心中怕極，不住倒退，幾步便退到了房門口，倘若幫主撲將過來，立時便可逃了出去，其實她知道他當眞要逞強暴，又怎能得脫毒手？以往數次危難，全仗自己以死相脅，堅決不從，這才保得了女兒的淸白。這時見他眼光中又露出野獸一般橫暴神情，不敢再出言譏刺，心中怦怦亂跳，顫聲道：「少爺，你身子沒……沒復原，還是……還是多休息一會罷。」

那少年道：「我多休息一會，身子復原之後，那又怎樣？」侍劍滿臉通紅，左足跨出房門，只聽他喃喃的道：「這許多事情，我當眞一點也不懂，唉，你好像很怕我似的。」雙手抓住椅背，忍不住手掌微微使勁。那椅子是紫檀木所製，堅硬之極，那知他內勁到處，喀喇一響，椅背登時便斷了。那少年奇道：「這裏甚麼東西都像是麵粉做的。」

謝煙客居心陰毒，將上乘內功顚倒了次序傳授，只待那少年火候到時，陰陽交攻，死得慘酷無比，便算不得是自己「以一指之力相加」。那少年修習數年，那一日果然陰陽交迫，本來非死不可，說來也眞湊巧，恰好貝海石在旁。貝大夫既精醫道，又內力深湛，爲他護住心脈，暫且保住了一口氣息。來到長樂幫總舵後，每晚有人前來探訪，盜得了武林中珍奇之極的「玄冰碧火酒」相餵，壓住了他體內陰陽二息的交拚，但這藥酒性子猛烈，更增他內息力道。到這日剛好展飛在他「膻中穴」上猛擊，硬生生逼得他內息龍虎交會，又震得他吐出丹田內鬱積的毒血，水火既濟，這兩門純陰純陽的內功非但不損及他身子，反而化成了一門亙古以來從所未有的古怪內力。

自來武功中練功，如此奇險途徑，從未有人膽敢想到。縱令謝煙客忽然心生悔意，貝海石一心要救他性命，也決計不敢以剛猛掌力震他心口。但這古怪內力是誤打誤撞而得，畢竟不按理路，這時也未全然融合，偶爾在體內胡衝亂闖，又激得他氣血翻湧，一時似欲嘔吐，一時又想大叫大跳，難以定心。其中緣由，這少年自一無所知。本來已胡裏胡塗的如在夢境，這時更似夢中有夢，是眞是幻，再也摸不著半點頭腦。

侍劍低聲道：「你既饒了展香主性命，又爲他接骨，卻又何苦再罵他畜生，說他是狗子狗雜種！這麼一來，他又要恨你切骨了。」見他神色怪異，目光炯炯，古裏古怪的瞧著自己，手足躍躍欲動，顯是立時便要撲將過來，再也不敢在房中稍有停留，便即退出。

水畔垂柳枝葉茂密，將一座小橋幾乎全遮住了，小船停在橋下，像是間天然小屋一般。丁璫鑽入船艙，取出兩副杯筷，一把酒壺，又拿了幾盤花生、蠶豆、乾肉，放在石破天面前。

五　叮叮噹噹

那少年心中一片迷惘，搔了搔頭，說道：「奇怪，奇怪！」見到桌上那盒泥人兒，自言自語：「泥人兒卻在這裏，那麼我不是做夢了。」打開盒蓋，拿了泥人出來。

其時他神功初成，既不會收勁內歛，亦不知自己力大，就如平時這般輕輕一揑，喇喇喇幾聲，裹在泥人外面的粉飾、油彩和泥底紛紛掉落。那少年一聲「啊喲」，心感可惜，卻見泥粉褪落處裏面又有一層油漆的木面。索性再將泥粉剝落一些，裏面依稀現出人形，當下將泥人身上泥粉盡數剝去，露出一個裸體的木偶來。

木偶身上油著一層桐油，繪滿了黑線，卻無穴道位置。木偶刻工精巧，面目栩栩如生，張嘴作大笑之狀，雙手捧腹，神態滑稽之極，相貌和本來的泥人截然不同。

那少年大喜，心想：「原來泥人兒裏面尚有木偶，不知另外那些木偶又是怎生模樣？」反正這些泥人身上的穴道經脈早已記熟，當下將每個泥人身外的泥粉油彩逐一剝落。果然每個泥人內都藏有一個木偶，神情或喜悅不禁，或痛哭流淚，或裂眥大怒，或慈和可親，無一相同。木偶身上的運功線路，與泥人身上所繪全然有異。

那少年心想：「這些木偶如此有趣，我且照他們身上的線路練練功看。這個哭臉別練，似他這般哭哭啼啼的豈不難看？裂著嘴傻笑的、大發脾氣的也都不好看，我照這個笑嘻嘻的木人兒來練。」盤膝坐定，將微笑的木偶放在面前几上，丹田中微微運氣，便有一股暖洋洋的內息緩緩上升，他依著木偶身上所繪線路，引導內息通向各處穴道。

他卻怎知道，這些木偶身上所繪，是少林派前輩神僧所創的一套「羅漢伏魔神功」。每個木偶是一尊羅漢。這門神功集佛家內功之大成，甚爲精微深奧。單是第一步攝心歸元，須得摒絕一切俗慮雜念，十萬人中便未必有一人能做到。聰明伶俐之人必定思慮繁多，但若資質魯鈍，又弄不清其中千頭萬緒的諸般變化。

當年創擬這套神功的高僧深知世間罕有聰明、純樸兩兼其美的才士。空門中雖然頗有根器既利、又已修到不染於物欲的僧侶，但如去修練這門神功，勢不免全心全意的「深著武功」，成爲實證佛道的大障。佛法稱「貪、嗔、痴」爲三毒，貪財、貪色、貪權、貪名固是貪，躭於禪悅、武功亦是貪。因此在木羅漢外敷以泥粉，塗以油彩，繪上了少林正宗的內功入門之道，以免後世之人見到木羅漢後不自量力的妄加修習，枉自送了性命，或離開了佛法正道。

大悲老人知這一十八個泥人是武林異寶，花盡心血方始到手，但見泥人身上所繪的內功法門平平無奇，雖經窮年累月的鑽研，也找不到有甚寶貴之處。他旣認定這是異寶，自然小心翼翼，不敢有半點損毀，古語云：「不破不立」，泥人不損，木羅漢不現，一直至死也不明其中秘奧所在。其實豈止大悲老人而已，自那位少林神僧以降，這套泥人已在十一個高人手中流轉過，個個戰戰兢兢，對十八個泥人周全保護，唯恐稍損，思索推敲，盡屬徒勞。這十一人皆爲武學高手，卻均遺恨而終，將心中一個大疑團帶入了黃土之中。

那少年天資聰穎，年紀尙輕，一生居於深山，不通世務，自然純樸，恰好合式。也幸好他淸醒之後的當天，便即誤打誤撞的發現了神功秘要。否則待得自知手勁奇大，觸摸泥人時不敢用力，則泥人身外的泥粉、油粉、粉底等等不致捏落，其中所藏木羅漢便不顯現，又如事經多日之後再行發覺，則幫主做得久了，耳濡目染，無非娛人聲色，所作所爲，盡是兇殺爭奪，縱天性良善，出汙泥而不染，心中思慮必多，那時再見到這一十八尊木羅漢，練這神功便非但無益，甚且大大的有害了。

那少年體內水火相濟，陰陽調合，內力已十分深厚，將這股內力依照木羅漢身上線路運行，一切窒滯處無不豁然而解。照著線路運行三遍，然後閉起眼睛，不看木偶而運功，只覺舒暢之極，便又換了一個木偶練功。

他全心全意的沉浸其中，練完一個木偶，又換一個，於外界事物，全然不聞不見，從天明到中午，從中午到黃昏，又從黃昏到次日天明。

侍劍初時怕他侵犯，只探頭在房門口偷看，見他凝神練功，一會兒嘻嘻傻笑，過了一會卻又愁眉苦臉，顯是神智胡塗了，不禁躭心，便躡足進房。待見他接連一日一晚的練功，無止無休，神色變幻，有時十分的怪模怪樣，她這時已忘了害怕，只滿心掛懷，出去睡上一兩個時辰，又進來察看。

貝海石也在房外探視了數次，見他頭頂白氣氤氳，知他內功又練到了緊要關頭，便吩咐下屬在幫主房外加緊守備，誰也不可進去打擾。

待得那少年練完了十八尊木羅漢身上所繪的伏魔神功，已是第三日晨光熹微。他長長的舒了口氣，十八羅漢身上所繪內息途徑繁複，一時不能盡記，恐怕日後忘記，將木偶放入盒中，合上盒蓋。只覺神清氣爽，內力運轉，無不如意，卻不知武林中一門希世得見的「羅漢伏魔神功」已初步小成。本來練到這境界，少則五六年，多則數十年，決無一日一夜間便一蹴可至之理。只因他體內陰陽二氣自然融合，根基早已培好，有如上游的萬頃大湖早積蓄了汪洋巨浸，這「羅漢伏魔神功」只不過將之導入正流而已。正所謂「水到渠成」，他數年來苦練純陰純陽內力乃是貯水，此刻則是「渠成」了。

一瞥眼間，見侍劍伏在床沿之上，已睡著了，其時中秋已過，八月下旬的天氣，頗有涼意，見侍劍衣衫單薄，便跨下床來，將床上的一條錦被取過，輕輕蓋在她身上。走到窗前，但覺一股清氣，夾著園中花香撲面而來。忽聽得侍劍低聲道：「少爺，少爺你……你別殺了！」那少年回過頭來，問道：「你怎麼老是叫我少爺？又叫我別殺人？」

侍劍睡得雖熟，但一顆心始終吊著，聽得那少年說話，便即醒覺，拍拍自己心口，道：「我……我好怕！」眼見床上沒人，回過頭來，見那少年立在窗口，不禁又驚又喜，笑道：「少爺，你起來啦！你瞧，我……我竟睡著了。」站起身來，披在她肩頭的錦被便即滑落。她大驚失色，只道睡夢中已讓這輕薄無行的主人玷污了，低頭看自身衣衫，卻穿得好好地，霎時間驚疑交集，顫聲道：「你……你……我……我……」

那少年笑道：「你剛才說夢話，又叫我別殺人。難道你在夢中見到我殺人嗎？」

侍劍聽他不涉游詞，心中略定，又覺自身一無異狀，心道：「是我錯怪了他麼？謝天謝地……」便道：「是啊，我剛才做夢，見到你雙手拿了刀子亂殺，殺得地下橫七豎八的都是屍首，一個個都不……不……」說到這裏，臉上一紅，便即住口。她日有所見，夜有所夢，這一日兩晚之中，在那少年床前所見的只是那一十八具裸身木偶，於是夢中見到的也是大批裸體男屍。那少年怎知情由，問道：「一個個都不甚麼？」侍劍臉上又是一紅，道：「一個個都不……不是壞人。」

那少年問道：「侍劍姊姊，我心中有許多事不明白，你跟我說，行不行？」侍劍微笑道：「啊喲，怎地一場大病，把性格兒都病得變了？跟我們底下人奴才說話，也有甚麼姊姊、妹妹的。」那少年道：「我便不懂，怎麼你叫我少爺，又說甚麼是奴才。那些老伯伯又叫我幫主。那位展大哥，卻說我搶了他的老婆，到底是怎麼一回事？」

侍劍向他凝視片刻，見他臉色誠摯，全非調笑戲弄的神情，便道：「你有一日一夜沒吃東西了，外邊熬得有人參小米粥，我先裝一碗給你吃。」

那少年給她一提，登覺腹中飢不可忍，道：「我自己去裝好了，怎敢勞動姊姊？小米粥在那裏？」一嗅之下，笑道：「我知道啦。」大步走出房外。

他臥室之外又是一間大房，房角裏一隻小炭爐，燉得小米粥波波波的直響。那少年向侍劍瞧了一眼。侍劍滿臉通紅，叫道：「啊喲，小米粥燉糊啦。少爺，你先用些點心，我馬上給你燉過。眞糟糕，我睡得像死人一樣。」

那少年笑道：「糊的也好吃，怕甚麼？」揭開鍋蓋，焦臭刺鼻，半鍋粥已熬得快成焦飯了，拿起匙羹抄了一匙焦粥，便往口中送去。這人參小米粥本有苦澀之味，既沒加糖，又煮糊了，自是苦上加苦。那少年皺一皺眉頭，一口吞下，伸伸舌頭，說道：「好苦！」卻又抄了一匙羹送入口中，吞下之後，又道：「好苦！」

侍劍伸手去奪他匙羹，紅著臉道：「糊得這樣子，虧你還吃？」手指碰到他手背，那少年不肯放開匙羹，手背肌膚上自然而然生出一股反彈之力。侍劍手指一震，急忙縮手。那少年卻毫不知情，又吃了一匙苦粥。侍劍側頭相看，見他狼吞虎嚥，神色滑稽古怪，顯是吃得又苦澀，又香甜，忍不住抿嘴而笑，說道：「這也難怪，這些日子來，可眞餓壞你啦。」

那少年將半鍋焦粥吃了個鍋底朝天。這人參小米粥雖煮得糊了，但粥中人參是上品老山參，實具大補之功，他不多時更精神奕奕。

侍劍見他臉色紅艷艷地，笑道：「少爺，你練的是甚麼功夫？我手指一碰到你手背，你便把人家彈了開去，臉色又變得這麼好。」那少年道：「我也不知是甚麼功夫，我是照著那些木人兒身上的線路練的。侍劍姊姊，我……我到底是誰？」侍劍又是一笑，道：「你是眞的記不起了，還是在說笑話？」

那少年搔了搔頭，突然問：「你見到我媽媽沒有？」侍劍奇道：「沒有啊。少爺，我從來沒聽說你還有一位老太太。啊，是了，你一定很聽老太太的話，因此近來性格兒也有些兒改了。」說著向他瞧了一眼，生怕他舊脾氣突然發作，幸好一無動靜。那少年道：「媽媽的話自然要聽。」嘆了口氣，道：「不知道我媽媽到那裏去了。」侍劍道：「謝天謝地，世界上總算還有人能管你。」

忽聽門外有人朗聲說道：「幫主醒了麼？屬下有事啓稟。」

那少年愕然不答，向侍劍低聲問道：「他是不是跟我說話？」侍劍道：「當然是了，他說有事向你稟告。」那少年急道：「你請他等一等。侍劍姊姊，你得先教教我才行。」

侍劍向他瞧了一眼，提高聲音說道：「外面是那一位？」那人道：「屬下獅威堂陳沖之。」侍劍道：「幫主吩咐，命陳香主暫候。」陳沖之在外應道：「是。」

那少年向侍劍招招手，走進房內，低聲問道：「我到底是誰？」侍劍雙眉微蹙，心間增憂，說道：「你是長樂幫的幫主，姓石，名字叫破天。」那少年喃喃的道：「石破天，石破天，原來我叫做石破天，那麼我的名字不是狗雜種了。」

侍劍見他頗有憂色，安慰他道：「少爺，你也不須煩惱。慢慢兒的，你會都記起來的。你是石破天石幫主，長樂幫的幫主，自然不是狗……自然不是！」

那少年石破天悄聲問道：「長樂幫是甚麼東西？幫主是幹甚麼的？」

侍劍心道：「長樂幫是甚麼東西，這句話倒不易回答。」沉吟道：「長樂幫的人很多，像貝先生啦，外面那個陳香主啦，都是有大本領的人。你是幫主，大夥兒都要聽你的話。」

石破天道：「那我跟他們說些甚麼話好？」侍劍道：「我是個小丫頭，又懂得甚麼？少爺，你如拿不定主意，不妨便問貝先生。他是幫裏的軍師，最是聰明不過。」石破天道：「貝先生又不在這裏。侍劍姊姊，你想那個陳香主有甚麼話跟我說？他問我甚麼，我一定回答不出。你……你還是叫他回去罷。」侍劍道：「叫他回去，恐怕不大好。他說甚麼，你只須點點頭就是了。」石破天喜道：「那倒不難。」

當下侍劍在前引路，石破天跟著她來到外面的一間小客廳中。只見一名身材極高的漢子倏地從椅上站起，躬身行禮，道：「幫主大好了！屬下陳沖之問安。」

石破天躬身還了一禮，道：「陳……陳香主也大好了，我也向你問安。」

陳沖之臉色大變，向後連退兩步。他素知幫主倨傲無禮、殘忍好殺，自己向他行禮問安，他居然也向自己行禮問安，顯是殺心已動，要向自己下毒手了。陳沖之心中雖驚，但他是個武功高強、桀傲不馴的草莽豪傑，豈肯就此束手待斃？當下雙掌暗運功力，沉聲說道：「不知屬下犯了第幾條幫規？幫主若要處罰，也須大開香堂，當眾宣告才成。」

石破天不明白他說些甚麼，驚訝道：「處罰，處罰甚麼？陳香主你說要處罰？」陳沖之氣憤憤的道：「陳沖之對本幫和幫主忠心不貳，並無過犯，幫主何以累出譏刺之言？」石破天記起侍劍叫他遇到不明白時只管點頭，慢慢再問貝海石不遲，當下便連連點頭，「嗯」了幾聲，道：「陳香主請坐，不用客氣。」陳沖之道：「幫主之前，焉有屬下的坐位？」石破天又接連點頭，說道：「是，是！」

兩個人相對而立，登時僵著不語，你瞧著我，我瞧著你。陳沖之臉色是全神戒備而兼憤怒惶懼，石破天則是茫然而有困惑，卻又帶著溫和微笑。

按照長樂幫規矩，下屬向幫主面陳機密之時，旁人不得在場，是以侍劍早已退出客廳，否則有她在旁，便可向陳沖之解釋幾句，說明幫主大病初愈，精神不振，陳香主不必疑慮。

石破天見茶几上放著兩碗清茶，便自己左手取了一碗，右手將另一碗遞過去。陳沖之既怕茶中有毒，又怕石破天乘機出手，不敢伸手去接，反退了一步，嗆啷一聲，一隻瓷碗在地下摔得粉碎。石破天「啊喲」一聲，微笑道：「對不住，對不住！」將自己沒喝過的茶又遞給他，道：「你喝這一碗罷！」

陳沖之雙眉一豎，心道：「反正逃不脫你毒手，大丈夫死就死，又何必提心吊膽？」他知幫主武功雖不及自己，但如出手傷了他，萬萬逃不出長樂幫這龍潭虎穴，在貝大夫手下只怕走不上十招，那時死起來勢必慘不可言，當下接過碗來，骨嘟嘟的喝乾，將茶碗重重在茶几上一放，慘然說道：「幫主如此對待忠心下屬，但願長樂幫千秋長樂，石幫主長命百歲。」

石破天對「但願石幫主長命百歲」這句話倒是懂的，只不知陳沖之這麼說，乃是一句反話，也道：「但願陳香主也長命百歲。」

這句話聽在陳沖之耳中，又變成了一句刻毒的譏刺。他嘿嘿冷笑，心道：「我已命在頃刻，你卻還說祝我長命百歲。」朗聲道：「屬下不知何事得罪了幫主，既命該如此，那也不必多說了。屬下今日是來向幫主稟告：昨晚有兩人擅闖總壇獅威堂，一個是四十來歲的中年漢子，另一個是二十七八歲的女子。兩人都使長劍，武功似是凌霄城雪山派一路。屬下率同部屬出手擒拿，但兩人劍法高明，給他們殺了三名兄弟。那年輕女子後來腿上中了一刀，這才受擒，那漢子卻給逃走了，特向幫主領罪。」

石破天道：「嗯，捉了個女的，逃了個男的。不知這兩人來幹甚麼？是來偷東西嗎？」陳沖之道：「獅威堂倒沒少了甚麼物事。」石破天皺眉道：「那兩人兇惡得緊，怎地動不動便殺了三個人。」他好奇心起，道：「陳香主，你帶我去瞧瞧那女子，好麼？」

陳沖之躬身道：「遵命。」轉身出廳，斗地動念：「我擒獲的這女子相貌很美，年紀雖大了幾歲，容貌可眞不錯，幫主倘若看上了，心中一喜，說不定便能把解藥給我。」又想：「陳沖之啊陳沖之，石幫主喜怒無常，待人無禮，這長樂幫非你安身之所。今日若得僥倖活命，從此遠走高飛，隱姓埋名，再也不來趕這淌渾水了。可是……可是脫幫私逃，那是本幫不赦的大罪，長樂幫便追到天涯海角，也放我不過，這便如何是好？」

石破天隨著陳沖之穿房過戶，經過兩座花園，來到一扇大石門前，見四名漢子手執兵刃，分站石門之旁。四名漢子搶步過來，躬身行禮，神色於恭謹之中帶著惶恐。

陳沖之一擺手，兩名漢子當即推開石門。石門之內另有一道鐵柵欄，一把大鐵鎖鎖著。陳沖之從身邊取出鑰匙親自打開。進去後是一條長長的甬道，裏面點著巨燭，甬道盡處又有四名漢子把守，再是一道鐵柵。過了鐵柵是一座厚厚的石門，陳沖之推開石門，裏面是間兩丈見方的石室。

一個白衣女子背坐，聽得開門之聲，轉過臉來。陳沖之將從甬道中取來的燭台放在進門處的几上，燭光照射到那女子臉上。

石破天「啊」的一聲輕呼，說道：「姑娘是雪山派的寒梅女俠花萬紫。」

那日侯監集上，花萬紫一再以言語相激謝煙客。當時各人的言語石破天一概不懂，也不知「雪山派」、「寒梅女俠」等等是甚麼意思，只是他記心甚好，聽人說過的話自然而然的便不忘記。此刻相距侯監集之會已歷六年，花萬紫當時二十初過，六年後面貌並無多大變化，石破天一見便即識得。

但石破天當時是個滿臉泥污的小丐，今日服飾華麗，變成了個神采奕奕的高大青年，花萬紫自然不識。她氣憤憤的道：「你怎認得我？」

陳沖之聽石破天一見到這女子立即便道出她的門派、外號、名字，不禁佩服：「這小子眼力過人，倒也有他的本事。」當即喝道：「這位是我們幫主，你說話恭敬些。」

花萬紫吃了一驚，沒想在牢獄之中竟會和這個惡名昭彰的長樂幫幫主石破天相遇。她隨師哥耿萬鍾夜入長樂幫，爲的是要查察石破天的身分來歷。她素聞石破天好色貪淫，敗壞過不少女子的名節，今日落入他手中，不免凶多吉少，不敢讓他多見自己的容色，立即轉頭，面朝裏壁，嗆啷啷幾下，發出鐵器碰撞之聲，原來她手上、腳上都戴了銬鐐。

石破天只在母親說故事之時聽她說起過腳鐐手銬，直至今日，方得親見，問陳沖之道：「陳香主，這位花姑娘手上腳上那些東西，便是腳鐐手銬麼？」陳沖之不知這句話是何用意，只得應道：「是。」石破天又問：「她犯了甚麼罪，要給她帶上腳鐐手銬？」陳沖之恍然大悟，心道：「幫主是認得她的。原來幫主怪我得罪了花姑娘，是以才向我痛下毒手。可須得趕快設法補救才是。男子漢大丈夫，爲一個女子而枉送性命，可眞冤了。」忙道：「是，是，屬下知罪。」忙從衣袋中取出鑰匙，給花萬紫打開了銬鐐。

花萬紫手足雖獲自由，只有更增驚惶，一時間手足顫抖。她武功固然不弱，智謀膽識亦殊不在一般武林豪士之下，倘若石破天以死相脅，她非但不會皺一皺眉頭，還會侃侃而言，直斥其非，可是耳聽得他反而出言責備擒住自己的陳香主，顯在向自己賣好，意存不軌，昭然若揭。她一生守身如玉，想到石破天的惡名，當眞不寒而慄，拚命將面龐挨在冰冷的石壁之上，心中只想：「不知是不是那小子？我只須仔細瞧他幾眼，定能認得出來。」但說甚麼也不敢轉頭向石破天臉上瞧去。

陳沖之暗自調息，察覺喝了「毒茶」之後體內並無異樣，料來此毒並非十分厲害，當可有救，自須更進一步向幫主討好，說道：「咱們便請花姑娘同到幫主房中談談如何？這裏地方又黑又小，無茶無酒，不是款待貴客的所在。」

石破天喜道：「好啊，花姑娘，我房裏有燕窩吃，味道好得很，你去吃一碗罷。」花萬紫顫聲道：「不去！不去吃！」石破天道：「味道好得很呢，去吃一碗罷！」花萬紫怒道：「你要殺便殺，姑娘是堂堂雪山派的傳人，決不向你求饒。你這惡徒無恥已極，竟敢有非份之想，我寧可一頭撞死在這石屋之中，也決不……決不到你房中。」

石破天奇道：「倒像我最愛殺人一般，眞是奇怪，好端端地，我又怎敢殺你了？你不愛吃燕窩也就罷了。想來你愛吃鷄鴨魚肉甚麼的。陳香主，咱們有沒有？」陳沖之道：「有，有，有！花姑娘愛吃甚麼，只要是世上有的，咱們廚房裏都有。」花萬紫「呸」了一聲，厲聲道：「姑娘寧死也不吃長樂幫中的食物，沒的玷污了嘴。」石破天道：「那麼花姑娘喜歡自己上街去買來吃的了？你有銀子沒有？倘若沒有，陳香主你有沒有，送些給她好不好？」陳沖之和花萬紫同時開口說話，一個道：「有，有，我這便去取。」一個道：「不要，不要，死也不要。」

石破天道：「想來你自己有銀子。陳香主說你腿上受了傷，本來我們可以請貝先生給你瞧瞧，你既然這麼討厭長樂幫，那麼你到街上找個醫生治治罷，流多了血，恐怕不好。」花萬紫決不信他眞有釋放自己之意，只道他是貓玩耗子，故意戲弄，氣憤憤的道：「不論你使甚麼詭計，我才不上你的當呢。」

石破天大感奇怪，道：「這間石屋子好像監牢一樣，在這裏有甚麼好玩？我雖沒見過監牢，我媽媽講故事時說的監牢，就跟這間屋子差不多。花姑娘，你還是快出去罷。」

花萬紫聽他這幾句話不倫不類，甚麼「我媽媽講故事」云云，不知是何意思，但釋放自己之意倒似不假，哼了一聲，說道：「我的劍呢，還我不還？」心想：「若有兵刃在手，這石破天如對我無禮，縱然鬥他不過，總也可以橫劍自刎。」

陳沖之轉頭瞧幫主的臉色。石破天道：「花姑娘是使劍的，陳香主，請你還了她，好不好？」陳沖之道：「是，是，劍在外面，姑娘出去，便即奉上。」

花萬紫心想總不能在這石牢中耗一輩子，只有隨機應變，既存了必死之心，甚麼也不怕了，霍地立起，大踏步走了出去。石陳二人跟在其後。穿過甬道、石門，出了石牢。

陳沖之要討好幫主，親自快步去將花萬紫的長劍取了來，遞給幫主。石破天接過後，轉遞給花萬紫。花萬紫防他遞劍之時乘機下手，當下氣凝雙臂，兩手倏地探出，連鞘帶劍，呼的一聲抓了過去。她取劍之時，右手搭住了劍柄，長劍抓過，劍鋒同時出鞘五寸，凝目向石破天臉上瞧去，突然心頭一震：「是他，便是這小子，決計錯不了！」

陳沖之知她劍法精奇，恐她出劍傷人，忙回手從身後一名幫眾手中搶過一柄單刀。

石破天道：「花姑娘，你腿上的傷不礙事罷？如斷了骨頭，我倒會給你接骨，就像給阿黃接好斷腿一樣。」這句話言者無心，聽者有意，花萬紫見他目光向自己腿上射來，登時臉上一紅，斥道：「輕薄無賴，儘說些下流話。」

石破天奇道：「怎麼？這句話說不得麼？我瞧瞧你的傷口。」他一派天真爛漫，全無機心，花萬紫卻認定他在調戲自己，唰的一聲，長劍出鞘，喝道：「姓石的，你敢上一步，姑娘跟你拚了。」劍尖上青光閃閃，對準了石破天胸膛。

陳沖之笑道：「花姑娘，我幫主年少英俊，他瞧中了你，是你天大的福份。天下也不知有多少年輕美貌的姑娘，想陪我幫主一宵也不可得呢。」

花萬紫臉色慘白，一招「大漠飛沙」，劍挾勁風，向石破天胸口刺去。

石破天此時雖內力渾厚，於臨敵交手的武功卻從沒學過，見花萬紫利劍刺到，心慌意亂之下，立即轉身便逃。幸好他內功極精，雖笨手笨腳的逃跑，卻也自然而然的快得出奇，呼的一聲，已逃出了數丈以外。

花萬紫沒料到他竟會轉身逃走，而瞧他幾個起落，便如飛鳥急逝，姿式雖十分難看，但輕功之佳，實爲生平所未睹，一時不由得呆了，怔怔的站在當地，說不出話來。

石破天站在遠處，雙手亂搖，道：「花姑娘，我怕了你啦，你怎麼動不動便出劍殺人。好啦，你愛走便走，愛留便留，我……我不跟你說話了。」他猜想花萬紫要殺自己，必有重大原由，自己不明其中關鍵，還是去問侍劍的爲是，轉身便走。

花萬紫更加奇怪，朗聲道：「姓石的，你放我出去，是不是？是否又在外伏人阻攔？」石破天停步轉身，奇道：「我攔你幹甚麼？一個不小心，給你刺上一劍，那可糟了。」

花萬紫聽他這麼說，心下將信將疑：「原來這人對我雪山派倒還有些故人之情。」但見他臉色賊忒兮兮，顯是不懷好意，她又向來自負美色，兀自不信他眞的不再留難自己，心想：「且不理他有何詭計，只有走一步，算一步了。」向他狠狠瞪了一眼，心中又道：「果然是你！你這小子對我膽敢如此無禮。」轉身便行，腿上傷了，走起來一跛一拐，但想跟這惡賊遠離一步，便多一分安全，強忍腿傷疼痛，走得甚快。

陳沖之笑道：「長樂幫總舵雖不成話，好歹也有幾個人看守門戶，花姑娘說來便來，說去便去，難道當我們都是酒囊飯袋麼？」花萬紫止步回身，柳眉一豎，長劍當胸，道：「依你說便怎地？」陳沖之笑道：「依我說啊，還是由陳某護送姑娘出去為妙。」花萬紫尋思：「在他簷下過，不得不低頭。這次只怪自己太過莽撞，將對方瞧得忒也小了，以致失手。當眞要獨自闖出這長樂幫總舵去，只怕確實不大容易。眼下暫且忍了這口氣，日後邀集師兄弟們大舉來攻，再雪今日之辱。」低聲道：「如此有勞了。」

陳沖之向石破天道：「幫主，屬下將花姑娘送出去。」低聲道：「當眞是讓她走，還是到了外面之後，再擒她回來？」石破天奇道：「自然當眞送她走。再擒回來幹甚麼？」陳沖之道：「是，是。」心道：「準是幫主嫌她年紀大了，瞧不上眼。她又兇霸霸的，沒半點風騷風情。其實這姑娘雪白粉嫩，倒挺不錯哪！幫主既看不中，便也不用跟她太客氣了。」對花萬紫道：「走罷！」

石破天見花萬紫手中利劍青光閃閃，有些害怕，不敢多和她說話，陳沖之願送她出門，那就再好不過，當即覓路自行回房。一路上遇到的人個個閃身讓在一旁，神態十分恭謹。

石破天回到房中，正要向侍劍詢問花萬紫何以給陳香主關在牢裏，何以她又要挺劍擊刺自己，忽聽得門外守衛的幫衆傳呼：「貝先生到。」

石破天大喜，快步走到客廳，向貝海石道：「貝先生，剛才遇到了一件奇事。」當下將見到花萬紫的情形說了一遍。

貝海石點點頭，臉色鄭重，說道：「幫主，屬下向你求個情。獅威堂陳香主向來對幫主恭順，於本幫又有大功，請幫主饒了他性命。」石破天奇道：「饒他性命？為甚麼不饒他性命？他人很好啊，貝先生，要是他生了甚麼病，你就想法子救他一救。」貝海石大喜，深深一揖，道：「多謝幫主開恩。」當即匆匆而去。

原來陳沖之送走花萬紫後，即去請貝海石向幫主求情，賜給解藥。貝海石翻開他眼皮察看，又搭他脈搏，知他中毒不深，心想：「只須幫主點頭，解他這毒易如反掌。」他本來想石幫主既已下毒，自不允輕易寬恕，此人年紀輕輕，出手如此毒辣，倒是一層隱憂，不料一開口就求得了赦令，既救了朋友，又為幫中保留一份實力。這石幫主對自己言聽計從，不難對付，日後大事到來，當可依計而行，諒無變故，其喜可知。

貝海石走後，石破天便向侍劍問起種種情由，才知當地名叫鎮江，地當南北要衝，是長樂幫總舵的所在。當地距汴梁城、摩天崖已甚遙遠，他如何遠來此處等等情由，他自己固然不知，侍劍自也茫然無知。侍劍只道他大病之後，忘了前事，便向他解釋：他石破天是長樂幫的幫主，長樂幫下分內三堂、外五堂，統率各路幫眾。幫中高手甚多，近年來好生興旺，如貝海石這等大本領的人物都投身幫中，可見得長樂幫的聲勢實力非同小可。至於長樂幫在江湖上幹些甚麼事，跟雪山派有何仇嫌，侍劍只是個妙齡丫鬟，卻也說不上來。

石破天只聽得一知半解，他人雖聰明，究竟所知世務太少，於這中間的種種關鍵過節，沒法串連得起，沉吟半晌，說道：「侍劍姊姊，你們定是認錯人了。我既然不是做夢，那個幫主便一定另外有個人。我只是個山中少年，那裏是甚麼幫主了。」

侍劍笑道：「天下就算有容貌相同之人，也沒像到這樣子的。少爺，你最近練功夫，恐怕是震……震動了頭腦，我不跟你多說啦，你休息一會兒，慢慢的便都記得起來了。」

石破天道：「不，不！我心裏有好多不明白的事兒，都要問你。侍劍姊姊，你爲甚麼要做丫鬟？」侍劍眼圈兒一紅，道：「做丫鬟，難道也有人情願的麼？我自幼父母都去世了，無依無靠，有人收留了我，過了幾年，將我賣到長樂幫來。本來說要我去堂子火坑裏的，幸好賓總管要我服侍你，我就服侍你啦。」石破天道：「如此說來，你是不願意的。那你去罷，我也不用人服侍，甚麼事我自己都會做。」侍劍急道：「我舉目無親的，叫我到那裏去？賓總管知道你不要我服侍，把我再送到堂子裏去給人欺侮，我還是死了的好。」說著淚水盈盈。

石破天道：「堂子裏不好嗎？我叫他不讓你去就是了。」侍劍道：「你病還沒好，我也不能就這麼走了。再說，只要你不欺侮我，少爺，我是情願服侍你的。」石破天道：「我的病倒好了。你不願走，那就好極了，其實我心裏也眞盼望你別走。我怎會欺侮你？我是從來不欺侮人的。」

侍劍又好氣，又好笑，抿嘴道：「你這麼說，人家還道咱們的石大幫主當眞改邪歸正了。」見他一本正經的全無輕薄油滑之態，雖想這多半是他一時高興，故意做作，但瞧著終究歡喜。

石破天沉吟不語，心想：「那個眞的石幫主看來是挺凶惡的，既愛殺人，又愛欺侮人，個個見了他害怕。他還去搶人家老婆，可不知搶來幹甚麼？要她煮飯洗衣嗎？我……我可到底怎麼辦呢？唉，明天還是向貝先生說個明白，他們定是認錯人了。」心中思潮起伏，一時覺得做這幫主，人人都聽自己的話，倒也好玩；一時又覺冒充別人，當那眞幫主回來之後，一定大發脾氣，說不定便將自己殺了，可又危險得緊。

傍晚時分，廚房中送來八色精致菜餚，侍劍服侍他吃飯，石破天要她坐下來一起吃，侍劍脹紅了臉，說甚麼也不肯。石破天只索罷了，津津有味的直吃了四大碗飯。

他用過晚膳，又與侍劍聊了一陣，問東問西，問這問那，幾乎沒一樣事物不透著新奇。眼見天色全黑，仍無放侍劍出房之意。侍劍心想這少爺不要故態復萌，又起不軌之意，便即告別出房，順手帶上了房門。

石破天坐在床上，左右無事，便照十八個木偶身上的線路經脈又練了一遍功夫。

萬籟俱寂之中，忽聽得窗格上得得得響了三下。石破天睜開眼來，只見窗格緩緩推起，一隻纖纖素手伸了進來，向他招了兩招，依稀看到皓腕盡處的淡綠衣袖。

石破天心中一動，記起那晚這個瓜子臉兒、淡綠衣衫的少女，躍下床來，奔到窗前，叫道：「姊姊！」窗外一個清脆的聲音啐了一口，道：「怎麼叫起姊姊啦，快出來罷！」

石破天推開窗子，跨了出去，眼前卻無人影，正詭異間，突然眼前一黑，只覺一雙溫軟的手掌蒙住了自己眼睛，背後有人格格一笑，跟著鼻中聞到一陣蘭花般的香氣。

石破天又驚又喜，知道那少女在和他鬧著玩，他自幼在荒山之中，孤寂無伴，只一條黃狗作他的遊侶，此刻突然有個年輕人和他鬧玩，自十分開心。他反手抱去，道：「瞧我不捉住了你。」那知他反手雖快，那少女卻滑溜異常，這一下竟抱了個空。只見花叢中綠衫閃動，石破天搶上去伸手抓出，卻抓到了滿手玫瑰花刺，忍不住「啊」的一聲叫了出來。

那少女從前面紫荊花樹下探頭出來，低聲笑道：「傻瓜，別作聲，快跟我來。」石破天見她身形一動，便也跟隨在後。

那少女奔到圍牆腳邊，正要踴身上躍，黑暗中忽有兩人聞聲奔到，一個手持單刀，一個拿著兩柄短斧，在那少女身前一擋，喝道：「站住！甚麼人？」便在這時，石破天已跟著過來。那二人是在花園中巡邏的幫眾，一見到石破天和她笑嘻嘻的神情，忙分兩邊退下，躬身說道：「屬下不知是幫主的朋友，得罪莫怪。」跟著向那少女微微欠身，表示賠禮之意。那少女向他們伸了伸舌頭，向石破天一招手，飛身跳上了圍牆。

石破天知道這麼高的圍牆自己可萬萬跳不上去，但見那少女招手，兩個幫眾又眼睜睜的瞧著自己，總不能叫人端架梯子來爬將上去，當下硬了頭皮，雙腳一登，往上便跳，說也奇怪，腳底居然生出一股不知從何而來的力道，呼的一聲，身子竟沒在牆頭停留，輕輕巧巧的便越牆而過。

那兩名幫眾嚇了一跳，大聲讚道：「好功夫！」跟著聽得牆外砰的一聲，有甚麼重物落地，卻原來石破天不知落地之法，竟摔了一交。那兩名幫眾相顧愕然，不知其故，自然萬萬想不到幫主輕功如此神妙，竟會摔了個姿勢難看之極的仰八叉。

那少女卻在牆頭看得清清楚楚，吃了一驚，見他摔倒後一時竟不爬起，忙縱身下牆，伸手去扶，柔聲道：「天哥，怎麼啦？你病沒好全，別逞強使功。」伸手在他脅下，將他扶起。石破天這一交摔得屁股好不疼痛，在那少女扶持之下，終於站起。那少女道：「咱們到老地方去，好不好？你摔痛了麼？能不能走？」

石破天內功深湛，剛才這一交摔得雖重，片刻間也就不痛了，說道：「好！我不痛啦，當然能走！」

那少女拉著他右手，問道：「這麼多天沒見到你，你想我不想？」微微仰起了頭，望著石破天的眼睛。

石破天眼前出現了一張清麗白膩的臉龐，小嘴邊帶著俏皮微笑，月光照射在她明澈的眼睛之中，宛然便是兩點明星，鼻中聞到那少女身上發出的香氣，不由得心中一蕩，他雖於男女之事全然不懂，但一個二十歲的青年，就算再傻，身當此情此景，對一個美麗的少女自然而然會起愛慕之心。他呆了一呆，說道：「那天晚上你來看我，可是隨即就走了。我時時想起你。」

那少女嫣然一笑，道：「你失蹤這麼久，又昏迷了這許多天，可不知人家心中多急。這兩天來，每天晚上我仍來瞧你，你不知道？我見你練功練得起勁，生怕打擾了你的療傷功課，沒敢叫你。」

石破天喜道：「眞的麼？我可一點不知道。好姊姊，你……你爲甚麼對我這樣好？」

那少女突然間臉色一變，甩脫了他的手，嗔道：「你叫我甚麼？我……我早猜到你這麼久不回來，定在外邊跟甚麼……甚麼……壞女人在一起，哼！你叫人家『好姊姊』叫慣了，順口便叫到我身上來啦！」她片刻之前還在言笑晏晏，突然間變得氣惱異常，石破天愕然不解，道：「我……我……」

那少女聽他不自辯解，更加惱了，一伸手便扯住了他右耳，怒道：「這些日子中，你到底跟那一個賤女人在一起？你是不是叫她作『好姊姊』？快說！快說！」她問一句「快說」，便用力扯他一下耳朵，連問三句，手上連扯三下。

石破天痛得大叫「啊喲」，道：「你這麼兇，我不跟你玩啦！」那少女又用力扯他耳朵，罵道：「你想撇下我不理麼？可沒這麼容易。你跟那個女人在一起？快說！」石破天苦著臉道：「我是跟一個女人在一起啊，她睡在我房裏……」那少女大怒，手中使勁，登時將石破天的耳朵扯出血來，尖聲道：「我這就去殺死她。」

石破天驚道：「哎，哎，那是侍劍姊姊，她煮燕窩、煮人參小米粥給我吃，雖小米粥煮得糊了，苦得很，可是她人很好啊，你……你可不能殺她。」

那少女兩行眼淚本已從臉頰上流了下來，突然破涕為笑，「呸」的一聲，用力又將他的耳朵一扯，說道：「我道是那個好姊姊，原來你說的是這個臭丫頭。你騙我，油嘴滑舌的，我才不信呢。這幾日每天晚上我都在窗外看你，你跟這臭丫頭倒規規矩矩的，碰也沒碰她，算你乖！」伸過手去，又去扯他耳朵。

石破天嚇了一跳，側頭想避，那少女卻用手掌在他耳朵上輕輕的揉了幾下，笑問：「天哥，你痛不痛？」石破天道：「自然痛的。」那少女笑道：「活該你痛，誰叫你騙人？又古裏古怪的叫我甚麼『好姊姊』！」石破天道：「我聽媽說，叫人家姊姊是客氣，難道我叫錯你了麼？」

那少女橫了他一眼道：「幾時要你跟我客氣了？好罷，你心中不服氣，我也把耳朵給你扯還就是了。」說著側過了頭，將半邊臉湊了過去。石破天聞到她臉上幽幽的香氣，提起手來在她耳朵上揑了幾下，搖頭道：「我不扯。」問道：「那麼我叫你甚麼才是？」那少女嗔道：「你從前叫我甚麼？難道連我名字也忘了？」

石破天定了定神，正色道：「姑娘，我跟你說，你認錯了人，我不是你的甚麼天哥。我不是石破天，我是狗雜種。」

那少女一呆，雙手按住了他肩頭，將他身子扳轉了半個圈，讓月光照在他臉上，向他凝神瞧了一會，哈哈大笑，道：「天哥，你眞會開玩笑，剛才你說得眞像，可給你嚇了一大跳，還道當眞認錯人。咱們走罷！」說著拉了他手，拔步便行。石破天急道：「我不是開玩笑，你眞的認錯了人。你瞧，我連你叫甚麼也不知道。」

那少女止步回身，右手拉住了他左手，笑靨如花，說道：「好啦，你定要扯足了順風旗才肯罷休，我便依了你。我姓丁名璫，你一直便叫我『叮叮噹噹』。你記起來了嗎？」幾句話說完，驀地轉身，飛步向前急奔。

石破天給她一扯之下，身子向前疾衝，腳下幾個踉蹌，只得放開腳步，隨她狂奔，初時氣喘吁吁的十分吃力，但急跑了一陣，內力調勻，腳下越來越輕，竟全然不用費力。

也不知奔出了多少路，只見眼前水光浮動，已到了河邊，丁璫拉著他手，輕輕一縱，躍上泊在河邊的一艘小船船頭。石破天還不會運內力化爲輕功，砰的一聲，重重落在船頭，船旁登時水花四濺，小船不住搖晃。

丁璫「啊」的一聲叫，笑道：「瞧你的，想弄個船底朝天麼？」提起船頭竹篙，輕輕一點，便將小船盪到河心。

月光照射河上，在河心映出個缺了一半的月亮。丁璫的竹篙在河中一點，河中的月亮便碎了，化成一道道銀光，小船向前盪了出去。

石破天見兩岸都是楊柳，遠遠望出去才有疏疏落落的幾家人家，夜深人靜，只覺一陣陣淡淡香氣不住送來，是岸上的花香？還是丁璫身上的芬芳？

小船在河中轉了幾個彎，進了一條小港，來到一座石橋之下，丁璫將小船纜索繫在橋旁垂柳枝上。水畔垂柳枝葉茂密，將一座小橋幾乎全遮住了，月亮從柳枝的縫隙中透進少許，小船停在橋下，眞像是間天然的小屋一般。

石破天讚道：「這地方眞好，就算是白天，恐怕人家也不知道這裏有艘船停著。」丁璫笑道：「怎麼到今天才讚好？」鑽入船艙取出一張草席，放在船頭，又取兩副杯筷，一把酒壺，笑道：「請坐，喝酒罷！」再取了幾盤花生、蠶豆、乾肉，放在石破天面前。

石破天見丁璫在杯中斟滿了酒，登時酒香撲鼻。謝煙客並不如何愛飲酒，只偶爾飲上幾杯，石破天有時也陪著他喝些，但喝的都是白酒，這時取了丁璫所斟的那杯酒來，月光下但見黃澄澄、紅艷艷地，一口飲下，一股暖氣直衝入肚，口中有些辛辣、有些苦澀。丁璫笑道：「這是二十年的紹興女兒紅，味道可還好麼？」

石破天正待回答，忽聽得頭頂一個蒼老的聲音說道：「二十年的紹興女兒紅，味兒豈還有不好的？」

啪的一聲，丁璫手中酒杯掉上船板，酒水濺得滿裙都是。酒杯骨溜溜滾開，咚的一響，掉入了河中。她花容失色，全身發顫，拉住了石破天的手，低聲道：「我爺爺來啦！」

石破天抬頭向聲音來處瞧去，只見一雙腳垂在頭頂，不住晃啊晃的，顯然那人是坐在橋上，雙腳從楊枝中穿下，只須再垂下尺許，便踏到了石破天頭上。那雙腳上穿著白布襪子，繡著壽字的雙樑紫緞面鞋子。鞋襪都十分乾淨。

只聽頭頂那蒼老的聲音道：「不錯，是你爺爺來啦。死丫頭，你私會情郎，也就罷了。怎麼將我辛辛苦苦弄來的二十年女貞陳紹，也偷出來給情郎喝？」丁璫強作笑容，說道：「他……他不是甚麼情郎，只不過是個……是個尋常朋友。」那老者怒道：

「呸，尋常朋友，也抵得你待他這麼好？連爺爺的命根子也敢偷？小賊，你給我滾出來，讓老頭兒瞧瞧，我孫女兒的情郎是怎麼個醜八怪。」

丁璫左手捏住石破天右手手掌，右手食指在他掌心寫字，嘴裏說道：「爺爺，這個朋友又蠢又醜，爺爺見了包不喜歡。我偷的酒，又不是特地給他喝的，哼，他才不配呢，我是自己愛喝酒，隨手抓了一個人來陪陪。」

她在石破天掌心中劃的是「千萬別說是長樂幫主」九個字，可是石破天的母親沒教他識字讀書，謝煙客更沒教他識字讀書，他連個「一」字也不識得，但覺到她在自己掌心中亂搔亂劃，不知她搞甚麼花樣，癢癢的倒也好玩，聽到她說自己「又蠢又醜」，又不配喝她的酒，不由得有氣，將她的手一摔，便摔開了。

丁璫立即又伸手抓住了他手掌，寫道：「有性命之憂，一定要聽話」，隨即用力在他掌上捏了幾下，像是示意親熱，又像是密密叮囑。

石破天只道她跟自己親熱，心下只覺歡喜，卻不明所以，只聽頭頂的老者說道：「兩個小傢伙都給我滾上來。阿璫，爺爺今天殺了幾個人啦？」

丁璫顫聲道：「好像……好像只殺了一個。」

石破天心想：「我撞來撞去這些人，怎麼口口聲聲的總是將『殺人』兩字掛在嘴邊？」

只聽得頭頂橋上那老者說道：「好啊，今天我還只殺了一個，那麼還可再殺兩人。再殺兩個人來下酒，倒也不錯。」

石破天心想：「殺人下酒，這老公公倒會說笑話？」突覺丁璫握著自己的手鬆了，眼前一花，船頭上已多了一個人。

只見這人鬚髮皓然，眉花眼笑，是個面目慈祥的老頭兒，但與他目光一觸，登時不由自主的機伶伶打個冷戰，這人眼中射出一股難以形容的兇狠之意，叫人一見之下，便渾身感到一陣寒意，幾乎要冷到骨髓中去。

這老人嘻嘻一笑，伸手在石破天肩頭一拍，說道：「好小子，你口福不小，喝了爺爺的二十年女貞陳紹！」他只這麼輕輕一拍，石破天肩頭的骨骼登時格格的響了好一陣，便似已盡數碎裂一般。

丁璫大驚，伸手攀住了那老人的臂膀，求道：「爺爺，你……你別傷他。」

那老人隨手這麼一拍，其實掌上已使了七成力道，本擬這一拍便將石破天連肩帶臂的骨骼盡數拍碎，那知手掌和他肩膀相觸，立覺他肩上生出一股渾厚沉穩的內力，不但護住了自身，還將手掌向上一震，自己若不是立時加催內力，手掌便會向上彈起，當場便要出醜。那老人心中的驚訝實不在丁璫之下，便即嘻嘻一笑，說道：「好，好，好小子，倒也配喝我的好酒。阿璫，斟幾杯酒上來，是爺爺請他喝的，不怪你偷酒。」

丁璫大喜，素知爺爺目中無人，對一般武林高手向來都殊少許可，居然一見石破天便請他喝酒，委實大出意料之外。她對石破天情意纏綿，原認定他英雄年少，世間無雙，爺爺垂青賞識，倒也絲毫不奇，只是聽爺爺剛才的口氣，出手便欲殺人，怎麼一見面便轉了口氣，可見石郎英俊瀟洒，連爺爺也爲之傾倒。她一廂情願，全沒想到石破天適才其實已然身遭大難，她爺爺所以改態，全因察覺了對方內力驚人之故，他於這小子的甚麼「英俊瀟洒」，絲毫沒放在心上。何況石破天相貌雖不醜，卻不見得有甚麼英俊，呆蠢則有之，「瀟洒」兩字更沾不上半點邊兒。丁璫喜孜孜的走進船艙，又取出兩隻酒杯，先斟了一杯給爺爺，再給石破天斟上一杯，然後自己斟了一杯。

那老人道：「很好，很好！你這娃娃既給我阿璫瞧上了，定有點來歷。你叫甚麼名字？」石破天道：「我……我……我……」這時他已知「狗雜種」三字是罵人的言語，對熟人說了倒也不妨，跟陌生人說起來卻有些不雅，但除此之外更無旁的名字，因此連說三個「我」字，竟不能再接下去。那老人怫然不悅，道：「你不敢跟爺爺說麼？」石破天昂然道：「那又有甚麼不敢？只不過我的名字不大好聽而已。我名叫狗雜種。」

那老人一怔，突然間哈哈大笑，聲音遠遠傳了出去，笑得白鬍子四散飛動，笑了好半晌，才道：「好，好，好，小娃娃的名字很好。狗雜種！」

石破天應道：「嗯，爺爺叫我甚麼事？」

丁璫啓齒微笑，瞧瞧爺爺，又瞧瞧石破天，秋波流轉，嫵媚不勝。她聽到石破天自然而然的叫她的爺爺爲「爺爺」，那是承認和她再也不分彼此；又想：「我在他掌中寫字，要他不可吐露身分，他居然全聽了我的。以他堂堂幫主之尊，竟肯自認『狗雜種』，爲了我如此委屈，對我鍾情之深，實已到了極處。」

那老人也心中大喜，連呼：「好，好！」心想自己一叫「狗雜種」，對方便即答應，這麼一個功夫了得的少年居然在自己面前服服貼貼，不敢有絲毫倔強，自令他大爲得意。

那老人道：「阿璫，爺爺的名字，你早跟你情郎說了罷？」

丁璫搖搖頭，神態忸怩，道：「我還沒說。」

那老人臉一沉，說道：「你對他到底是眞好還是假好，爲甚麼連自己的身分來歷也不跟他說？說是假好罷，爲甚麼偷了爺爺二十年陳紹給他喝不算，接連幾天晚上，將爺爺留作救命之用的『玄冰碧火酒』，也拿去灌在這小子的口裏？」越說語氣越嚴峻，到後來已聲色俱厲，那「玄冰碧火酒」五字，說來更一字一頓，同時眼中兇光大盛。石破天在旁看著，也不禁慄慄危懼。

丁璫身子一側，滾在那老人懷裏，求道：「爺爺，你甚麼都知道了，饒了阿璫罷。」

那老人冷笑道：「饒了阿璫？你說說倒容易。你可知道『玄冰碧火酒』效用何等神妙，給你這麼胡亂糟蹋了，可惜不可惜？」

丁璫道：「阿璫給爺爺設法重行配製就是了。」那老人道：「說來倒稀鬆平常。倘若說配製便能配製，爺爺也不放在心上了。」丁璫道：「我見他一會兒全身火燙，一會兒冷得發顫，想起爺爺的神酒兼具陰陽調合之功，才偷來給他喝了些，果然很有些效驗。這麼一喝再喝，不知不覺間竟讓他喝光了。爺爺將配製的法門說給阿璫聽，我偷也好，搶也好，定去給爺爺再配幾瓶。」那老人道：「幾瓶？哈哈，幾瓶？等你頭髮白了，也不知是否能找齊這許多珍貴藥材，給我配上一瓶半瓶。」

石破天聽著他祖孫二人的對答，這才恍然，原來自己體內寒熱交攻、昏迷不醒之際，丁璫竟然每晚偷了他爺爺珍貴之極的甚麼「玄冰碧火酒」來餵給自己服食，自己所以得能不死，多半還是她餵酒之功，那麼她於自己實有救命的大恩，耳聽得那老人逼迫甚緊，便道：「爺爺，這酒既是我喝的，爺爺便可著落在我身上討還。我一定去想法子弄來還你，倘若弄不到，只好聽憑你處置了。你可別難爲叮叮噹噹。」

那老人嘻嘻一笑，道：「很好，很好！有骨氣。這麼說，倒還有點意思。阿璫，你爲甚麼不將自己的身分說給他聽。」丁璫臉現尷尬之色，道：「他……他一直沒問我，我也就沒說。爺爺不必疑心，這中間並無他意。」

那老人道：「沒有他意嗎？我看不見得。只怕這中間大有他意，有些大大的他意。

小丫頭的心事，爺爺豈有不知？你是眞心眞意的愛上了他，只盼這小子娶你爲妻，但若將自己的姓名說了出來啊，哼哼，那就非將這小子嚇得魂飛魄散不可，因此上你只要能瞞得一時，便是一時。哼，你說是也不是？」

那老人這番話，確是猜中了丁璫的心事。那老人武功高強，殺人不眨眼，江湖上人物聞名喪膽，個個敬而遠之，不願跟他打甚麼交道，他卻偏偏要人家對他親熱，只要對方稍現畏懼或是厭惡，他便立下殺手。丁璫好生爲難，心想自己的心事爺爺早已一淸二楚，倘若說謊，只有更惹他惱怒，將事情弄到不可收拾。但若把爺爺的姓名說了出來，十九會將石郎嚇得從此不敢再與自己見面，那又怎生是好？霎時間憂懼交集，旣怕爺爺一怒之下殺了石郎，又怕石郎知道了自己來歷，這份纏綿的情愛就此化作流水，不論石郎或死或去，自己都不想活了，顫聲道：「爺爺，我……我……」

那老人哈哈大笑，說道：「你怕人家瞧咱們不起，是不是？哈哈，丁老頭威震江湖，我孫女兒居然不敢提他祖父名字，非但不以爺爺爲榮，反以爺爺爲恥，哈哈，好笑之極。」雙手捧腹，笑得極是舒暢。

丁璫知道危機已在頃刻，素知爺爺對這「玄冰碧火酒」看得極重，自己旣將這酒偷去救石郎的性命，又不敢提爺爺名字，他如此大笑，心中實已惱怒到了極點，當下咬了咬唇皮，向石破天道：「天哥，我爺爺姓丁。」

石破天道：「嗯，你姓丁，爺爺也姓丁。大家都姓丁，丁丁丁的，倒也好聽。」

丁璫道：「他老人家的名諱上『不』下『三』，外號叫做那個……那個……『一日不過三』！」

她只道「一日不過三」丁不三的名號一出口，石破天定然大驚失色，一顆心卜卜卜的跳個不住，目不轉睛的瞧著他。

那知石破天神色自若，微微一笑，道：「爺爺的外號很好聽啊。」

丁璫心頭一震，登時大喜，卻兀自不放心，只怕他說的是反話，問道：「爲甚麼你說很好聽？」

石破天道：「我也說不上爲甚麼，只覺得好聽。『一日不過三』，有趣得很。」

丁璫斜眼看爺爺時，只見他捋鬍大樂，伸手在石破天肩頭又是一掌，這一掌中卻絲毫未用內力，搖頭晃腦的道：「你是我生平的知己，好得很。旁人聽到了我『一日不過三』的名頭，卑鄙的便歌功頌德，膽小的則心驚膽戰，向我戟指大罵的狂徒倒也有幾個，只有你這小娃娃不動聲色，反而讚我外號好聽。很好，小娃娃，爺爺要賞你一件東西。讓我想想看，賞你甚麼最好。」

他抱著膝頭，呆呆出神，心想：「老子當年殺人太多，後來改過自新，定下了規矩，一日之中殺人不得超過三名。這樣一來便有了節制，就算日日都殺三名，一年也不過一千，何況往往數日不殺，殺起來或許也只一人二人。好比那日殺雪山派弟子孫萬年、褚萬春，就只兩個而已。另外再加一個，最多也不過三個。這『一日不過三』的外號自然大有道理，只可惜江湖上的傢伙都不明白其中的妙處。這少年對我不擺架子，不拍馬屁，已可算十分難得，那也罷了，而他聽到了老子的名號之後，居然還十分歡喜。老子年逾六十，甚麼人沒見過？是眞是假，一眼便知，這小子說我名號好聽，可半點不假。」沉吟半晌，說道：「爺爺有三件寶貝，一是『玄冰碧火酒』，已經給你喝了，那是要還的，不算給你。第二寶是爺爺的一身武功，娃娃學了自然大有好處。第三寶呢，就是我這個孫女兒阿璫了。這兩件寶物可只能給一件。你是要學我武功呢，還是要我的阿璫？」

石破天兩隻長袖向長劍上揮了出去。只聽得喀喇一響，呼的一聲，王萬仞突然向後直飛出去，砰的一聲，重重撞上了大門。

六　腿上的劍疤

丁不三這麼一問，丁璫和石破天登時都呆了。

丁璫心頭如小鹿亂撞，尋思：「爺爺一身武功當世少有敵手，石郎若得爺爺傳授神功，此後縱橫江湖，更加聲威大震了。先前他說，他們長樂幫不久便有一場大難，十分棘手，他要是能學到我爺爺的武功，多半便能化險爲夷。他是男子漢大丈夫，江湖上大幫會的幫主，自是以功業爲重，兒女私情爲輕。」偷眼瞧石破天時，只見他滿臉迷惘，顯是拿不定主意。丁璫一顆心不由得沉了下去：「石郎素來風流倜儻，一生之中不知有過多少相好。這半年雖對我透著特別親熱些，其實於我畢竟終也如過眼雲煙。何況我爺爺名聲如此之壞，雖然他長樂幫和石破天名聲也好不到那裏去，跟我爺爺總還差著老大一截。他既知我身分來歷，又怎能再要我？」心裏酸痛，眼中淚珠已滾來滾去。

丁不三催道：「快說！你別想撿便宜，想先學我功夫，再娶阿璫；要不然娶了阿璫，料想老子瞧著你是我孫女婿，自然會傳武功給你。那決計不成。我跟你說，天下沒一人能在丁不三面前弄鬼。你要了這樣，不能再要那樣，否則小命兒難保，快說！」

丁璫眼見事機緊迫，石郎只須說一句「我要學爺爺的武功」，自己的終身就此斷送，忙道：「爺爺，我跟你實說了，他是長樂幫的幫主石破天，武林中也是大有名頭的人物……」丁不三奇道：「甚麼？他是長樂幫幫主？這小子不像罷？」丁璫道：「像的，像的。他年紀雖輕，但長樂幫中的衆英雄都服了他的，好像他們幫中那個『著手成春』貝大夫，武功就很了不起，可也聽奉他的號令。」丁不三道：「貝大夫也聽他的話？不會罷？」丁璫道：「會的，會的。我親眼瞧見的，那還會有假？爺爺武功雖然高強，但要長樂幫的一幫之主跟著你學武，這個……這個……」言下之意顯然是說：「貝大夫的武功就不在你之下。石幫主可不能跟你學武功，還是讓他要了我罷。」

石破天忽道：「爺爺，叮叮噹噹認錯人啦，我不是石破天。」丁不三道：「你不是石破天，那麼你是誰？」石破天道：「我不是甚麼幫主，不是叮叮噹噹的『天哥』。我是狗雜種，狗雜種便是狗雜種。這名字雖然難聽，可是，我的的確確是狗雜種。」

丁不三捧腹大笑，良久不絕，笑道：「很好。我要賞你一寶，既不是爲了你是甚麼瓦幫主、石幫主，也不是爲了阿璫喜歡你還是不喜歡。那是丁不三看中了你！你是狗雜種也好、臭小子也好、烏龜王八蛋也好，丁不三看中了你，你就非要我的一寶不可。」

石破天向丁不三看看，又向丁璫看看，心想：「這叮叮噹噹把我認作她的天哥，那個眞的天哥不久定會回來，我豈不是騙了她，又騙了她天哥？但說不要她而要學武功，又傷了她的心。我還是一樣都不要的好。」當下搖了搖頭，說道：「爺爺，我已喝了你的『玄冰碧火酒』，一時也難以還你，不如便算你老人家給我的一寶罷！」

丁不三臉一沉，道：「不成，不成，那『玄冰碧火酒』說過是要還的，你想賴皮，那可不成。你選好了沒有，要阿璫呢，還是要武功？」

石破天向丁璫偷瞧一眼，丁璫也正在偷眼看他，兩人目光接觸，急忙都轉頭避開。丁璫臉色慘白，淚珠終於奪眶而出，依著她平時驕縱的脾氣，不是伸手大扭石破天耳朵，也必頓足而去，但在爺爺跟前，卻半點威風也施展不出來，何況在這緊急當口，扭耳頓足，都適足以促使石破天選擇習武，更萬萬不可，心頭當眞說不出的氣苦。

石破天又向她一瞥，見她淚水滾滾而下，大是不忍，柔聲道：「叮叮噹噹，我跟你說，你的確是認錯了人。倘若我眞是你的天哥，那還用得著挑選？自然是要……要你，不要學武功！」

丁璫眼淚仍如珍珠斷線般在臉頰上不絕流下，但嘴角邊已露出了笑容，說道：「你不是天哥？天下那裏還有第二個天哥？」石破天道：「或許我跟你天哥的相貌，當眞十分相像，以致大家都認錯了。」丁璫笑道：「你還不認？好罷，容貌相似，天下本來也有的。今年年頭，我跟你初相識時，你粗粗魯魯的抓住我手，我那時又不識你，反手便打，是不是了？」

石破天儍儍的向她瞪視，無從回答。

丁璫臉上又現不悅之色，嗔道：「你當眞是一場大病之後全忘了呢，還是假痴假呆的混賴？」石破天搔了搔頭皮，道：「你明明是認錯了人，我怎知那個天哥跟你之間的事？」丁璫道：「你想賴，也賴不掉的。那日我雙手都給你抓住了，心中急得很。你還嘻嘻的笑，伸過嘴……伸過嘴來想……想香我臉孔。我側過頭來，在你肩頭狠狠的咬了一口，咬得鮮血淋漓，你才放了。你……你……解開衣服來看看，左肩上是不是有這傷疤？就算我眞的認錯了人，這個我……我口咬的傷疤，你總抹不掉的。」

石破天點頭道：「不錯，你沒咬過我，我肩上自然不會有傷疤……」說著便解開衣衫，露了左肩出來。「咦！這……這……」突然間身子劇震，大聲驚呼：「這可奇了！」

三個人都看得淸淸楚楚，他左肩上果然有兩排彎彎的齒痕，合成一張櫻桃小口的模樣。齒印結成了疤，反而凸了出來，顯是人口所咬，其他創傷決不會結成這般形狀的傷疤。

丁不三冷冷一笑，道：「小娃娃想賴，終於賴不掉了。我跟你說，上得山多終遇虎，你到處招惹風流，總有一天會給一個女人抓住，甩不了身。這種事情，爺爺少年時候也上過大當。要不然這世上怎會有阿璫的爹爹，又怎會有阿璫？只有我那不成器的兄弟丁不四，一生娶不到老婆，到老還是痴痴迷迷的，整日哭喪著臉，一副狗熊模樣。好了，這些閒話也不用說了，如此說來，你是要阿璫了？」

石破天心下正自大奇，想不起甚麼時候曾給人在肩頭咬了一口，瞧那齒痕，顯而易見這一口咬得十分厲害，這等創傷留在身上，豈有忘記之理？這些日子來他遇到了無數奇事，但心中知道一切全因「認錯了人」，唯獨這一件事卻實難索解。他呆呆出神，丁不三問他的話，竟一句也沒聽進耳裏。

丁不三見他不作一聲，臉上神色十分古怪，只道少年臉皮薄，不好意思直承其事，哈哈一笑，便道：「阿璫，撐船回家去！」

丁璫又驚又喜，道：「爺爺，你說帶他回咱們家去？」丁不三道：「他是我孫女婿兒，怎不帶回家去？要是冷不防給他溜之大吉，丁不三今後還有臉做人麼？你說他幫裏有甚麼『著手成春』貝大夫這些人，這小子倘若縮在窩裏不出頭，去抓他出來就不大容易了。」

丁璫笑咪咪的向石破天橫了一眼，突然滿臉紅暈，提起竹篙，在橋墩上輕輕一點，小船穿過橋洞，直盪了出去。

石破天想問：「到你家裏去？」但心中疑團實在太多，話到口邊，又縮了回去。

小河如青緞帶子般，在月色下閃閃發光，丁璫竹篙刺入水中，激起一圈圈漪漣，小船在青緞上平平滑了過去。有時河旁水草擦上船舷，發出低語般的沙沙聲，岸上柳枝垂了下來，拂過丁璫和石破天的頭髮，像是柔軟的手掌撫摸他二人頭頂。良夜寂寂，花香幽幽，石破天只當又入了夢境。

小船穿過一個橋洞，又是一個橋洞，曲曲折折的行了良久，來到一處白石砌成的石級之旁。丁璫拾起船纜拋出，纜上繩圈套住了石級上的一根木樁。她掩嘴向石破天一笑，縱身上了石級。

丁不三笑道：「今日你是嬌客，請，請！」

石破天不知說甚麼好，迷迷糊糊的跟在丁璫身後，跟著她走進一扇黑漆小門，跟著她踏過一條鵝卵石鋪成的彎彎曲曲石路，跟著她走進了一個月洞門，跟著她走進一座花園，跟著她來到一個八角亭子之中。

丁不三走進亭中，笑道：「嬌客，請坐！」

石破天不知「嬌客」二字是甚麼意思，見丁不三叫他坐，便即坐下。丁不三卻攜著孫女之手，穿過花園，遠遠的去了。

明月西斜，涼亭外的花影拖得長長地，微風動樹，涼亭畔的一架秋千一晃一晃的顫抖。石破天撫著左肩上的疤痕，心下一片迷惘。

過了好一會，只聽得腳步細碎，兩個中年婦人從花徑上走到涼亭外，略略躬身，微笑道：「請新官人進內堂更衣。」石破天不知是甚麼意思，猜測要他進內堂去，便隨著二人向內走去。

經過一處荷花池子，繞過一道迴廊，隨著兩個婦人進了一間廂房。只見房裏放著一大盤熱水，旁邊懸著兩條布巾。一個婦人笑道：「請新官人沐浴。老爺說，時刻匆忙，沒預備新衣，請新官人將就些，仍是穿自己的衣服罷。」二人吃吃而笑，退出房去，掩上了房門。

石破天心想：「我明明叫狗雜種，怎麼一會兒變成幫主，一會兒成了天哥，叫作石破天也就罷了，這時候又給我改名叫甚麼『嬌客』、『新官人』？」

他存著既來之則安之的心情，看來丁不三和丁璫對自己並無惡意，一盤熱湯中散發著香氣，不管三七二十一，除了衣衫，便在盤中洗了個浴，精神爲之一爽。

剛穿好衣衫，聽得門外一個男子聲音朗聲說道：「請新官人到堂上拜天地。」石破天吃了一驚，「拜天地」三字他是懂的，一經聯想，「新官人」三字登時也想起來了，小時候曾聽母親講過新官人、新娘子拜天地的事。他怔怔的不語，只聽那男子又問：

「新官人穿好衣衫了罷？」石破天道：「是。」

那人推開房門，走了進來，將一條紅綢掛在他頸中，另一朵紅綢花扣在他的襟前，笑道：「大喜，大喜。」扶著他手臂便向外走去。

石破天手足無措，跟著他穿廊過戶，到了大廳上。只見廳上明晃晃地點著八根大紅蠟燭，居中一張八仙桌上披了紅色桌幃。丁不三笑吟吟的向外而立。石破天一踏進廳，廊下三名男子便齊聲吹起笛子。扶著石破天的那男子朗聲道：「請新娘子出堂。」

只聽得環珮叮咚，先前那兩個中年女子扶著一個頭兜紅綢、身穿紅衫的女子，瞧身形正是丁璫。那三個女子站在石破天右側。燭光耀眼，蘭麝飄香，石破天心中又胡塗，又害怕，卻又歡喜。

那男子朗聲贊道：「拜天！」

石破天見丁璫已向中庭盈盈拜倒，正猶豫間，那男子在他耳邊輕聲說道：「跪下來叩頭。」又在他背上輕輕推了推。石破天心想：「看來是非拜不可。」當即跪下，胡亂叩了幾個頭。扶著丁璫的一個女子見他拜得慌亂，忍不住噗哧一聲，笑了出來。

那男子贊道：「拜地！」石破天和丁璫轉過身來，一齊向內叩頭。那男子又贊道：「拜爺爺。」丁不三居中一站，丁璫先拜了下去，石破天微一猶豫，跟著便也拜倒。

那男子贊道：「夫婦交拜。」

石破天見丁璫側身向自己跪下，腦子中突然清醒，大聲說道：「爺爺，叮叮噹噹，我可眞的不是甚麼石幫主，不是你的天哥。你們認錯了人，將來可別……可別怪我。」

丁不三哈哈大笑，說道：「這渾小子，這當兒還在說這些笑話！將來不怪，永遠也不怪你！」

石破天道：「叮叮噹噹，咱們話說在頭裏，咱們拜天地，是鬧著玩呢，還是當眞的？」丁璫已跪在地下，頭上罩著紅綢，突然聽他問這句話，笑道：「自然是當眞的。這種事……那有……那有鬧著玩的？」石破天大聲道：「今日你認錯了人，可不管我事啊。將來你反悔起來，又來扭我耳朵，咬我肩膀，那可不成！」

一時之間，堂上堂下，盡皆粲然。

丁璫忍俊不禁，格格一聲，也笑了出來，低聲道：「我永不反悔，只要你待我好，決不變心而去愛上別的姑娘，我……我自然不會扭你耳朵，咬你肩膀。」

丁不三大聲道：「老婆扭耳，天經地義，自盤古氏開天闢地以來，就是如此。有甚麼成不成的？我的乖孫女婿兒，阿璫向你跪了這麼久，你怎不還禮？」

石破天道：「是，是！」當即跪下還禮，兩人在紅氈之上交拜了幾拜。

那贊禮男子大聲道：「夫妻交拜成禮，送入洞房。新郎新娘，百年好合，多子多孫，五世其昌。」登時笛聲大作。一名中年婦人手持一對紅燭，在前引路，另一婦人扶著丁璫，那贊禮男子扶著石破天，一條紅綢繫在兩人之間，擁著走進了一間房中。

這房比之石破天在長樂幫總舵中所居要小得多，陳設也不如何華麗，但紅燭高燒，東掛一塊紅綢，西貼一張紅紙，雖是匆匆忙忙間胡亂湊攏，卻也平添不少喜氣。幾個人扶著石破天和丁璫坐在床沿之上，在桌上斟了兩杯酒，齊聲道：「恭喜姑爺小姐，喝杯交杯酒兒。」嘻嘻哈哈的退了出去，將房門掩上了。

石破天心中怦怦亂跳，他雖不懂世務，卻也知這麼一來，自己和丁璫已拜了天地，成了夫妻。他見丁璫端端正正的坐著，頭上罩了那塊紅綢，一動也不動，隔了半晌，想不出甚麼話說，便道：「叮叮噹噹，你頭上蓋了這塊東西，不氣悶麼？」

丁璫笑道：「氣悶得緊，你把它揭了去罷！」

石破天伸兩根手指捏住紅綢一角，輕輕揭了下來，燭光之下，只見丁璫臉上、唇上胭脂搽得紅撲撲地，明艷端麗，嫣然靦覥。石破天驚喜交集，目不轉睛的向她呆呆凝視，說道：「你……你眞好看。」

丁璫微微一笑，左頰上出現個小小的酒窩，慢慢把頭低了下去。

正在此時，忽聽得丁不三在房外高處朗聲說道：「今宵是小孫女于歸的吉期，何方朋友光臨，不妨下來喝杯喜酒。」

另一邊高處有人說道：「在下長樂幫幫主座下貝海石，謹向丁三爺道安問好，深夜滋擾，甚是不當。丁三爺恕罪。」

石破天低聲道：「啊，是貝先生來啦。」丁璫秀眉微蹙，豎食指擱在嘴唇正中，示意他不可作聲。

只聽丁不三哈哈一笑，說道：「我道是那一路偷鷄摸狗的朋友，卻原來是長樂幫的人。你們喝喜酒不喝？可別大聲嚷嚷的，打擾了我孫女婿、孫女兒的洞房花燭，要鬧新房，可就來得遲了。」言語之中，好生無禮。

貝海石卻不生氣，咳嗽了幾聲，說道：「原來今日是丁三爺令孫千金出閣的好日子。我們兄弟來得魯莽，沒攜禮物，失了禮數，改日登門送禮道賀，再叨擾喜酒。敝幫眼下有一件急事，要親見敝幫石幫主，煩請丁三爺引見，感激不盡。若非為此，深更半夜的，我們便有天大膽子，也不敢貿然闖進丁三爺的歇駕之所。」

丁不三道：「貝大夫，你也是武林中的前輩高人了，不用跟丁老三這般客氣。你說甚麼石幫主，便是我的新孫女婿狗雜種了，是不是？他說你們認錯了人，不用見了。」

隨伴貝海石而來的共有幫中八名高手，米橫野、陳沖之等均在其內，聽丁不三罵他們幫主為狗雜種，有幾人喉頭已發出怒聲。貝海石卻曾聽石破天自己親口說過幾次，知道丁不三之言倒不含侮辱之意，只幫主竟做了丁不三這老魔頭的孫女婿，不由得暗暗擔憂，說道：「丁三爺，敝幫此事緊急，必須請示幫主。我們幫主愛說幾句笑話，那也是常有的。」

石破天聽得貝海石語意甚爲焦急，想起自己當日在摩天崖上寒熱交困，幸得他救命，此後他又日夜探視，十分關心，此刻實不能任他憂急，置之不理，當即走到窗前，推開窗子，大聲叫道：「貝先生，我在這裏，你們是不是找我？」

貝海石大喜，道：「正是。屬下有緊急事務稟告幫主。」石破天道：「我是狗雜種，可不是你們的甚麼幫主。你要找我，是找著了。要找你們幫主，卻沒找著。」貝海石臉上閃過一縷尷尬的神色，道：「幫主又說笑話了。幫主請移駕出來，咱們借一步說話。」石破天道：「你要我出來？」貝海石道：「正是！」

丁璫走到石破天身後，拉住他衣袖，低聲說道：「天哥，別出去。」石破天道：「我跟他說個明白，立刻就回來。」從窗子中毛手毛腳的爬了出去。

只見院子中西邊牆上站著貝海石，他身後屋瓦上一列站著八人，東邊一株栗子樹的樹幹上坐著一人，卻是丁不三，樹幹一起一伏，緩緩的抖動。

丁不三道：「貝大夫，你有話要跟我孫女婿說，我在旁聽聽成不成？」貝海石沉吟道：「這個……」心想：「你是武林中的前輩高人，豈不明白江湖上的規矩？我夤夜來見幫主，說的自是本幫機密，外人怎可與聞？早就聽說此人行事亂七八糟，果然名不虛傳。」便道：「此事在下不便擅專，幫主在此，一切自當由幫主裁定。」

丁不三道：「很好，很好，你把事情推到我孫女婿頭上。喂，狗雜種，貝大夫有話跟你說，我想在旁聽聽，使得嗎？」石破天道：「爺爺要聽，打甚麼緊？」丁不三哈哈大笑，道：「乖孫子，孝順孫兒。貝大夫，有話便請快說，春宵一刻值千金，我孫女兒洞房花燭，你這老兒在這裏囉唆不停，豈不大煞風景？」

貝海石沒料到石破天竟會如此回答，一言既出，勢難挽回，心下老大不快，說道：「幫主，總舵有雪山派的客人來訪。」

石破天還沒答話，丁不三已插口道：「雪山派沒甚麼了不起。」

石破天道：「雪山派？是花萬紫花姑娘他們這批人麼？」

武林中門派千百，石破天所知者只一個雪山派，雪山派中門人千百，他所熟識的又只花萬紫一人，因此衝口而出便提她的名字。

隨貝海石而來的八名長樂幫好手不約而同的臉現微笑，均想：「咱們幫主當眞風流好色，今晚在這裏娶新媳婦，卻還是念念不忘的記著雪山派中的美貌姑娘。」

貝海石道：「有花萬紫花姑娘在內，另外卻還有好幾個人。領頭的是『氣寒西北』白萬劍。此外還有八九個他的師弟，看來都是雪山派中的好手。」

丁不三插口道：「白萬劍有甚麼了不起！就算白自在這老匹夫自己親來，卻又怎地？貝大夫，老夫聽說你的『五行六合掌』功夫著實不壞，武林中大大有名，爲甚麼一見白萬劍這小子到來，便慌慌張張、大驚小怪起來？」

貝海石聽他稱讚自己的「五行六合掌」，心下不禁得意：「這老魔頭向來十分自負，居然還將我的五行六合掌放在心上。」微微一笑，說道：「在下這點兒微末武功，何足掛齒？我們長樂幫雖是小小幫會，卻也不懼武林中那一門、那一派的欺壓。只是我們和雪山派素無糾葛，『氣寒西北』卻聲勢洶洶的找上門來，要立時會見幫主，請他等到明天，卻也萬萬等不得，這中間多半有甚麼誤會，因此我們要向幫主討個主意。」

石破天道：「昨天花姑娘闖進總舵來，給陳香主擒住了，今天早晨已放了她出去。他們雪山派爲這件事生氣了？」貝海石道：「這件事或者也有點干係。但屬下已問過了陳香主，他說幫主始終待花姑娘客客氣氣，連頭髮也沒碰到她一根，也沒追究她擅闖總舵之罪，臨別之時還要請她吃燕窩，送銀子，實在是給足雪山派面子了。但瞧『氣寒西北』的神色，只怕中間另有別情。」

石破天道：「你要我怎麼樣？」貝海石道：「全憑幫主號令。幫主說『文對』，我們回去好言相對，給他們個軟釘子碰碰；若說『武對』，就打他們個來得去不得，誰教他們肆無忌憚的到長樂幫來撒野。要不然，幫主親自去瞧瞧，隨機應變，那就更好。」

石破天和丁璫同處一室，雖然歡喜，卻也是惶恐之極，心下惴惴不安，不知洞房花燭之後，下一步將是如何，暗思自己不是她的眞「天哥」，這場「拜天地成親」，到頭來終不免拆穿西洋鏡，弄得尷尬萬分，幸好貝海石到來，正好乘機脫身，便道：「既是如此，我便回去瞧瞧。他們如有甚麼誤會，我老老實實跟他們說個明白便了。」回頭說道：「爺爺，叮叮噹噹，我要去了。」

丁不三搔了搔頭皮，道：「這個不大妙。雪山派的小子們來攪局，我去打發好了，反正我殺過他們兩個弟子，和白老兒早結了怨，再殺幾個，這筆帳還是一樣算。」

丁不三殺了孫萬年、褚萬春二人之事，雪山派引爲奇恥大辱，秘而不宣；石清、閔柔夫婦得知後也從沒對人說起，因此江湖上全無知聞。貝海石一聽之下，心想：「雪山派勢力甚盛，不但本門師徒武功高強，且與中原各門派素有交情，我們犯不著無緣無故的樹此強敵。長樂幫自己的大麻煩事轉眼就到，實不宜另生枝節。」當即說道：「幫主要親自去會會雪山派人物，那再好也沒有了。丁三爺，敝幫的小事，不敢勞動你老人家的大駕。我們了結此事之後，再來拜訪如何？」他絕口不提「喝喜酒」三字，只盼石破天回總舵之後，勸得他打消與丁家結親之意。

丁不三怒道：「胡說八道，我說過要去，那便一定要去。我老人家的大駕，是非勞動不可的。長樂幫這件事，丁老三是管定了。」

丁璫在房內聽著各人說話，猜想雪山派所以大興問罪之師，定是自己這個風流夫婿見花萬紫生得美貌，輕薄於她，十之八九還對她橫施強暴，至於陳香主說甚麼「連頭髮也沒碰到她一根」，多半是在爲幫主掩飾，否則送銀子也還罷了，怎地要請人家姑娘吃燕窩補身？又想今宵洞房花燭，他居然要趕去跟花萬紫相會，將自己棄之不顧，這口氣如何噍得下去？又聽爺爺和貝海石門口，漸漸說僵，當即縱身躍入院子，說道：「爺爺，石郎幫中有事，要回總舵，咱們可不能以兒女之私，誤他正事。這樣罷，咱祖孫二人便跟隨石郎而去，瞧瞧雪山派中到底有甚麼了不起的人物。」

石破天雖要避開洞房中的尷尬，卻也不願和丁璫分離，聽她這麼說，登時大喜，笑道：「好極，好極！叮叮噹噹，你和我一起去，爺爺也去。」

他既這麼說，貝海石等自不便再生異議。各人來到河畔，坐上長樂幫駛來的大船，回歸總舵。

貝海石在船上低聲對石破天道：「幫主，你勸勸丁三爺，千萬不可出手殺傷雪山派的來人，多結冤家，殊是無謂。」石破天點頭道：「是啊，好端端地怎可隨便殺人，那不是成了壞人麼？」

一行來到長樂幫總舵。丁璫說道：「天哥，我到你房中去換一套男子衣衫，這才跟你一起，去見見那位花容月貌的花姑娘。」石破天大感興趣，問道：「那爲甚麼？」丁璫笑道：「我不讓她知道我是你的娘子，說起話來方便些。」石破天聽到她說「我是你的娘子」這六個字時，臉上神情又嬌羞，又得意，不由得胸口爲之一熱，道：「很好，我同你換衣服去。」

丁不三道：「我也去裝扮裝扮，我扮作貴幫的一個小頭目可好？」貝海石本不願讓雪山派中人知道丁不三與本幫混在一起，聽他說願意化裝，正合心意，卻不動聲色，說道：「丁三爺愛怎樣著，可請自便。」

丁不三祖孫二人隨著石破天來到他臥室之中。推門進去時侍劍兀自睡著，她聽到門響，「啊」的一聲，從床上跳起，見到丁不三祖孫，大爲驚訝。石破天一時難以跟她說明，只道：「侍劍姊姊，這兩位要裝扮裝扮，你……幫幫他們罷。」深恐侍劍問東問西，這拜天地之事可不便啓齒，說了這句話，便走進房外的花廳。

過得一頓飯時分，陳沖之來到廳外，朗聲道：「啓稟幫主，衆兄弟已在虎猛堂中伺候幫主大駕。」

便在此時，丁璫掀開門帷，走了出來，笑道：「好啦，咱們去罷。」石破天眼前突然多了一個粉裝玉琢般的少年男子，不由得一怔，只見丁璫穿了一襲青衫，頭帶書生巾，手中拿著一柄摺扇。石破天雖不知甚麼叫做「風流儒雅」，卻也覺得她這般打扮，較之適才的新娘子服飾另有一番嫵媚。丁不三卻穿了一套粗布短衣，臉上搽滿了淡墨，足下一雙麻鞋，左肩高，右肩低，走路一跛一拐，神情十分猥葸。石破天乍看之下，幾乎認不出來，隔了半晌，這才哈哈大笑，說道：「爺爺，你樣子可全變啦。」

陳沖之低聲道：「幫主，要不要攜帶兵刃？」石破天睜大了眼睛問道：「帶甚麼兵刃，爲甚麼要帶兵刃？」陳沖之只道他問的是反話，忙道：「是！是！」當下當先引路，四個人來到虎猛堂中。

陳沖之推門進去，堂中數十人倏地站起，齊聲說道：「參見幫主！」石破天萬沒料到廳門開處，廳堂竟如此宏大，堂中又有這許多人等著，不由得嚇了一跳，見各人躬身行禮，既不知如何答禮，又不知說甚麼好，登時呆在門口，不由得手足無措。但見四周几桌上點著明晃晃的巨燭，數十名高高矮矮的漢子分兩旁站立，居中空著一張虎皮交椅。大廳中這一股威嚴之氣，登時將他這個從未見過世面的鄉下少年懾住了，連大氣也不敢喘一口，雙眼望著貝海石求援，只盼他指示如何應對。

貝海石搶到門邊，扶著石破天的手臂，低聲道：「幫主，咱們先坐定了，才請雪山派的朋友們進來。」石破天自是一切都聽由他的擺布，在貝海石扶持下走到虎皮交椅前。貝海石低聲道：「請坐！」

石破天茫然道：「我……坐在這裏？」心裏說不出的害怕，眼光不由自主的向丁璫望去，最好丁璫能拉著他手逃出大廳，逃得遠遠地，到甚麼深山野嶺之中，再也別回到這地方來。丁璫卻向他微微一笑。石破天從她眼色中感到一陣親切之意，似乎聽她在說：「天哥，不用怕，我便在你身邊，若有甚麼難事，我總幫你。」他登時精神一振，心下又感激，又安慰，便在居中那張虎皮大椅上坐了下去。

石破天坐下後，丁不三和丁璫站在虎皮交椅之後，堂上數十條漢子一一按座次就座。貝海石道：「衆家兄弟，幫主這些日子中病得甚爲沉重，幸得吉人天相，已大好了，只精神尚未全然復元。本來幫主還應安安靜靜的休養多日，方能親理幫務，不料雪山派的朋友們卻非見幫主不可，倒似乎幫主已然一病不起了似的。嘿嘿，幫主內功深湛，小小病魔豈能奈何得了他？幫主，咱們便請雪山派的朋友們進來如何？」

石破天「嗯」了一聲，也不知該說「好」還是「不好」。

貝海石道：「安排座位！西邊的兄弟們都坐到東邊來。」衆人當即移動座位，坐到了東首。在堂下侍候的幫衆上來，在西首擺開一排九張椅子。

貝海石道：「米香主，請客人來會幫主。」米橫野應道：「是。」轉身出去。

過不多時，聽得廳堂外腳步聲響。四名幫衆打開大門。米橫野側身在旁，朗聲道：「啓稟幫主，雪山派衆位朋友到來！」

貝海石低聲道：「咱們出去迎接！」輕輕扯了扯石破天的衣袖。石破天道：「是麼？」遲遲疑疑的站起身來，跟著貝海石走向廳口。

雪山派九人走進廳來，都穿著白色長衫，當先一人身材甚高，四十二三歲年紀，一臉英悍之色，走到離石破天丈許之地，突然站住，雙目向他射來，眼中精光大盛，似乎要直看到他心中一般。石破天向他傻傻一笑，算是招呼。

貝海石道：「啓稟幫主，這位是威震四陲、劍法無雙，武林中大大有名的『氣寒西北』白萬劍白大爺。」

石破天點點頭，又傻裏傻氣的一笑，他只認得跟在白萬劍身後最末一個的花萬紫，笑道：「花姑娘，你又來了。」

此言一出，雪山派九人登時盡皆變色。花萬紫更是尷尬，哼的一聲，轉過了頭去。

白萬劍是雪山派掌門人威德先生白自在的長子，他們師兄弟均以「萬」字排行，他名字居然叫到白萬劍，足見劍法固然高出儕輩，而白自在對兒子的武功也確著實得意，才以此命名。他與「風火神龍」封萬里合稱「雪山雙傑」，在武林中當眞是好大的威名，這次若不是他親來，貝海石也決不會夤夜趕到丁不三家中去將石破天請來。白萬劍在外邊客廳中候石破天延見，足足等了兩個時辰，心頭已老大一股怒火，一碗茶沖了喝，喝了沖，已喝得與白水無異，早沒半點茶味，好容易進得虎猛堂來，那幫主還是大模大樣的居中坐在椅上，貝海石報了自己的名字向他引見，他連「久仰大名」之類的客氣話半句不說，一開口便向花師妹招呼，如何不令白萬劍氣破了胸膛！

他登時便想：「瞧模樣八成便是那小子，這幾天四下打聽，江湖上都說長樂幫石幫主貪淫好色，自然便是他了。這小子不將我放在眼裏，卻色迷迷的向花師妹獻殷勤，大庭廣衆之間已是如此，花師妹陷身於此之時，自然更加大大不堪了。」總算他是大有身分之人，不願立即發作，斜眼冷冷的向石破天側視，口中不語，臉上神色顯得大爲不屑。

石破天又問：「花姑娘，你大腿上的劍傷好些了嗎？還痛不痛？」這一問之下，花萬紫登時滿臉通紅，其餘八名雪山派弟子一齊按住劍柄。

貝海石忙道：「衆位朋友遠來，請坐，請坐。敝幫幫主近日身體不適，本來不宜會客，只衝著衆位的面子，這才抱病相見，有勞各位久候，當眞抱歉之至。」

白萬劍哼的一聲，大踏步走上去，在西首第一張椅坐下，耿萬鍾坐第二位，以下是王萬仞、柯萬鈞等幾人，花萬紫坐在末位。

長樂幫中有幾人嘻皮笑臉，甚是得意，心下想的是：「幫主一出口便討了你們的便宜，關心你師妹的大腿，嘿嘿，你『氣寒西北』還不是無可奈何？」

貝海石陪了石破天回歸原位，僕役奉上茶來。貝海石拱手道：「敝幫上下久仰雪山派威德先生、雪山雙傑、以及衆位朋友的威名，只是敝幫僻處江南，無由親近。今日承白師傅和衆家朋友枉顧，敝幫上下有緣會見西北雪山英雄，實是三生之幸。」

白萬劍拱手還禮，道：「貝大夫著手成春，五行六合掌天下無雙，在下一直仰慕得緊。貴幫眾位朋友英才濟濟，在下雖不相識，卻也早聞大名。」他將貝海石和長樂幫眾都捧了幾句，卻絕口不提石破天。

貝海石詐作不知，謙道：「豈敢，豈敢！不知各位到鎮江已有幾日了？金山焦山去玩過了嗎？改日讓敝幫幫主作個小東，陪各位到市上酒家小酌一番，再瞧瞧我們鎮江小地方的風景。」他隨口敷衍，總是不問雪山派羣弟子的來意。

終於還是白萬劍先忍耐不住，朗聲說道：「江湖上多道貴幫石幫主武功了得，卻不知石幫主是那一門那一派的武功？」

長樂幫上下盡皆心中一凜，均想：「幫主於自己的武功門派從來不說，偶爾有人於奉承之餘將話頭帶過去，他也總微笑不答。貝先生說他是前司徒幫主的師姪，但武功卻全然不像。不知他此時是否肯說？」

石破天囁嚅道：「這……這個……你問我武功麼？我……我是一點兒也不會。」

白萬劍聽他這麼說，心中先前存著三分懷疑也即消了，嘿嘿一聲冷笑，說道：「長樂幫英賢無數，石幫主倘若當眞不會武功，又如何作得羣雄之主？這句話只好去騙騙小孩子了。想來石幫主羞於稱述自己的師承來歷，卻不知是何緣故？」

石破天道：「你說我騙小孩子？誰是小孩子？叮叮噹噹，她……她不是小孩子，我也沒騙她，我早跟她說過，我不是她的天哥。」他雖和白萬劍對答，鼻中聞著身後丁璫的衣香，一顆心卻全懸在她身上。

白萬劍渾不知他說些甚麼叮叮噹噹，只道他心中有鬼，故意東拉西扯，本來陰沉的臉色更加板了起來，沉聲道：「石幫主，咱們打開天窗說亮話，閣下在凌霄城中所學的武功，只怕還沒盡數忘得乾乾淨淨罷？」

此言一出，長樂幫幫眾無不聳然動容。衆人皆知西域「凌霄城」乃雪山派師徒聚居之所，白萬劍如此說，難道幫主曾在雪山派門下學過武功？這夥人如此聲勢洶洶的來到，莫非與他們門戶之事有關？

石破天茫然道：「凌霄城？那是甚麼地方？我從來沒學過甚麼武功。如果學過，那也不會忘得乾乾淨淨罷？」

這幾句話連長樂幫羣豪聽來也覺大不對頭。「凌霄城」之名，凡是武林中人，可說無人不知，他身為長樂幫幫主，居然詐作未之前聞，又說從未學過武功，如此當面撒謊，不免有損他身分體面，又有人料想，幫主這麼說，必定另有深意。

在白萬劍等人聽來，這幾句話更是大大的侮辱，顯是將雪山派絲毫沒放在眼裏，把「凌霄城」三字輕輕的一筆勾銷。王萬仞忍不住大聲道：「石幫主這般說，未免太過目中無人。在石幫主眼中，雪山派門下弟子是個個一錢不值了。」

石破天見他滿臉怒容，料來定是自己說錯了話，忙道：「不是，不是的。我怎會說雪山派個個一錢不值。好像……好像……好像……」他在摩天崖居住之時，一年有數次隨著謝煙客到小市鎮上買米買鹽，知道越值錢的東西越好，這時只想說幾句討好雪山派的話，以平息王萬仞的怒氣，但連說了三個「好像」，卻舉不出適當的例子。這幾人中，耿萬鍾、柯萬鈞、王萬仞等幾個他在侯監集上曾經見過，但不知他們的名字，只花萬紫一人比較熟悉，窘迫之下，便道：「好像花萬紫花姑娘，就值錢得很，值得很多很多銀子……」

呼的一聲，雪山派九人一齊起立，跟著眼前青光亂閃，八柄長劍出鞘，除白萬劍一人之外，其餘八人各挺長劍，站成一個半圓，圍在石破天身前。王萬仞戟指罵道：「姓石的，你口出污言穢語，當眞欺人太甚。我們雪山弟子雖身在龍潭虎穴之中，也不能輕易嚥下這口惡氣！」

石破天見這九人怒氣沖天，半點摸不著頭腦，心想：「我說的明明是好話，怎麼你們又生氣了？」回頭向丁璫道：「叮叮噹噹，我說錯了話嗎？」丁璫聽得夫婿當衆羞辱花萬紫，知他全沒將這美貌姑娘放在心上，自是喜慰之極，聽他問及，當即抿嘴笑道：「我不知道。或許花姑娘不值很多很多銀子，也未可知。」石破天點了點頭，道：「就算花姑娘不值甚麼銀子，便宜得很，大家買得起，那也不用生氣啊！」

長樂幫羣豪轟然大笑，均想幫主既這麼說，那是打定主意跟雪山派大戰一場了。有人便道：「貴了我買不起，倘若便宜，嘿嘿，咱們倒可湊合湊合……」

青光一閃，跟著叮的一聲，卻原來王萬仞狂怒之下，挺劍便向石破天胸口刺去。白萬劍隨手抽出腰間長劍，輕輕擋開。王萬仞手腕酸麻，長劍險些脫手，這一劍便遞不出去。

白萬劍喝道：「此人跟咱們仇深似海，豈能一劍了結？」唰的一聲，還劍入鞘，沉聲道：「石幫主，你到底認不認得我？」

石破天點點頭，說道：「我認得你，你是雪山派的『氣寒西北』白萬劍白師傅。」白萬劍道：「很好，你自己做過的事，認也不認？」石破天道：「我做過的事，當然認啊。」白萬劍道：「嗯，那麼我來問你，你在凌霄城之時，叫甚麼名字？」

石破天搔了搔頭，道：「我在凌霄城？甚麼時候我去過了？啊，是了，那年我下山來尋媽媽和阿黃，走過許多城市小鎮，我也不知是甚麼名字，其中多半有一個叫做凌霄城了。」

白萬劍寒著臉，仍一字一字的慢慢說道：「你別東拉西扯的裝蒜！你的眞名字，並不叫石破天！」

石破天微微一笑，說道：「對啦，對啦，我本來就不是石破天，大家都認錯了我，畢竟白師傅了不起，知道我不是石破天。」

白萬劍道：「你本來的眞姓名叫做甚麼？說出來給大夥兒聽聽。」

王萬仞怒喝：「他叫做甚麼？他叫——狗雜種！」

這一下輪到長樂幫羣豪站起身來，紛紛喝罵，十餘人抽出了兵刃。王萬仞已將性命豁出去了，心想我就是要罵你這狗雜種，縱然亂刀分屍，王某也不能皺一皺眉頭。

那知石破天哈哈大笑，拍手道：「是啊，對啦！我本來就叫狗雜種。你怎知道？」

此言一出，衆人愕然相顧，除貝海石、丁不三、丁璫等少數幾人聽他說過「狗雜種」的名字，餘人都驚疑不定。白萬劍卻想：「這小子果然大奸大猾，實有過人之長，連如此辱罵也能坦然而受，並不動怒，城府深沉，委實了得！對他可要千萬小心，半點輕忽不得。」

王萬仞仰天大笑，說道：「哈哈，原來你果然是狗雜種，哈哈，可笑啊，可笑！」石破天道：「我叫做狗雜種有甚麼可笑？這名字雖然不好，但當年你媽媽要是叫你做狗雜種，你便也是狗雜種了。」王萬仞怒喝：「胡說八道！」長劍挺起，使一招「飛沙走石」，內勁直貫劍尖，寒光點點，直向石破天胸口刺去。

白萬劍有心要瞧瞧石破天這幾年來到底學到了甚麼奇異武功，居然年紀輕輕，便身爲一幫之主，令得羣豪貼服，這一次便不再阻擋，口中說道：「王師弟不可動粗。」身子離椅，作個阻攔之勢，卻任由王萬仞從身旁掠過，連人帶劍，直向石破天撲去。

石破天雖練成了上乘內功，但動手過招的臨敵功夫卻半點也沒學過，眼見對方劍勢來得淩厲之極，既不知如何閃避，亦不知怎生招架才好，手忙腳亂之間，自然而然的伸手向外推出。他身穿長袍，兩隻長袖向長劍上揮了出去。只聽得喀喇一響，呼的一聲，王萬仞突然向後直飛出去，砰的一聲，重重撞上了大門。

雪山派九人進入虎猛堂後，長樂幫幫衆便將大門在外用木柱撐住了，以便一言不合，動起手來，便是個甕中捉鼈之勢。這虎猛堂的大門乃堅固之極的梨木所製，鑲以鐵片，嵌以銅釘。王萬仞背脊猛力撞在門上，跟著噗噗兩響，兩截斷劍插入了自己肩頭。原來石破天雙袖這一揮之勢，竟將他手中長劍震爲兩截。王萬仞爲他內力的勁風所逼，氣也喘不過來，全身勁力盡失，雙臂順著來勢揮出，兩截斷劍竟反刺入身。他軟軟的坐倒在地，已動彈不得，肩頭傷口中鮮血汩汩流出，霎時之間，白袍的衣襟上一片殷紅。柯萬鈞和花萬紫急忙搶過，一個探他鼻息，一個把他腕脈，幸好石破天內力雖強，卻不會運使，王萬仞只受外傷，性命無礙。

這麼一來，雪山派羣弟子固然又驚又怒，長樂幫羣豪也是欣悅中帶著極大詫異。羣豪曾見幫主施展過武功，實不怎麼了得，所以擁他爲主，只爲了他鋭身赴難，甘願犧牲一己而救全幫上下性命，再加貝海石全力扶持，衆人畏懼石幫主，其實大半還是由於怕了貝海石之故，萬料不到石幫主內力竟如此強勁。只貝海石暗暗點頭，心中憂喜參半。

白萬劍冷笑道：「石幫主，咱們武林中人，講究輩份大小。犯上作亂，人人得而誅之。常言道得好：一日爲師，終身爲父。你既曾在我雪山派門下學藝，我這個王師弟好歹也是你的師叔，你向他下此毒手，到底是何道理？天下抬不過一個『理』字，你武功再強，難道能將普天下尊卑之分、師門之義，一手便都抹煞了麼？」

石破天茫然道：「你說甚麼，我一句也不懂。我幾時在你雪山派門下學過武藝了？」

白萬劍道：「到得此刻，你仍然不認。你自稱狗雜種，嘿嘿，你自甘下流，那沒甚麼好說，可是你父母是江湖上大大有名的俠義英雄，你也不怕辱沒了父母的英名。你不認師父，難道連父母也不認了？」

石破天大喜，道：「你認識我爹爹媽媽？那眞再好也沒有了。白師傅，請你告訴我，我媽媽在那裏？我爹爹是誰？」說著站起身來深深一揖，臉上神色異常誠懇。

白萬劍登時愕然，不知他如此裝假，卻又是甚麼用意，轉念又想：「此人大奸大惡，實不可以常理度之。他爲了遮掩自己身分，居然父母也不認了。他既肯自認狗雜種，自然連祖宗父母也早不放在心上了。」霎時間心下感慨萬分，一聲長嘆，說道：「如此美質良材，偏偏不肯學好，當眞可恨可嘆。」

石破天吃了一驚，道：「白師傅，你說可恨可嘆，我爹爹媽媽怎麼了？」說時關懷之情見於顏色。

白萬劍見他眞情流露，卻決非作僞，便道：「你既對你爹娘尙有懸念之心，還不算是喪盡了天良。你爹娘劍法通神，英雄了得，夫妻倆攜手行走江湖，又會有甚麼凶險？」

長樂幫羣豪相顧茫然，均想：「幫主的身世來歷，我們一無所知，原來他父母親是江湖上的有名人物。說甚麼『劍法通神，英雄了得』。武林中當得起白萬劍這八個字考語的夫妻可沒幾對啊，那是誰了？」貝海石登時便想：「難道他竟是玄素莊黑白雙劍的兒子？這……這可有些麻煩了。」

這時王萬仞在柯萬鈞和花萬紫兩人扶掖之下，緩過了氣來，長長呻吟了一聲。石破天見他叫聲中充滿痛楚，甚是關懷，問道：「這位大哥爲何突然向後飛了出去？好像是撞傷了？貝先生，你說他傷勢重不重？」

這幾句詢問在旁人聽來，無不認爲他是有意譏刺，長樂幫中羣豪倒有半數哈哈大笑。有的說道：「此人傷勢說重不重，說輕恐怕也不輕。」有的道：「雪山派的高手聲勢洶洶，半夜三更前來生事，我道眞有甚麼驚人藝業，嘿嘿，果然驚人之至，名不虛傳。」

白萬劍只作充耳不聞，朗聲說道：「石幫主，我們今日造訪，爲的是你一人的私事，和別的朋友均沒干係。雪山派弟子不願跟人作無聊的口舌之爭。石中玉，我只問你一句話，你到底認是不認？」石破天奇道：「石中玉？誰是石中玉，你要我認甚麼？」

白萬劍道：「你師父風火神龍爲了你的卑鄙惡行，以致斷去了一臂，封師哥待你恩重如山，你心中可有絲毫內愧？」這幾句說得甚是誠懇，只盼他天良發現，終於生出悔罪之心。

石破天對所聽到的言語卻句句不懂，又問：「風火神龍封師兄，他是誰？怎麼為了我的卑鄙惡行而斷去一臂？我……做了甚麼卑鄙惡行？」

白萬劍聽他始終不認，顯是要逼著自己當眾吐露愛女受辱、跳崖自盡的慘事，只氣得目眥欲裂，唰的一聲，拔劍出鞘，白光閃動，手腕一抖，劍光疾刺廳柱，禿的一響，長劍又還入了劍鞘，指著柱上的劍痕，朗聲說道：「列位朋友，我雪山派劍法低微，不值方家一笑。但本派自創派祖師傳下來的劍法，倘若僥倖刺傷對手，往往留下雪花六出之形。本派的派名，便是由此而來。」

眾人齊向柱子上望去，只見朱漆的柱上共有六點劍痕，布成六角，每一點都是雪花六出之形，甚是整齊。適才見他拔劍還劍，只一瞬間之事，那知他便在這一刹那中已在柱上連刺六劍，每一劍都憑手腕顫動，幻成雪花六出，手法之快實無與倫比。眾人當王萬仞給石破天內勁摔出後，對雪山派已沒怎麼放在眼裏，但白萬劍這一手劍法精妙，武林中罕見罕聞，有的不由得肅然起敬，有的更大聲叫好。

白萬劍抱拳道：「列位朋友之中，兵刃上勝過白某的，不知道有多少。白某豈敢班門弄斧，到貴幫總舵來妄自撒野？只有件事要請列位朋友作個見證。七年之前，敝派有個不成器的弟子，名叫石中玉，膽大妄為，和在下的廖師叔動手較量。我廖師叔為了教訓於他，曾在他左腿上刺了六劍，每一劍都成雪花六出之形。本派劍法雖平庸無奇，但普天之下，並沒第二派劍法能留下這等傷痕的。」說到這裏，轉頭瞪視石破天，森然道：「石中玉，你欺瞞衆人，不敢自暴身分，那麼你將褲管捋起來，給列位朋友瞧瞧，到底你大腿上是否有這般的傷痕？是眞是假，一見便知。」

石破天奇道：「你叫我捋起褲管來給大家瞧瞧？」白萬劍道：「不錯，倘若閣下腿上無此傷痕，那是白某瞎了眼睛，前來貴幫騷擾胡混，自當向幫主磕頭賠罪。但若你腿上當眞有此傷痕，那……那……那便如何？」石破天笑道：「要是我腿上眞有這麼六個劍疤，那可眞奇了，怎麼我自己全不知道？」

白萬劍目不轉睛的凝視著他，見他說得滿懷自信，不由得心下嘀咕：「此人定然是石中玉那小子。雖相隔數年，他長大成人之後相貌變了，神態舉止也頗有不同，但面容一般無異。花師妹潛入此處察看，回來後一口咬定是他，難道咱們大夥兒都走了眼不成？」一時沉吟未答。

陳沖之笑道：「你要看我們幫主腿上傷疤，我們幫主卻要看貴派花姑娘大腿上的傷疤。這裏人多，赤身露體的不便，不如讓他兩位同到內室之中，你瞧瞧我，我瞧瞧你，大家仔仔細細的看上一看！」長樂幫羣豪捧腹大笑，聲震屋瓦。

白萬劍怒極，低聲罵道：「無恥！」身形一轉，已站在廳心，喝道：「石中玉，你作賊心虛，不肯顯示腿傷，那便隨我上凌霄城去了斷罷！」唰的一聲，已拔劍在手。

石破天道：「白師傅又何必生氣？你說我腿上有這般傷痕，我卻說沒有，那麼大家瞧瞧便是，又打甚麼緊了？」說著抬起左腿，左腳踏在虎皮交椅的扶手上，捋起左腳的褲管，露出腿上肌膚。

大廳中登時鴉雀無聲。突然間眾人不約而同「哦」的一聲，驚呼了出來。

只見石破天左腿外側的肌膚之上，果然有六點傷疤，宛然都有六角，雖皮肉上的傷疤不如柱上的劍痕那般清晰，但六角之形，人人卻都看得清清楚楚。這中間最驚訝的卻是石破天自己，他伸手用力一擦那六個傷疤，果然是生在自己腿上，絕非僞造。他揉了揉眼睛，又再細看，腿上這六個傷疤實和柱上劍痕一模一樣。

雪山派九人一十八隻眼睛冷冷的凝望著他。

石破天捋著褲管，額頭汗水一滴滴的流下來，他又摸摸肩頭，喃喃道：「肩頭、腿上都有傷疤，怎麼別人知道，我……我自己都不知道？難道……我把從前的事都忘了？」

他瞧瞧貝海石，貝海石緩緩搖了搖頭。他回頭去望丁璫，丁璫皺著鼻子，向他笑著裝個鬼臉。他又向丁不三瞧去，丁不三右手食中兩指向前一送，示意動武殺人。

石破天笑道：「你們少了一個人，比不成劍，我來跟白師傅聯手，湊個興兒。不過我是不會的，請你們指點。」

七　雪山劍法

陳沖之雙手橫托長劍，送到石破天身前，低聲道：「幫主，不必跟他們多說，以武力決是非。勝的便對，敗的便錯。」他見白萬劍劍法雖精，料想內力定然不如幫主，既證據確鑿，辯他不過，只好用武，就算萬一幫主不敵，長樂幫人多勢衆，也要殺他們個片甲不回。

石破天隨手接過長劍，心中兀自一片迷惘。

白萬劍森然道：「石中玉聽了：白萬劍奉本派掌門人威德先生令諭，今日清理門戶。這是雪山派本門之事，與旁人無涉。若在長樂幫總舵動手不便，咱們到外邊了斷如何？」

石破天迷迷糊糊的道：「了……了甚麼斷？」丁璫在他背上輕輕一推，低聲道：

「跟他打啊，你武功比他強得多，殺了他便是。」石破天道：「我……我不殺他，爲甚麼要殺他？白師傅又不是壞人。」一面說，一面向前跨了兩步。

白萬劍適才見他雙袖一拂，便將王萬仭震得身受重傷，心想這小子離了凌霄城後，不知得逢甚麼奇遇，竟練成了這等深厚內功，旁的武功自也非同小可，那裏敢有絲毫疏忽？長劍抖動，一招「梅雪爭春」，虛中有實，實中有虛，劍尖劍鋒齊用，劍尖是雪點，劍鋒乃梅枝，四面八方的向石破天攻了過來。

霎時之間，石破天眼前一片白光，那裏還分得清劍尖劍鋒？他驚惶之下，又是雙袖向外亂揮，他空有一身渾厚內功，卻絲毫不會運用，適才將王萬仭摔出，不過機緣巧合而已，這時亂揮之下，力分則弱，何況白萬劍的武功又遠非王萬仭之可比。但聽得嗤嗤聲響，他兩隻衣袖已遭白萬劍長劍削落，跟著咽喉間微微一涼，已爲劍尖抵住。

白萬劍情知對方高手如雲，尤其貝海石武功決不在自己之下，站在石破天身後那老者目中神光湛然，也必是個極厲害的人物，身處險地，如何可給對方以喘息餘暇？一招得手，立即搶上兩步，左臂伸出，已將石破天挾在脅下，胳臂使勁，逼住了石破天腰間兩處穴道，喝道：「列位朋友，今日得罪了，日後登門賠禮！」

柯萬鈞等眼見師哥得手，不待吩咐，立時將王萬仭負起，跟著向大門闖去。

陳冲之和米橫野刀劍齊出，喝道：「放下幫主！」刀砍肩頭，劍取下盤，向白萬劍同時攻上。

白萬劍長劍顫動，噹噹兩聲，將刀劍先後格開，雖說是先後，其間相差實只一霎。他覺察到敵刃上所含內力著實不弱，心想：「這兩人武功已如此了得，長樂幫眾好手併力齊上，我等九人非喪生於此不可。」身形晃動，貼牆而立，喝道：「那一個上來，兄弟只得先斃了石中玉，再和各位周旋。」

長樂幫羣豪萬料不到幫主如此武功，竟會一招之間便給他擒住，不由得都沒了主意。丁璫滿臉惶急之色，向丁不三連打手勢，要他出手。丁不三卻笑了笑，心想：「這小子武功極強，在那小船之上，輕描淡寫的便卸了我一掌，豈有輕易爲人所擒之理？他此舉定有用意，我何必強行出頭，反而壞他的事？且暗中瞧瞧熱鬧再說。」丁璫見爺爺笑嘻嘻的漫不在乎，心下略寬，但良人落入敵手，總是躭心。

這時柯萬鈞雙掌抵門，正運內勁向外力推，大門外支撐的木柱給他推得吱吱直響，眼見大門便要給他推開。貝海石斜身而上，說道：「柯朋友不用性急，待小弟叫人開門送客。」花萬紫喝道：「退開了！」揮動長劍，護住柯萬鈞背心。

貝海石伸指便向劍刃上抓去。花萬紫一驚：「難道你這手掌竟然不怕劍鋒？」便這麼稍一遲疑，眼見貝海石的手指已然抓到劍上，不料他手掌和劍鋒相距尚有數寸，驀地裏屈指彈出，嗡的一聲，花萬紫長劍把捏不住，脫手落地。貝海石右手探出，一掌拍在她肩頭。這兩下兔起鶻落，變招之速，實不亞於剛才白萬劍在柱上留下六朵劍花。

丁不三暗暗點頭：「貝大夫五行六合掌武林中得享大名，果然有他的眞實本領。」但見他輕飄飄的東遊西走，這邊彈一指，那邊發一掌，雪山派衆弟子紛紛倒地，每人最多和他拆上三四招，便遭擊倒。

白萬劍大叫：「好功夫，好五行六合掌，姓白的改日定要領教！」突然飛身而起，忽喇喇一聲，衝破屋頂，挾著石破天飛了出去。

貝海石叫道：「何不今日領教？」跟著躍起，從屋頂的破洞中追出。只見寒光耀眼，頭頂似有萬點雪花傾將下來。他身在半空，手中又無兵刃，急切間難以招架，立時使一個千斤墜，硬生生的直墮下來。這一下看似平淡無奇，但在一瞬間將向上急衝之勢轉為下墜，其間只要有毫髮之差，便已中劍受傷，大廳中一衆高手看了，無不打從心底喝出一聲采來。但白萬劍便憑了這一招，已將石破天挾持而去。貝海石足尖在地下急蹬，跟著又穿屋追出。

丁璫大急，也欲縱身從屋頂的破孔中追出。丁不三抓住她手臂，低聲道：「不忙！」只聽得砰砰、啪啪，響聲不絕，屋頂破洞中瓦片泥塊紛紛下墜。橫臥在地的雪山派八弟子中，忽有一個瘦小人形急縱而起，快如狸貓，捷似猿猴，從屋頂破洞中鑽了出去。陳沖之反手揮刀，嗤的一聲，削下了他一片鞋底，便只一寸之差，沒砍下他的腳板來。羣豪都是一楞，沒想到雪山派中除白萬劍外，居然還有這樣一個高手，他遭貝海石擊倒後，竟尚能脫身逃走。米橫野深恐其餘七人又再脫逃，一一補上數指。

這時長樂幫中已有十餘人手提兵刃，從屋頂破洞中竄出，分頭追趕。各人均想：「人家欺上門來，將我們幫主擒了去，若不截回，今後長樂幫在江湖上那裏還有立足之地？雖將敵人也擒住了七名，但就算擒住七十名、七百名，也不能抵償幫主遭擒之辱。」又想：「只須將那姓白的絆住，拆得三招兩式，衆兄弟一擁而上，救得幫主，那自是天大的奇功。」人人奮勇，分頭追趕。

四下裏唿哨大作，長樂幫追出來的人愈來愈衆。

白萬劍一招間竟便將石破天擒住，自己也覺難以相信，穿破屋頂脫出之後，心下暗呼：「慚愧！」耳聽得身後追兵喊聲大作，手中抱著人難以脫身遠走，縱目四望，見西首河上一道拱橋，此時更無餘暇細想，便即撲向橋底，抱著石破天站在橋蹬石上，緊貼橋身。

過不多時，便聽得長樂幫羣豪在小河南岸呼嘯來去，更有七八人踏著石橋，自橋南奔至橋北。白萬劍打定了主意：「若我行跡給敵人發覺，說不得只好先殺了這小子。」只聽得又有一批長樂幫中人沿河畔搜將過來。突然間河畔草叢中忽喇聲響，一人向東疾馳而去。

白萬劍聽著此人腳步聲，知是師弟汪萬翼，心頭一喜。汪萬翼的輕功在雪山派中向稱第一，奔行如飛，他此舉顯是意在引開追兵，好讓自己乘機脫險。果然長樂幫羣豪蜂擁追去。白萬劍心想：「長樂幫中識見高明之士不少，豈能留下空隙，任我從容逸去？」

正遲疑間，只聽得櫓聲夾著水聲，東邊搖來三艘敞篷船，兩艘裝了瓜菜，一艘則裝滿稻草，當是鄉人一早到鎮江城裏來販賣。三艘船首尾相貫，穿過拱橋。白萬劍大喜，待最後一艘柴船經過身畔時，縱身躍起，連著石破天一齊落到稻草堆上。稻草積得高高的，幾欲碰到橋底，二人輕輕落下，船上鄉人全不知覺。白萬劍帶著石破天身子一沉，鑽入了稻草堆中。

柴船駛到柴市，靠岸停泊，搖船的鄉農逕自上茶館喝茶去了。

白萬劍從稻草中探頭出來，見近旁無人，當即挾著石破天躍上岸來，見西首碼頭旁泊著一艘烏篷船，當即踏上船頭，摸出一錠三兩來重的銀子，往船板一拋，說道：「船家，我這朋友生了急病，快送我們上揚州去。這錠銀子是船錢，不用找了。」船家見了這麼大一錠銀子，大喜過望，連聲答應，拔篙開船。烏篷船轉了幾個彎便逕向北航。

白萬劍縮入船艙，他知這一帶長樂幫勢力甚大，稍露風聲，羣豪便會趕來，心下盤算：「我雖僥倖擒得了石中玉這小子，但將七名師弟、師妹都陷在長樂幫中，卻如何搭救他們出險？」心下一喜一憂，生恐石破天裝模作樣，過不到一盞茶時分，便伸指在他身上點上幾處穴道，當烏篷船轉入長江時，石破天身上也已有四五十處穴道讓他點過了。

白萬劍道：「船家，你只管向下流駛去，這裏又是五兩銀子。」船家大喜，說道：「多謝客官厚賞，只是小人的船小，經不起江中風浪，靠著岸駛，勉強還能對付。」白萬劍道：「靠南岸順流而下最好。」

駛出二十餘里，白萬劍望見南岸有座黃牆小廟，當即站在船頭，縱聲呼嘯。廟中隨即傳出呼嘯之聲。白萬劍道：「靠岸。」那船家將船駛到岸旁，插了篙子，待要鋪上跳板，白萬劍早已挾了石破天縱躍而上。

白萬劍剛踏上岸，廟中十餘人已歡呼奔至，原來是雪山派第二批來接應的弟子。眾人見他脇下挾著一個錦衣青年，齊問：「白師哥，這個是……」

白萬劍將石破天重重往地下一摔，憤然道：「眾位師弟，愚兄僥倖得手，終於擒到了這罪魁禍首。大家難道不認得他了？」

眾人向石破天瞧去，依稀便是當年凌霄城中那個跳脫調皮的少年石中玉。

眾人怒極，有的舉腳便踢，有的向他大吐唾沫。一個年長的弟子道：「大家可莫打傷了他。白師哥馬到功成，可喜，可賀。」白萬劍搖了搖頭，道：「雖然擒得這小子，卻失陷了七位師弟、師妹，其實是得不償失。」

眾人說著走進小廟。兩名雪山弟子將石破天挾持著隨後跟進。那是一座破敗的土地廟，既沒和尚，亦無廟祝。雪山派羣弟子圖這小廟地處荒僻，無人打擾，作爲落腳聯絡之處。白萬劍到得廟中，眾師弟擺開飯菜，讓他先吃飽了，然後商議今後行止。雖說是商議，但白萬劍胸中早有成竹，一句句說出來，眾師弟自盡皆遵從。

白萬劍道：「咱們須得儘快將這小子送往凌霄城，去交由掌門人發落。七位師弟、師妹雖然陷敵，諒來長樂幫想到幫主在咱們手中，也不敢難爲他們。張師弟、錢師弟、趙師弟三位是南方人，留在鎭江城中，喬裝改扮了，打探訊息。好在你們沒跟長樂幫朝過相，他們認不出來。」張錢趙三人答應了。白萬劍又道：「汪萬翼汪師弟機靈多智，你們三個和他聯絡上後，全聽他吩咐。可別自以爲入門早過他，擺師兄的架子，壞了大事。」張錢趙三人對這位白師哥甚是敬畏，連聲稱是。

白萬劍道：「咱們在這裏等到天黑，東下到常州申浦再過長江，遠兜圈子回凌霄城去。路程雖遠些，長樂幫卻決計料不到咱們會走這條路。這時候他們一定都已追過江北去了。」他對長樂幫甚爲忌憚，言下也毫不掩飾。

白萬劍在四下察看了一周，眾同門又聚在廟中談論。他嘆了口氣，說道：「咱們這次來到中原，雖然燒了玄素莊，擒得逆徒石中玉，但孫、褚兩位師弟死於非命，耿師弟他們又陷於敵手，實大折本派的銳氣，歸根結底，總是愚兄統率無方。」

眾同門中年紀最長的呼延萬善說道：「白師哥不必自責，其實眞正原因，還是眾兄弟武功沒練得到家。大夥兒一般受師父傳授，可是本門中除白師哥、封師哥兩位之外，都只學了師尊武學的一點兒皮毛，沒學到師門功夫的精義。」他雖年長，因入門較遲，排行仍在白萬劍之後。

另一個胖胖的弟子聞萬夫道：「咱們在凌霄城中自己較量，都自以爲了不起啦，不料到得外面來，才知滿不是這麼一回事。白師哥，咱們要等到天黑才動身，左右無事，請你指點大夥兒幾招。」眾師弟齊聲附和。

白萬劍道：「爹爹傳授眾兄弟的武功，全然一模一樣，不存半分偏私。你們瞧，封師哥練功比我勤勉，他功夫便在我之上。」聞萬夫道：「師父絕無偏私，這是人人知道的，只恨做兄弟的太蠢，領會不到其中訣竅。」白萬劍道：「此去凌霄城，途中未必太平無事，多學一招劍法，咱們的力量便增了一分。呼延師弟、聞師弟，你們兩個便過過招。趙師弟、錢師弟，你們到外邊守望，見到有甚動靜，立即傳聲通報。」趙錢二人心想白師哥要點撥師弟們劍法，自己偏偏無此眼福，心中老大不願，卻又不敢違抗師哥命令，只得快快出外。

呼延萬善和聞萬夫打起精神，各提長劍，相向而立。聞萬夫站在下首，叫道：「呼延師哥請！」呼延萬善倒轉劍柄，向白萬劍一拱手，道：「請白師哥點撥。」白萬劍點了點頭。呼延萬善劍尖倏地翻上，斜刺聞萬夫左肩，正是雪山派劍法中的一招「老枝橫斜」。

凌霄城內外遍植梅花，當年創制這套劍法的雪山派祖師又生性愛梅，是以劍法中夾雜了不少梅花、梅蕚、梅枝、梅幹的形態，古樸飄逸，兼而有之。梅樹枝幹以枯殘醜拙爲貴，梅花梅蕚以繁密濃聚爲尙，因而呼延萬善和聞萬夫兩人長劍一交上手，有時招式古樸，有時劍點密集，劍法一轉，便見雪花飛舞之姿，朔風呼號之勢，出招迅捷，宛若梅樹在風中搖曳不定，而塞外大漠飛沙、駝馬奔馳的意態，在兩人的身形中亦偶爾一現。

石破天這時給點了穴道，拋在一旁，誰也不來理會。他百無聊賴之際，便觀看呼延萬善和聞萬夫二人拆解劍法。他內功已頗精湛，拳術劍法卻一竅不通，眼看兩人你一劍來、我一劍去，攻守進退，甚爲巧妙，於其中理路自全無所知，只覺兩人鬥得緊湊，倒也看得津津有味。

又看一會，覺兩人兩柄長劍刺來刺去，宛如兒戲，明明只須再向前送，便可刺中了對手，總是力道已盡，倏然而止，功虧一簣。他想：「他們師兄弟練劍，又不是當眞要殺死對方，自然不會使盡了。」

忽聽得白萬劍喝道：「且住！」緩步走到殿中，接過呼延萬善手中長劍，比劃了一個姿式，說道：「這一招只須再向前遞得兩寸，便已勝了。」石破天心道：「是啊！白師傅說得很對，這一劍只須再前刺兩寸，便已勝了。那位呼延師傅何以故意不刺？」呼延萬善點頭道：「白師哥指教得是，只小弟這一招『風沙莽莽』使到這裏，內力已盡，再也沒法刺前半寸。」

白萬劍微微一笑，說道：「內力修爲，原非一朝一夕之功。但內力不足，可用劍法上的變化補救。本派的內功秘訣，老實說未必有特別的過人之處，比之少林、武當、峨嵋、崑崙諸派，雖說各有所長，畢竟雪山一派創派的年月尚短，可能還不足以與已有數百年積累的諸大派相較。但本派劍法之奇，實說得上海內無雙。諸位師弟在臨敵之際，便須以我之長，攻敵之短，不可與人比拚內力，力求以劍招之變化精微取勝。」

衆師弟一齊點頭，心想：「白師哥這番話，果然是說中了我們劍法中最要緊的所在。」

凌霄城城主、雪山派掌門人威德先生白自在少年時得遇機緣，在雪山中碰巧殺了一條大蟒異蛇，食了蛇膽蛇血，內力斗然間大進，抵得常人五六十年修練之功。他雪山派的內功法門本來平平無奇，白自在的內力卻在少林、武當的高手之上。然而這等蛇膽蛇血，終究是可遇而不可求之物，他自己內力雖強，門下諸弟子卻在這一關上大大欠缺了。威德先生要強好勝，從來不向弟子們說起本門的短處。雪山派在凌霄城中閉門爲王，眾弟子也就以為本派內功外功都當世無敵。直至此番來到中原，連續失利，白萬劍坦然直告，眾人這才恍然大悟。

當下白萬劍將劍法中的精妙變化，一招一式的再向各人指點。呼延萬善與聞萬夫拆招之後，換上兩名師弟。兩人比過後，白萬劍命呼延萬善、聞萬夫在外守望，替回趙錢二人。眾人經過了一番大閱歷，深切體會到只須有一招劍法使得不到家，立時便是生死之分，無不凝神注目，再不像在凌霄城時那樣單為練劍而用功了。

各人每次拆招，所使劍法都大同小異。石破天人本聰明，再聽白萬劍不斷點撥，當第七對弟子拆招時，那一路七十二招雪山劍法，石破天已大致明白。雖然招法的名稱雅致，他既不明其意，便無法記得，而劍法中的精妙變化也未領悟，但對方劍招之來，如何拆架，如何反擊，依據白萬劍所教，他心中所想像的已頗合雪山派劍法要旨。

眾人全神貫注的學劍，學者忘倦，觀者忘飢，待得一十八名雪山弟子盡數試完，九對弟子已將這路劍法反來覆去的試演了九遍，石破天也已記得了十之六七。

忽然嗆啷一響，白萬劍擲下長劍，一聲長嘆。眾師弟面面相覷，不知他此舉是何含意。只見他眼光轉向躺在地下的石破天，黯然道：「這小子入我門來，短短兩三年內，便領悟到本派武功精要之所在，比之學了十年、二十年的許多師伯、師叔，招式之純自然不如，機變卻大有過之。本派劍法原以輕靈變化為尚，有此門徒，封師哥固然甚為得意，掌門人對他也青眼有加，期許他光大本派。唉……唉……唉……」連嘆三聲，惋惜之情見於顏色。

「氣寒西北」白萬劍武功固高，識見亦超人一等，今日指點十八名師弟練了半天劍，均覺這些師弟為資質所限，便再勤學苦練，也已難期大成，想到本派後繼無人，甚覺遺憾。適才一瞥眼間，見石中玉目光所注，確是劍招該指之處，但拆招的師弟卻出劍錯了，顯然不及石中玉的機變明悟，心想石中玉本是個千中之選的佳弟子，偏偏不肯學好。他此刻沉浸於劍法變幻之中，一時忘了師門之恨，家門之辱，不由得大為痛心。

石破天見他瞧向自己的目光中含著極深厚的愛護情意，雖不明白他的深意，心下卻不禁暗暗感激。

土地廟中一時沉寂無聲。過了片刻，白萬劍右足在地下長劍的劍柄上輕輕一點，那劍倏地跳起，似是活了一般，自行躍入他手中。他提劍在手，緩步走到中庭，朗聲道：「何方高人降臨？便請下來一敘如何？」

雪山衆弟子都嚇了一跳，心道：「長樂幫的高手趕來了？怎地呼延萬善、聞萬夫兩個在外守望，居然沒出聲示警？來者毫無聲息，白師哥又如何知道？」

只聽得啪的一聲輕響，庭中已多了兩人，一個男子全身黑衣，另一個婦人身穿雪白衣裙，只腰繫紅帶、鬢邊戴了一朵大紅花，顯得不是服喪。兩人都背負長劍，男子劍上飄的是黑穗，婦人劍上飄的是白穗。兩人躍下，同時著地，只發出一聲輕響，已然先聲奪人，更兼二人英姿颯爽，人人瞧著都是心頭一震。

白萬劍倒懸長劍，抱劍拱手，朗聲道：「原來是玄素莊石莊主夫婦駕到。」躍下的兩人正是玄素莊莊主石清、閔柔夫婦。石清臉露微笑，抱拳說道：「白師兄光臨敝莊，愚夫婦失迎，未克稍盡地主之誼，抱歉之至。」

和石清夫婦在侯監集見過面的雪山弟子都已失陷於長樂幫總舵，這一批人卻都不識，聽得是他夫婦到來，不禁心下嘀咕：「咱們已燒了他的莊子，不知他已否知道？」不料白萬劍單刀直入，說道：「我們此番自西域東來，本來爲的是找尋令郎。當時令郎沒能找到，在下一怒之下，已將貴莊燒了。」

石清臉上笑容絲毫不減，說道：「敝莊原建造得不好，白師兄瞧著不順眼，代兄弟一火毀去，好得很啊，好得很！還得多謝白師兄手下留情，將莊中人丁先行逐出，沒燒死一鷄一犬，足見仁心厚意。」

白萬劍道：「貴莊家丁僕婦又沒犯事，我們豈可無故傷人？石莊主何勞多謝？」

石清道：「雪山派羣賢向來對小兒十分愛護，只恨這孩子不學好，胡作非爲，有負白老前輩和封師兄、白師兄一番厚望。愚夫婦既甚感激，又復慚愧。白老前輩安好？白老夫人安好？」說到這裏，和閔柔一齊躬身爲禮，向他父母請安。

白萬劍彎腰答禮，說道：「家父託福安健，家母卻因令郎之故，不在凌霄城中。」說到這裏，不由得憂形於色。石清道：「老夫人武功精湛，德高望重，一生善舉屈指難數，江湖上人人欽仰。此番出外小遊散心，福體必定安康。」白萬劍道：「多謝石莊主金言，但願如此。只家母年事已高，風霜江湖，爲人子的不能不躭心掛懷。」石清道：「這是白師兄的孝思。爲人子的孝順父母，爲父母的掛懷子女，原是人情之常。子女縱然行爲荒謬不肖，爲父母的痛心之餘，也只有帶回去狠狠管教。」

白萬劍聽他言語漸涉正題，便道：「石莊主夫婦是武林中衆所仰慕的英俠，玄素莊大廳上懸有一匾，在下記得寫的是『黑白分明』四個大字。料來說的是石莊主夫婦明辨是非、主持公道的俠義胸懷，卻不單是說兩位黑白雙劍縱橫江湖的威風。」

石清道：「不錯。『俠義胸懷』四字，愧不敢當。但想咱們學武之人，於這是非曲直之際總當不可含糊。但不知『黑白分明』這四字木匾，如今到了何處？」白萬劍一楞，隨即泰然道：「在下劈破之後，已經燒了！」

石清道：「很好！小兒拜在雪山派門下，倘若犯了貴派門規，原當任由貴派師長處置，或打或殺，做父母的也不得過問，這是武林中的規矩。愚夫婦那日在侯監集上，將黑白雙劍交在貴派手中，言明押解小兒到凌霄城來換取雙劍，此事該是有的？」

白萬劍和耿萬鍾、柯萬鈞等會面後，即已得悉此事。當日耿萬鍾等雙劍遭奪，初時料定是石清夫婦使的手腳，但隨即遇到那一羣狼狽逃歸的官差轎伕，詳問之下，得悉轎中人一老一小，形貌打扮，顯是攜著那小乞丐的摩天居士謝煙客。白萬劍素聞謝煙客武功極高，行蹤無定，要奪回這對黑白雙劍，實是極大難事，此刻聽石清提及，不由得面上微微一紅，道：「不錯，尊劍不在此處，日後自當專誠奉上。」

石清哈哈一笑，說道：「白師兄此言，可將石某忒也看得輕了。『黑白分明』四字，也不是石某夫婦才講究的。你們既已將小兒扣押住了，又將石某夫婦的兵刃扣住不還，卻不知是武林中那一項規矩？」白萬劍道：「依石莊主說，該當如何？」石清道：「大丈夫一言既出，駟馬難追。要孩子不能要劍，要了劍便不能要人。」

白萬劍原是個響噹噹的腳色，信重然諾，黑白雙劍在本派手中失去，實對石清有愧，按理說不能再強辭奪理，作口舌之爭。但他曾和耿萬鍾等商議，揣測或許石清與謝煙客暗中勾結了，交劍之後，便請謝煙客出手奪去。何況石中玉害死自己獨生愛女，既已擒住禍首，豈能憑他一語，便將人交了出去？當即說道：「此事在下不能自專，石莊主還請原諒。至於賢夫婦的雙劍，著落在白萬劍身上奉還便了。白某要是無能，交不出黑白雙劍，到貴莊之前割頭謝罪。」這句話說得斬釘截鐵，更無轉圜餘地。

石清知道以他身分，言出必踐，他說還不出雙劍，便以性命來賠，在勢不能不信。

但眼睜睜見到獨生愛兒躺在滿是泥污的地下，說甚麼也要救他回去。閔柔一進殿後，一雙眼光便沒離開過石破天的身上。她和愛子分別已久，乍在異地相逢，只想撲上去將他摟在懷中，親熱一番，眼中淚水早已滾來滾去，差一點要奪眶而出，任他白萬劍說甚麼話，她都聽而不聞。只她向來聽從丈夫主張，因而站在石清身旁，始終不發一言。

石清道：「白師兄言重了！愚夫婦的一對兵刃，算得甚麼？豈能跟白師兄萬金之軀相提並論？只是咱們在江湖上行走，萬事抬不過一個『理』字。雪山派劍法雖強，人手雖眾，卻也不能仗勢欺人，既要了劍，卻又要人！白師兄，這孩子今日愚夫婦要帶走了。」他說到這個「了」字，左肩微微一動，那是招呼妻子拔劍齊上的訊號。

寒光一閃，石清、閔柔兩把長劍已齊向白萬劍刺去。雙劍刺到他胸前一尺之處，忽地凝立不動，便如猛然間僵住了一般。石清說道：「白師兄，請！」他夫婦不肯突施偷襲，白萬劍若不拔劍招架，雙劍便不向前擊刺。

白萬劍目光凝視雙劍劍尖，向前踏出半步。石清、閔柔手中長劍跟著向後一縮，仍和他胸口差著這麼一尺。白萬劍陡地向後滑出一步，當石清夫婦的雙劍跟著遞上時，只聽得叮叮兩聲，白萬劍已持劍還擊，三柄長劍顫成了三團劍花。石清使的本是一柄黑色長劍，閔柔使的本是銀白色長劍，此刻夫婦二人使的是一對青鋼劍，碧油油地泛出綠光。三劍一交，霎時間滿殿生寒。

雪山派羣弟子對白師哥的劍法向來慑服，心想他雖以一敵二，仍必操勝算，各人抱劍在手，都貼牆而立，凝神觀鬥。初時但見石清、閔柔夫婦分進合擊，一招一式，都妙到巔毫，拆到六七十招後兩人出招越來越快，已看不清劍招。白萬劍使的仍是七十二路雪山劍法，衆弟子練慣之下，看來已覺平平無奇，但以之對抗石清夫婦精妙的劍招，時守時攻，本來毫不出奇的一招劍法，在他手下卻生出了極大威力。

殿上只點著一枝蠟燭，火光黯淡，三個人影夾著三團劍光，卻耀眼生花，熾烈之中又夾著令人心爲之顫的凶險，往往一劍之出，似乎只毫髮之差，便會血濺神殿。劍光映著燭火，三人臉上時明時暗。白萬劍臉露冷傲，石清神色和平，閔柔亦不減平時的溫雅嫻靜。單瞧三人的臉色氣度，便和適才相互行禮問安時並沒分別，但劍招狠辣，顯是均以全力拚鬥。

當石清夫婦來到殿中，石破天便認出閔柔就是在侯監集上贈他銀兩的和善婦人。他夫婦一進殿來，便和白萬劍說個不停，跟著便拔劍相鬥，始終沒時候讓石破天開口相認，至於他三人說些甚麼，石破天卻一句也不懂，只知石清要向白萬劍討還兩把劍，又有一個孩子甚麼的。黑白雙劍他是知道的，卻全沒想到三人所爭原來是爲了自己。

石破天適才見到雪山派十八名弟子試劍，這時見三人又拔劍動手，既無一言半語叱責喝罵，神色間又十分平靜，只道三人還是和先前一般的研討武藝，七十二路雪山派劍法他早看得熟了，這時在白萬劍手中使出來輕靈自然，矯捷狠辣，每一招都看得他心曠神怡。

看了一會，再轉而注視石清夫婦的劍法，便即發覺三人的劍路大不相同。石清是大開大闔，端嚴穩重；閔柔卻隨式而轉，使劍如帶。兩夫婦所使劍法招式並無不同，但一剛一柔、一陽一陰，一直一圓、一速一緩，運招使式的內勁全然相反，但一與白萬劍長劍相遇，兩夫婦的劍招又似相輔相成，凝爲一體。他夫婦在上清觀學藝時本是同門師兄妹，學藝時互生情愫，當時合使劍法之際便已有心心相印之意，其後結褵二十餘載，從未有一日分離，也從未有一日停止練劍，早已到了心意相通、有若一人的地步。劍法陰陽離合的體會，武林中更無另外兩人能與之相比。這般劍法上的高深道理，石破天自然半點不懂。

石清夫婦的劍法內勁，分別和白萬劍在伯仲之間，兩個打一個，白萬劍早非對手，只是白萬劍的劍法中有一股凌厲的狠勁，閔柔生性斯文，出招時往往留有三分餘地，三個人才拚鬥了這麼久。但別看閔柔一股嬌怯怯的模樣，劍法之精，殊不在丈夫之下。白萬劍只鬥到七十招時，便接連兩次險些爲閔柔劍鋒掃中，心中已在暗暗叫苦，只是他生性剛強，縱然喪生在他夫婦劍底，也寧死不屈，但攻守之際，不免越來越落下風。

雪山派中的幾名弟子看出情勢不對，一人大聲叫道：「兩個打一個，太不成話了。

石莊主，你有種便和白師哥單打獨鬥，若要羣毆，我們也就一擁而上了。」

石清一笑，說道：「風火神龍封師兄在這兒麼？封師兄若在，原可和白師兄聯手，咱們四個人比劍玩玩。」言下之意十分明白，雪山派羣弟子中除了封萬里，餘人未必能與白萬劍聯手出劍。眼前敵手只白萬劍一人，自己夫婦佔了很大便宜，但獨生愛子若給他攜上凌霄城去，那裏還能活命？何況這廟中雪山派幾近二十人，也可說自己夫妻兩人鬥他十餘人，至於除白萬劍一人之外其餘都是庸手，又誰叫他雪山派中不多調教幾個好手出來？

白萬劍聽他提到封萬里，心下大怒：「封師哥只爲收了教了你的小鬼兒子爲徒，這才給爹爹斬去一臂，虧你還有臉提到他？」但高手比武不可絲毫亂了心神，白萬劍本已處境窘迫，這一發怒，一招「明駝駿足」使出去時不免招式稍老。石清登時瞧出破綻，舉劍封擋，內力運到劍鋒之上，將白萬劍的來劍微微一黏。白萬劍忙運勁滑開，便只這麼電光石火的一個空隙，閔柔長劍已從空隙中穿了進去，直指白萬劍胸口。

白萬劍雙目一閉，知道此劍勢必穿心而過，無可招架。那知閔柔長劍只遞到離他胸口三寸之處，立即縮回。夫婦倆並肩向後躍開，嚓的一聲響，雙劍同時入鞘，一言不發。

白萬劍睜開眼來，臉色鐵青，心想對方饒了我性命，用意再也明白不過，那是要帶了他們兒子走路，自己落敗，如何再能窮打爛纏，又加阻攔？何況即使再鬥，雙拳難敵四手，終究鬥他夫婦不過，想起愛女爲他夫婦的兒子所害，自己率衆來到中原，既將七名師弟妹失陷在長樂幫中，石中玉得而復失，而生平自負的雪山劍法又敵不過玄素雙劍，一生英名付於流水，霎時間萬念俱灰，怔怔的站著，也不作一聲。

這時呼延萬善、聞萬夫已得訊回廟，眼見師哥落敗，齊聲呼道：「他們以多鬥少，難道咱們便不能學樣？」十八人各挺長劍，從四面八方向石清、閔柔夫婦攻了上去。

石清道：「白師兄，我夫婦聯手，雖略佔上風，勝敗未分，接招！」說著挺劍向白萬劍刺去。以白萬劍的身分，適才對方既饒了自己性命，決不能再行索戰，但石清自己發劍，卻可招架，心道：「好，我和你一對一的決一死戰。」當即舉劍格開，斜身還招。

白萬劍和石清這一鬥上手，情勢又自不同，適才他以一敵二，處處受到牽制，防守固極盡嚴密之能事，反擊劍招卻難盡情發揮，攻擊石清時要防到閔柔來襲，劍刺閔柔時又須回招拆架石清在旁所作的呼應。這時一人鬥一人，單劍對單劍，他又恥於適才之敗，登時將這七十二路雪山劍法使得淋漓盡致，全力進擊。

石清暗暗吃驚：「『氣寒西北』名下無虛，果是當世一等一的劍士！」提起精神，將生平所學盡數施展，心道：「要教你知道我上清觀劍法，原不在你雪山派之下。我命兒子拜在你派門下，乃是另有深意。你別妄自尊大，以爲我石清便不如你白萬劍了。」

二人這一拚鬥，當眞棋逢敵手。白萬劍出招迅猛，劍招縱橫。石清卻端凝如山，法度嚴謹。白萬劍連變十餘次劍招，始終佔不到絲毫上風，心下也暗暗驚異：「此人劍法之高，更在他所享聲名之上，然則他何以命他兒子拜在本派門下？」又想：「適才我比劍落敗，還可說雙拳難敵四手，現下單打獨鬥，若再輸得一招半式，雪山派當眞聲名掃地了。我非得制住他的要害，也饒他一命不可，否則奇恥難雪。」他一存著急於求勝之心，出招時不免行險。石清暗暗心喜：「你越急於求勝，只怕越易敗在我手裏。」

十餘招過去，果然白萬劍連遇險招，他心中一凜，立時收攝心神，去奇詭而行正道，改急攻爲爭先著，到此地步，兩人才眞的是鬥了個旗鼓相當，難分軒輊。

石破天在一旁看著二人相鬥，雖不明其中道理，卻也看得出了神。

石清和白萬劍也鬥得渾忘了身周情事，待拆到二百餘招之後，白萬劍心神酣暢，只覺今日之鬥實爲平生一大快事，早將剛才給閔柔一劍制住之恥抛在腦後。石清也深以遇此勁敵爲喜。兩人自然而然都生出惺惺相惜之情，敵意漸去，而切磋之心越來越盛，各展絕技，要看對方如何拆解。

二人初鬥之時，殿中叮叮噹噹之聲響成一片，這時卻唯有雙劍撞擊的錚錚之聲。鬥到分際，白萬劍一招「暗香疏影」，劍刃若有若無的斜削過來。石清低讚一聲：「好劍法！」豎劍一立，雙劍相交。兩人所使的這一招上都運上了內勁，啪的一聲響，石清手中青鋼劍竟爾折斷。他手中長劍甫斷，左邊一劍便遞了上來。石清左手接過，一招「左右逢源」，長劍自左至右的在身前劃了一弧，以阻對方繼續進擊。

白萬劍退後一步，說道：「此是石莊主劍質較劣，並非劍招上分了輸贏。石莊主若有黑劍在手，寶劍焉能折斷？倒是兄弟的不是了。」剛說了這句話，突然間臉色大變，這才發覺站在石清左首遞劍給他的乃是閔柔，本派十八名師弟，卻橫七豎八的躺得滿地都是。

原來當白萬劍全神貫注的與石清鬥劍之時，閔柔已將雪山派十八名弟子一一刺傷倒地。每人身上所受劍傷都極輕微，但閔柔的內力從劍尖上傳了過去，直透穴道，竟使衆人中劍後再也動彈不得。這是閔柔劍法中的一絕。她宅心仁善，不願殺傷敵人，是以別出心裁，將上清觀的打穴法融化在劍術之中。雪山派十八名弟子雖說是中劍，實則是受了她內力點穴，只不過她內力未臻上乘，否則劍尖碰到對方穴道，便可制敵而不使其皮肉受傷。

閔柔手中長劍一遞給丈夫，足尖輕撥，從地下挑起一柄雪山派弟子脫落的長劍，握在手中，站在丈夫左側之後三步，隨時便能搶上夾擊。

白萬劍一顆心登時沉了下去，尋思：「我和石清說甚麼也只能鬥個平手，石夫人再加入戰團，舊事重演，還打甚麼？」黯然說道：「只可惜封師哥不在這裏，否則封白二人聯手，當可和賢伉儷較量一場。今日敗勢已成，還有甚麼可說？」

石清道：「不錯，日後遇到風火神龍……」一句話沒說完，想起封萬里爲了兒子石中玉之故，臂膀爲他師父所斬，日後縱然遇到，也不能比劍了，登時住口，不再繼續往下說，臉上不禁深有慚色，絲毫不以夫婦聯手打敗雪山派十九弟子爲喜。

石破天見白萬劍臉色鐵青，顯是心中痛苦之極，而石清、閔柔均有同情和惋惜之色，心想：「雪山派這十八個師弟都是笨蛋，沒一個能幫他和石莊主夫婦兩個鬥兩個，好好的比一場劍，當眞十分掃興。」想起白萬劍適才凝視自己時大有愛惜之意，尋思：「白師傅對我甚好，那位石夫人給過我銀子，待我也不錯。他們要比劍，卻少一個對手，有一位封師哥甚麼的，偏偏不在這裏，大家都不開心。我雖然不會甚麼劍法，但剛才看也看熟了，幫他們湊湊熱鬧也好。」當即站起，學著白萬劍適才的模樣，足尖在地下一柄長劍的劍柄上一點，內力到處，那劍呼的一聲，躍將起來。他毛手毛腳的搶著抓住劍柄，笑道：「你們少了一個人，比不成劍，我來跟白師傅聯手，湊個興兒。不過我是不會的，請你們指點。」

白萬劍和石清夫婦見他突然站起，都大吃一驚。白萬劍心想自己明明已點了他全身數十處穴道，怎麼忽然間能邁步行動，定是閔柔在擊倒本派十八弟子後，便去解開他穴道。石清、閔柔料想白萬劍既將他擒住，定然便點了他重穴，怎麼竟會走過來？閔柔叫道：「玉……」那一聲「玉兒」只叫得一個字，便即住口，轉眼向丈夫瞧去。

石破天遭白萬劍點了穴道，躺在地下已有兩個多時辰。本來白萬劍點了旁人穴道，至少要六個時辰方得解開，可是石破天內功深厚，雖不會自解穴道之法，但不到一個時辰，各處所封穴道在他內力自然運行之下，不知不覺的便解開了。他渾渾噩噩，全然不知，只覺本來手足痲木，不會動彈，後來慢慢的都會動了。

白萬劍大聲道：「你為甚麼要和我聯劍？要試試你在雪山派所學的劍法？」

石破天心想：「我確是看你們練劍而學到了一些，就只怕學錯了。」便點了點頭，道：「我學的也不知學對了沒有，請白師傅和石莊主、石夫人教我。」說著長劍斜起，站在白萬劍身側，使的正是雪山劍法中一招「雙駝西來」。

石清、閔柔夫婦一齊凝視石破天，他們自送他上凌霄城學劍，已有多年不見，此刻異地重逢，中間又滲著許多愛憐、喜悅、惱恨、慚愧之情，當眞百感交集。夫婦倆見兒子長得高了，身子粗壯，臉上雖有風塵憔悴之色，卻也掩不住一股英華飛逸之氣，尤其一雙眸子精光燦然，便似體內蘊蓄有極深的內力一般。

石清身為嚴父，想到武林中的種種規矩，這不肖子大壞玄素莊門風，令他夫婦在江湖上羞於見人，這幾年來，他夫婦只暗中探訪他蹤跡，從不和武林同道相見。他此刻見到父母，居然不上前拜見，反要比試武藝，單此一事，足見雪山派說他種種輕佻不端的行逕當非虛假，不由得暗暗切齒，只他向來極沉得住氣，又礙於在白萬劍之前，一時不便發作。

閔柔卻是慈母心腸，歡喜之意，遠過惱恨。她本來生有兩子，次子為仇家所害慘死，傷心之餘，將疼愛兩子之心都移注在這長子石中玉身上。她常對丈夫為兒子辯解，說雪山派一面之辭未必可信，定是兒子在凌霄城中受人欺凌，給逼得無可容身，多半還是白自在的孫女恃寵而驕，欺壓得他狠了，因而憤而反抗。否則他小小年紀，怎會做出這種貪淫犯上的事來？何況白家的女孩兒當時只十二三歲，中玉也不會對這樣的小姑娘胡作非為。數年中風霜江湖，一直沒得到兒子的訊息，她時時暗中飲泣，總躭心兒子已葬身於西域大雪山中，又或膏於虎狼之吻，此刻乍見愛子，他便眞有天大過犯，在慈母心中早就一切都原諒了。見他提劍而出，步履輕健，身形端穩，不由得心花怒放，恨不得將他摟在懷裏，好好的疼他一番。她知這個兒子從小便狡獪過人，既說要和白萬劍聯手比劍，定然另有深意，她深恐丈夫惱怒之下，出聲叱責，又想看看兒子這些年來武功進境到底如何，當即說道：「好啊，咱們四個便二對二的研討一下武功，反正是點到為止，也沒甚麼相干。」語音柔和，充滿了愛憐之意，只心下激動，話聲卻也顫了。

石淸向妻子斜視了一眼，點了點頭。閔柔性子和順，甚麼事都由丈夫作主，自來不出甚麼主意，但她偶爾說甚麼話，石淸倒也總不違拗。他猜想妻子的心意，一來是急於要瞧兒子的武功，二來是要白萬劍輸得心服，諒來石中玉小小年紀，就算聰明，劍法也高不過那些給閔柔點倒的雪山派衆師叔，何況他決計不會眞的幫著白萬劍出力與父母相抗。

白萬劍卻另有一番主意：「你以雪山派劍法和我聯手抗敵，便承認是雪山派弟子。不論這場比劍結果如何，只須我不爲你一家三人所殺，待得取出雪山派掌門人令符，你便非得跟我回山不可。石清夫婦若再阻撓，那更是壞了武林規矩。」當下長劍一舉，說道：「是二對二也好，是三對一也好，白某人反正是玄素雙劍的手下敗將，再來捨命陪君子便是。」他已定下死志，倘若他石家三人向自己圍攻逼迫，那便說甚麼也要殺了石中玉，只須不求自保，捨命殺他諒來也辦得到。

石破天見他長劍劍尖微顫，斜指石清，當是似攻實守，便道：「那麼是由我搶攻了。」長劍也是微顫，向石清右肩刺去，一招刺出，陡然間劍氣大盛。這一劍去勢並不甚急，但內力到處，只激得風聲嗤嗤而響，劍招是雪山劍法，內力之強卻遠非白萬劍所能及。

白萬劍、石清、閔柔三人同時不約而同的低聲驚呼：「咦！」

石破天這一劍刺出，白萬劍初見便微生卑視之意，心想：「你這一招『雲橫西嶺』，右肘抬得太高，招數易於用老；左指部位放得完全不對，不含伸指點穴的後著；

左足跨得前了四寸，敵人若施反擊，便不懼你抬左足踢他脛骨……」他一眼之間，便瞧出了石破天這一招中八九處錯失，但霎時之間，卑視立時變爲錯愕。石破天這一招劍氣之勁，當眞生平罕見，只有父親酒酣之餘，向少數幾名得意弟子試演劍法之時，出劍時才有如此嗤嗤聲響，但那也要在三四十招之後，內力漸漸凝聚，方能招出生風。石破天這般起始發劍便有疾風厲聲，難道劍上裝有哨子之類的古怪物事麼？

他這念頭只是一轉，便知所想不對，只見石清「咦」了一聲之後，舉劍封擋，喀的一聲響，石清手中長劍立時斷爲兩截。上半截斷劍直飛出去，揷入牆中，深入數寸。

石清只覺虎口一熱，膀子顫動，半截劍也險些脫手。他雖惱恨這個敗子，但練武之人遇上了武功高明之士，忍不住會生出讚佩的念頭，一個「好」字當下便脫口而出。

石破天見石清的長劍斷折，卻吃了一驚，叫聲：「啊喲！」立即收劍，臉上露出歉仄和關懷之意。這時他臉向燭火，這般神色都教石清、閔柔二人瞧在眼裏。夫婦二人心中都閃過一絲暖意：「玉兒畢竟還是個孝順兒子！」

石清拋去斷劍，用足尖又從地下挑起一柄長劍，說道：「不用顧忌，接招罷！」唰的一劍，向石破天左腿刺去。石破天畢竟從來沒練過劍術，內力雖強，在進攻時尚可發威力，一遇上石清這種虛虛實實、忽左忽右的劍法，卻那裏能接得住？一招間便慌了手腳，總算心念轉得甚快，手忙腳亂的使招「蒼松迎客」，橫劍擋去。

石清長劍略斜，劍鋒已及他右腿，倘若眼前這人不是他親生兒子，而是個須殺之而後快的死敵，這一劍已將石破天右腿斬爲兩截。他長劍輕輕一抖，閔柔卻已嚇出了一身冷汗，急叫：「師哥！」

石破天眼望自己右腿時，但見褲管上已讓劃開一道破口，卻沒傷到皮肉，他歉然笑道：「多謝你手下留情，我的劍法學得全然不對，比你可差得遠了！」

他這句話出於眞心，但言者無意，聽者有心，語入白萬劍耳中，直是一萬個不受用，心道：「你向父親說你劍法比他差得甚遠，豈非明明在貶低雪山派劍法？又說學得全然不對，便是說我們雪山派藏私，沒好好教你。只一句話，便狠狠損了雪山派兩下。白萬劍但教一口氣在，豈能受你這小子奚落折辱？」

石清也眉頭微蹙，心想：「師妹老說玉兒在雪山派中必受師叔、師兄輩欺凌，我想白老前輩爲人正直，封萬里肝膽俠義，既收我兒爲徒，決不能虧待了他。但瞧他使這兩招劍法，姿式已然不對，中間更破綻百出，如何可以臨敵？似乎他在凌霄城中果然沒學到甚麼眞實武功。他先一劍內力強勁之極，但這份內力與雪山派定然絕無干係，便威德先生自己也未必有此造詣，必是他另有奇遇所致。到底如何，須得追究個水落石出，日後也好分辯是非曲直。」當下說道：「來來來，大家不用有甚麼顧忌，好好的比劍。」左手揑個劍訣，向前一指，挺劍向白萬劍刺去。

白萬劍舉劍格開，還了一劍。

閔柔便伸劍向石破天緩緩刺去，她故意放緩了去勢，好讓兒子不致招架不及。石破天見她這一劍來勢甚緩，想起當年侯監集上贈銀之情，咧開了嘴向她一笑，又點頭示謝，這才提劍輕輕一擋。閔柔見他神情，只道他是向母親招呼，心中更喜，迴劍又向他腰間掠去。石破天想了一想：「這一招最好是如此拆解。」當下使出一招雪山劍法，將來劍格開。

閔柔見他劍法生疏之極，出招既遲疑，遞劍時手法也是嫩極，不禁心下難過：「雪山派這些劍客們自命俠義不凡，卻如此的教我兒劍法！」於是又變招刺他左肩。她每一招遞出，都要等石破天想出了拆解之法，這才眞的使實，倘若他一時難以拆解，她便慢慢的等待。這那是比劍？比之師徒間的餵招，她更多了十二分慈愛，十二分耐心。

十餘招後，石破天信心漸增，拆解快了許多。閔柔心中暗喜，每當他一劍使得不錯，便點頭嘉許。石破天早看出她在指點自己使劍，倘若閔柔不點頭，那便重使一招，閔柔如認爲他拆解不善，仍會第三次以同樣招式進擊，總要讓他拆解無誤方罷。

這邊廂石清和白萬劍三度再鬥，兩人於對方的功力長短，心下均已了然，更不敢有絲毫怠忽。數招之後，兩人都已重行進入全神專注、對周遭變故不聞不見的境界，閔柔和石破天如何拆招、是眞鬥還是假鬥、誰佔上風誰處敗勢，石白二人固無暇顧及，卻也無法顧及，在這場釐毫不能相差的拚鬥中，只要那一個稍有分心，立時非死即傷。

閔柔於指點石破天劍法之際，卻儘有餘暇去看丈夫和白萬劍的廝拚。她靜聽丈夫呼吸悠長，知他內力仍然充沛，就算不勝，也決不致落敗，眼見石破天一劍又一劍的將雪山劍法演完，七十二路劍法中忘卻了二十來路，於是又順著他劍法的路子，誘導他再試一遍。

石破天第二遍再試，比之第一次時便已頗有進境，居然能偶爾順勢反擊，拆解之時也快了些。他堪堪把學到的四十幾路劍法第二次又將拆完，閔柔見丈夫和白萬劍仍在激鬥，心想：「把這套劍拆完後，便該揷手相助，不必再跟這白萬劍糾纏下去，帶了玉兒走路便是。」眼見石破天一劍刺來，便舉劍擋開，跟著還了一招，料想這一招的拆法兒子已經學會，定會拆解妥善，豈知便在此時，眼前陡然一黑，原來殿上的蠟燭點到盡頭，驀地熄了。

閔柔一劍刺出，見燭光熄滅，立時收招。不料石破天沒半分臨敵經驗，眼前一黑，不向後退，反迎了上去，想要和閔柔敘舊，謝她教劍之德，這一步踏前，正好將身子湊到了閔柔劍上。

閔柔只覺兵刃上輕輕一阻，已刺入人身，大驚之下，抽劍向後擲去，黑暗中伸臂抱了石破天，驚叫：「刺傷了你嗎？傷在那裏？傷在那裏？」石破天道：「我……我……」

連聲咳嗽，說不出話來。閔柔急晃火摺，見石破天胸口滿是鮮血，她本來極有定力，這時卻嚇得呆了，心下惶然一片，仰頭向石清道：「師哥，怎……怎麼辦？」

石清和白萬劍在黑暗之中仍憑著對方劍勢風聲，劇鬥不休。待得閔柔晃亮火摺，哀聲叫嚷，石清斜目一瞥，見石破天受傷倒地，妻子驚懼已極，畢竟父子關心，心中微微一亂。便這麼稍露破綻，白萬劍已乘隙而入，長劍疾指，刺向石清心口，這一招制其要害，石清要待拆架，已萬萬不及。

白萬劍長劍遞到離對方胸口八寸之處，立即收劍。適才閔柔在劍法上制他死命之後，迴劍不刺，現下他一命還一命，也在制住對方要害之後撤劍，從此誰也不虧負誰。石清掛念兒子傷勢，也不暇去計較這些劍術上的得失榮辱，忙俯身去看石破天的劍傷，只見他胸口鮮血緩緩滲出，顯是這一劍刺得不深。原來閔柔反應極快，劍尖甫觸人體，立即縮回。石清、閔柔正自心下稍慰，只見一柄冷森森的長劍已指住石破天的咽喉。只聽白萬劍冷冷的道：「令郎辱我愛女，累得她小小年紀，投崖自盡，此仇不能不報。兩位要是容我帶他上凌霄城去，至少尚有二月之命，但若欲用強，我這一劍便刺下去了。」

石清和閔柔對望一眼。閔柔不由得打個寒噤，知道此人言出必踐，等他這一劍刺下，就算夫婦二人合力再將他斃於劍底，也已於事無補。石清使個眼色，伸手握住妻子手腕，縱身便竄出殿外。閔柔將出殿門時回過頭來，向躺在地下的愛兒再瞧一眼，眼色又溫柔，又悲苦，便這麼一瞬之間，她手中火摺已然熄滅，殿中又黑漆一團。

白萬劍側身聽著石清夫婦腳步遠去，知他夫婦定然不肯干休，此後回向凌霄城的途中，定將有無數風波、無數惡鬥，但眼前是暫且不會回來了，回想適才的鬥劍，實是生平從所未遇的奇險，倘若那蠟燭再長得半寸，這姓石的小子非給他父母奪去不可。

他定了定神，吁了一口氣，伸手到懷中去摸火刀火石，卻摸了個空，這才記得去長樂幫總舵之前已交給了師弟聞萬夫，以免激鬥之際多所累贅，高手過招，相差只在毫髮之間，身上輕得一分就靈便一分。當下到躺在身旁地下的一名師弟懷中摸到了火刀、火石、火紙，打著了火，待要找一根蠟燭，突然一呆，腳邊的石中玉竟已不知去向。

他驚愕之下，登時背上感到一陣涼意，全身寒毛直豎，口中只叫：「有鬼，有鬼！」若不是鬼怪出現，這石中玉如何會在這片刻之間無影無蹤，而自己又全無所覺？他一凜之後，拋去火摺，提著長劍直搶在廟外。四下裏絕無人影。

他初時想到「有鬼」，但隨即知道早有高手窺伺在側，在自己摸索火石之時，乘機將人救去，多半便是貝海石。他急躍上屋，遊目四顧，唯見東南角上有一叢樹林可以藏身，當下縱身落地，搶到林邊，喝道：「鬼鬼祟祟的不是好漢，出來決個死戰。」

略待片刻，林中並無人聲，他又叫：「貝大夫，是你嗎？」林中仍無回答。當此之時，也顧不得敵人在林中倏施暗算，當即提劍闖進。但林中也是空蕩蕩地，涼風拂體，落葉沙沙，江南秋意已濃。

白萬劍怒氣頓消，適才這一戰已令他不敢小覷了天下英雄，這時更興「天上有天，人上有人」之念，心中隱隱感到三分涼意，想起女兒稚齡慘亡，不由得悲從中來。

俠客行. 1,長樂幫主 / 金庸作.　-- 二版.　-- 臺北市：
遠流，2019.04
面；公分. --(大字版金庸作品集；51)
大字版
ISBN 978-957-32-8495-6 (平裝)

857.9　　　　　　　　　　　　　　　108003393